KB243985

오늘두 잘 살았습니두

일러두기

이 책은 원작의 재미와 감동을 살리기 위해
일부 작가의 표기를 따랐습니다.

날개 없는 조류 '이지'와 '백'의 공감 200% 시크털털한 일상

오늘두 잘 살았습니두

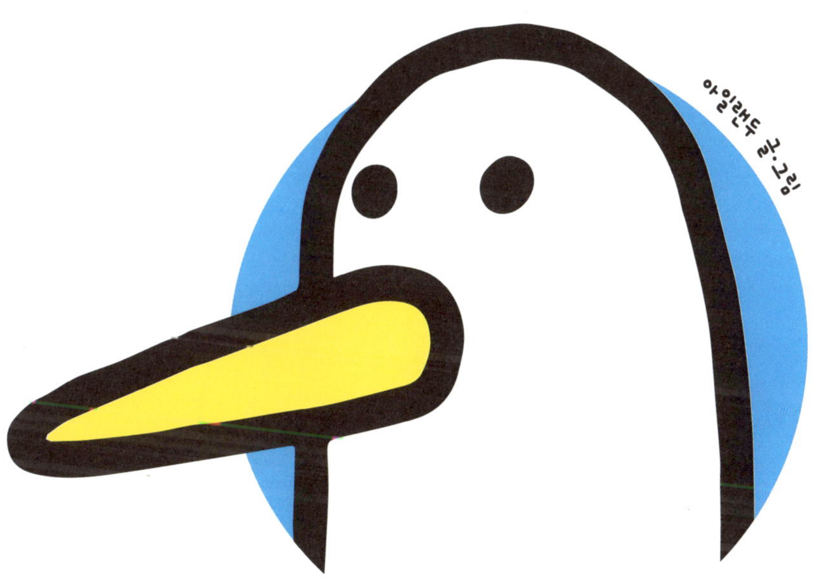

아일래두 글·그림

서사원

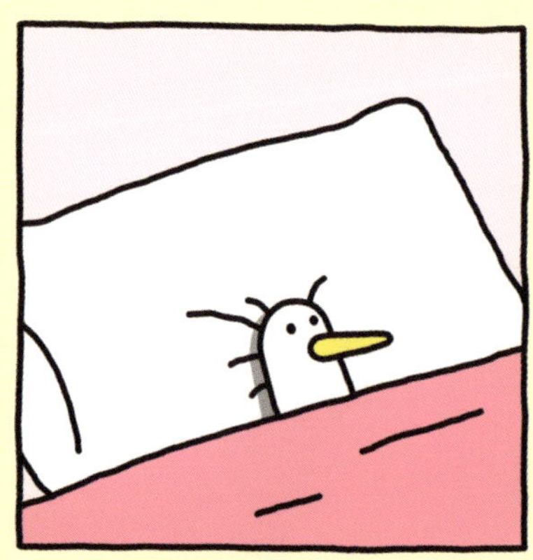

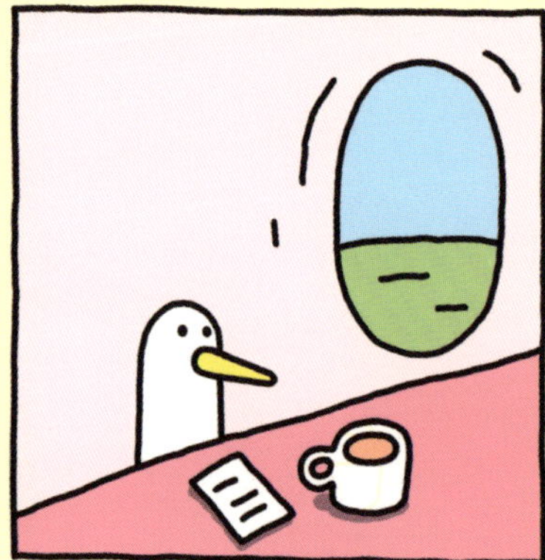

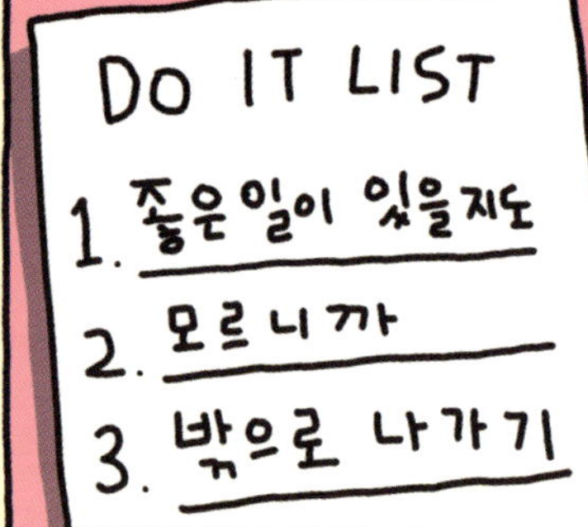
DO IT LIST
1. 좋은 일이 있을지도
2. 모르니까
3. 밖으로 나가기

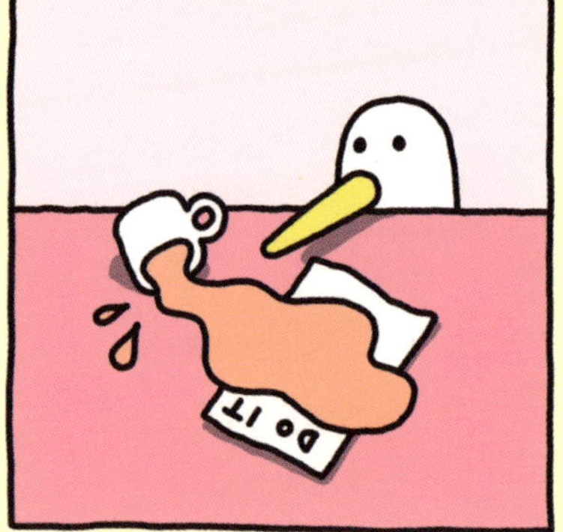
DO IT

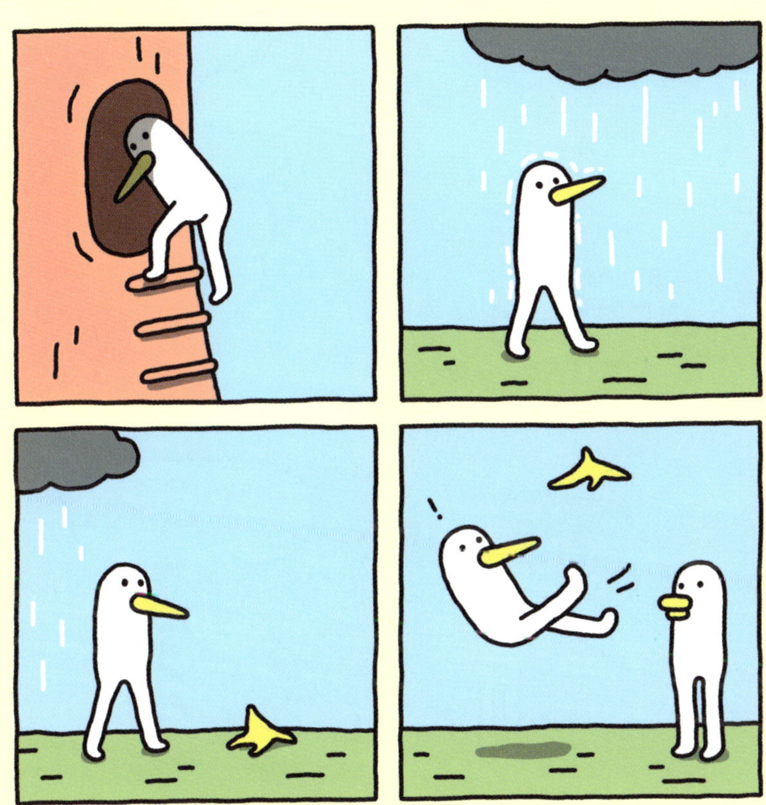

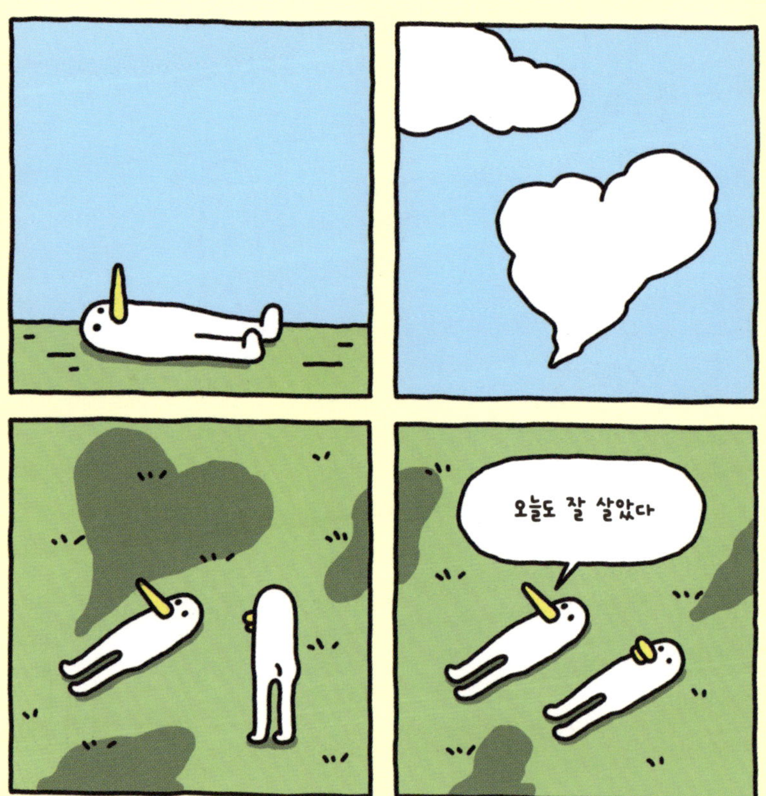
오늘도 잘 살았다

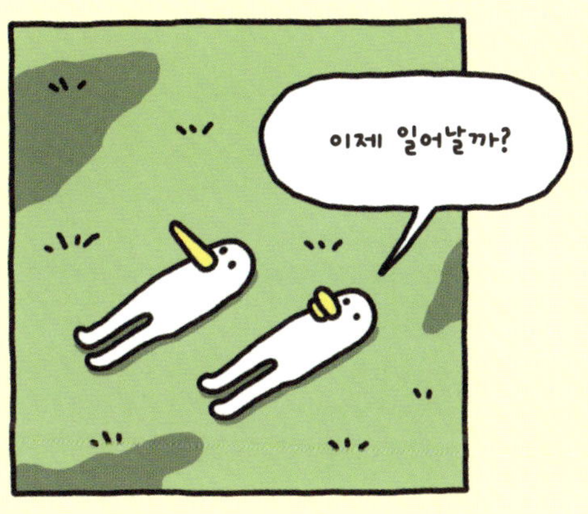

이제 일어날까?

PROLOGUE

미지의 섬 아일랜두의 일상은 졸업 과제로 그린 만화에서 시작됐어요. 시작은 단순한 이유였지만, 만화는 곧 제 일상 깊숙이 들어왔어요. 이상하고 웃긴 걸 좋아하는 제 취향에 따라 가볍고도 힘있는 이야기를 전하고 싶었고, 어느새 만화는 제가 직접 하지 못한 말들을 전하는 소통의 창이 되었습니다.

처음에 만화는 그저 제가 하고 싶은 말을 쏟아내는 공간이었어요. 다행히 저만의 웃음 코드를 재미있게 봐주시는 분들 덕분에 나름 좋은 반응도 얻었지만, 왠지 모르게 너무 빨리 잊히는 느낌이 들었어요. 그러던 중 누군가 제게 이런 말을 해줬어요.
'위로가 되는 이야기는 오래 남는다.'

그 말이 어쩌면 그때의 제게 꼭 필요했던 것 같아요. 그때부터 저는 오래도록 마음에 남을 위로를 전하고자 가까운 사람들, 그리고 저 자신에게 건네고 싶은 이야기를 매일매일 천천히 그려나갔어요. "넘어진 김에 잠시 쉬어가도 돼", "오늘 하늘, 참 예쁘지 않아?" 별거 아닌 것 같지만 잔잔한 위로를 주는 이런 말들이 꼭 필요한 누군가에게 닿을 수 있길 바라는 마음을 담았습니다.

주인공 '이지'와 '백'은 조류이지만 날개가 없어요. 날 수 없어 속상해하고, 자주 넘어지고, 걱정과 고민을 달고 살지만, 또 별일 아닌 듯 훌훌 털고 하루를 헤쳐나가요.

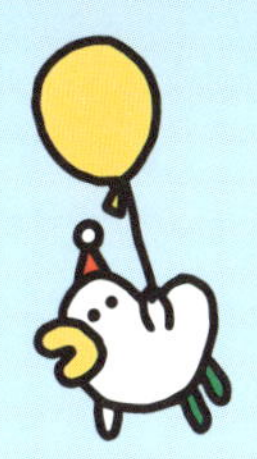

그 모습은 마치 어딘가 부족하고 서툰 우리 모두와 닮았어요. 그래서 누구나 이들의 이야기에 마음을 얹을 수 있도록 종도, 성별도, 나이도 정하지 않았어요. 위로를 바라는 모두가 공감하며 만화를 즐겼으면 좋겠습니다.

이 책은 언젠가 당신의 마음에 닿기를 바라는 저의 작은 인사입니다. 작고 느린 말들이지만, 페이지마다 조심스럽게 담아두었어요. 당신의 하루 끝자락에 이 책이 가만히 머물러 잔잔한 위로를 주길 바랍니다.

책이 나오기까지 제 만화를 좋아해주시고 조용한 웃음으로 응원해주신 모든 분들께, 그리고 내 심장 도아에게 고마움을 전합니다.
그럼 우리 또 만나요. 안녕.

아일랜두

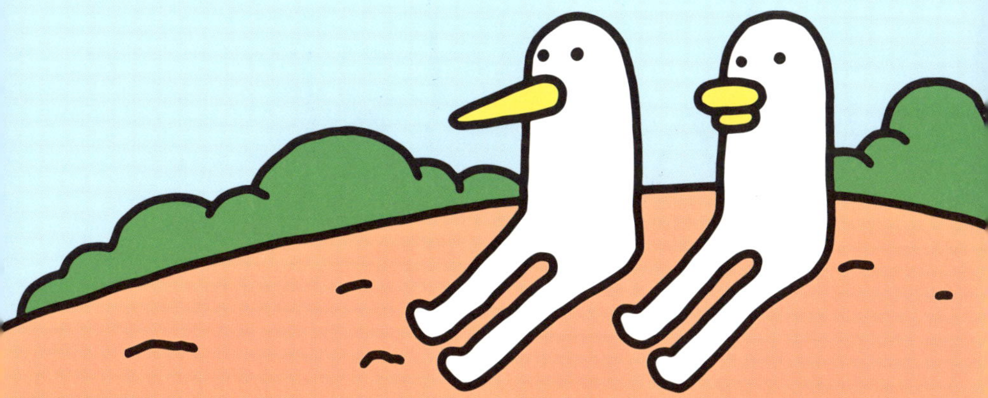

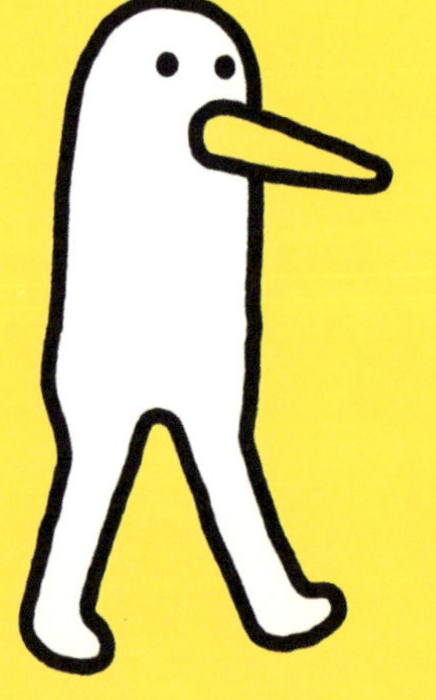
백
긴 부리를 가진 백.
이름처럼 늘 지나온 시간을 되돌아본다.
감정에 쉽게 휩쓸리고,
혼자 있을 때는 마음이 자주
무너지곤 한다. 그래서 언제나
이지 곁에 있으려 한다.
그의 곁에 있을 때는
마음이 덜 복잡해지기
때문이다.

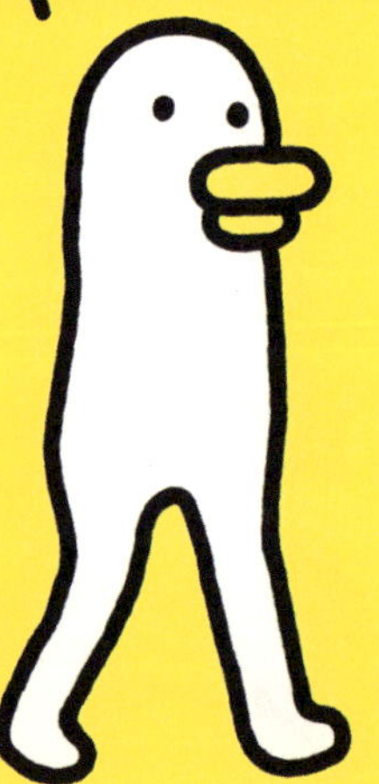
이지
짧은 부리를 가진 이지.
이름처럼 고민이나 걱정 따위는
쉽게 넘겨버린다.
말수는 적지만 가끔 툭 던지는 그의
한마디는 오래 마음에 남는다.
후회는 삶의 일부라 여기며,
될 대로 되라는 듯 살아가지만,
실은 누구보다 묵묵히 하루를
버텨내는 존재다.

분홍빛 털에 뿔인지 귀인지
모를 것이 달려 있는,
어디서도 본 적 없는 얼굴을 한 존재.
하지만 막상 마주하면 왠지
낯설지 않다. 마음 한편에 늘
매달려 있는 기분이다.
웃는 얼굴이 얄밉기도 하지만,
이상하게 함께 있어주는
것만으로도 위로가 된다.

열한 번째 스케치 끝에
태어난 일레븐.
이지와 백이 할 수 없는 일들을
도와주고 싶어하지만,
짧은 팔다리, 작은 키 때문에
할 수 있는 일은 그리 많지 않다.
그럼에도 불구하고 늘 누구보다
적극적이고 긍정적인
태도를 유지하려 애쓴다.

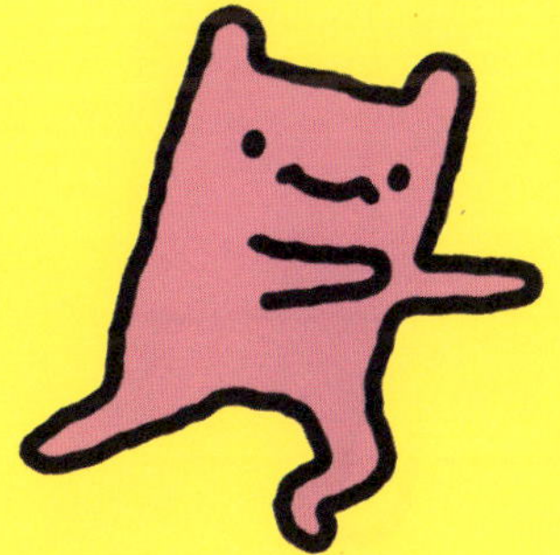

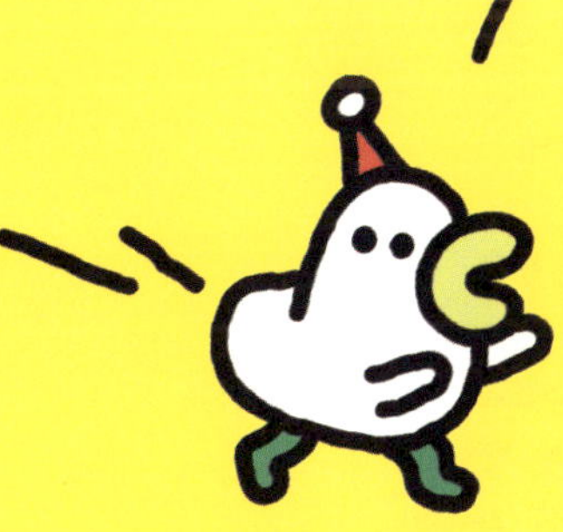

CONTENTS

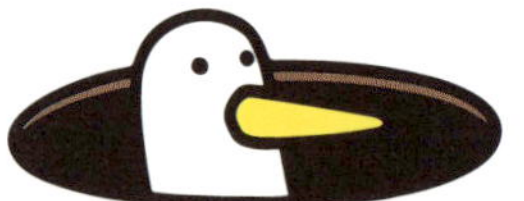

Part3

나 멋진가? 나 멋지구나!

Part4

오늘은 뭐 하고 놀까?

Part5

아무 일도 일어나지 않아서 행복해

Part6

너무 싱거워

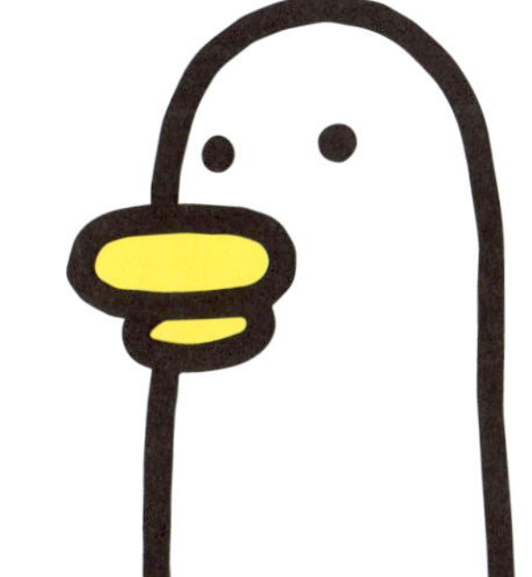

오늘두 잘 살았습니두

Part1

마음으로부터

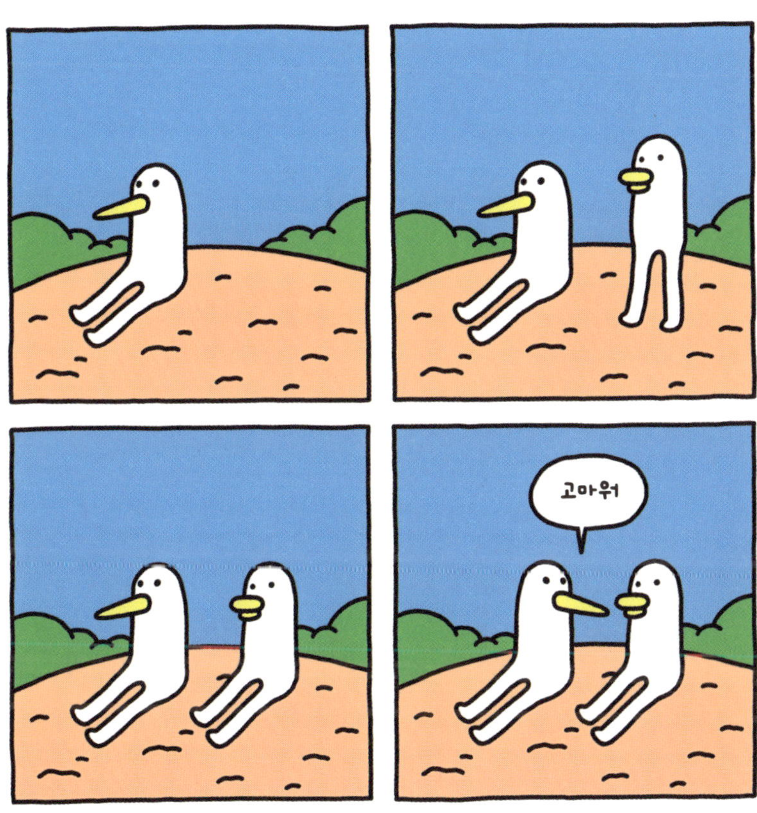

#언제나 그곳에서

괜찮다면 괜찮아

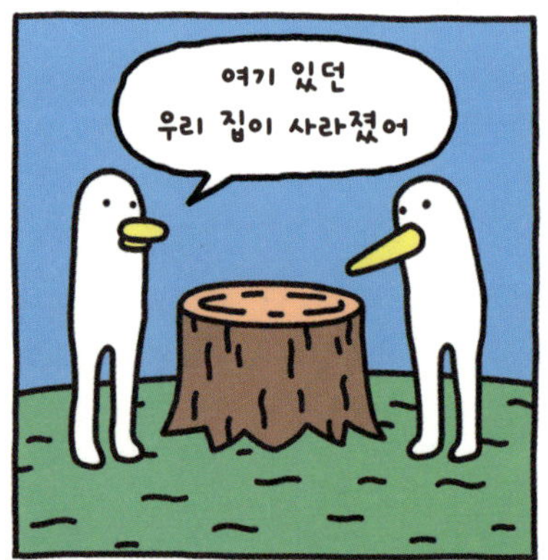

여기 있던
우리 집이 사라졌어

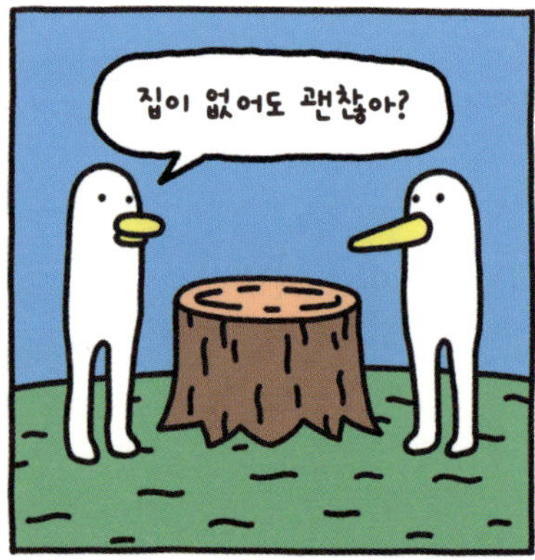

집이 없어도 괜찮아?

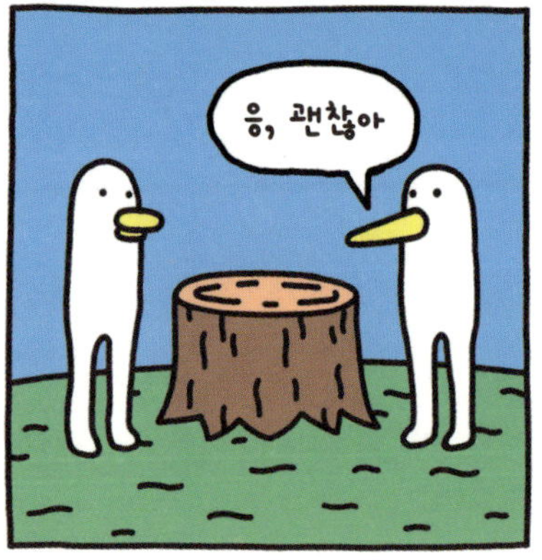

응, 괜찮아

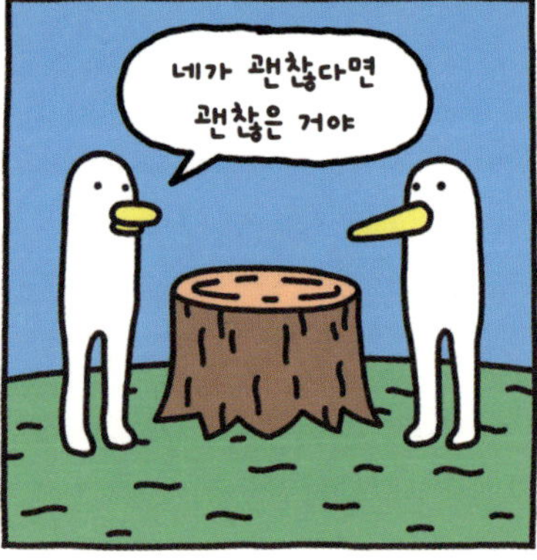

네가 괜찮다면
괜찮은 거야

할 수 있잖아

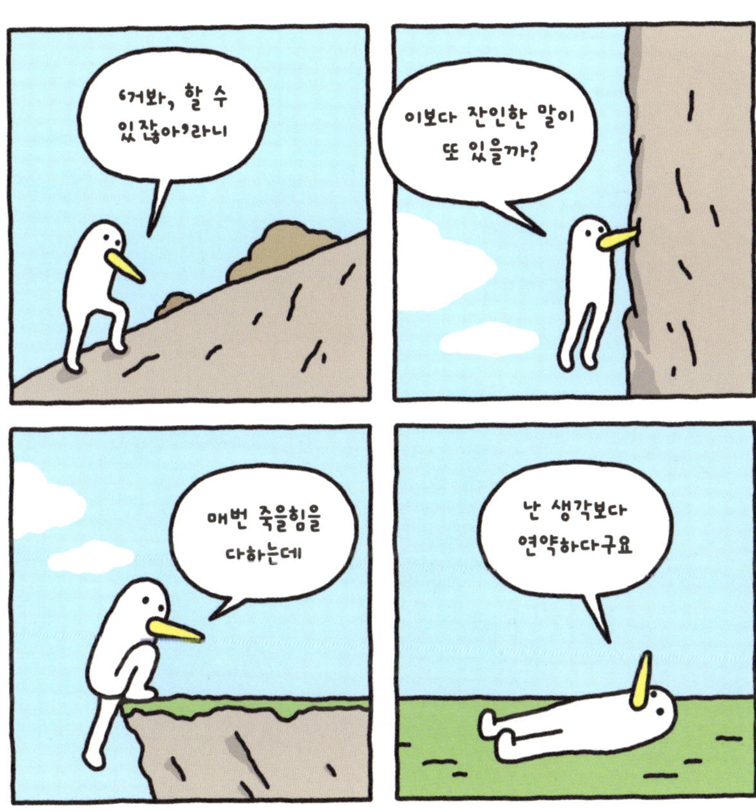

'거봐, 할 수 있잖아'라니
이보다 잔인한 말이 또 있을까?
매번 죽을힘을 다하는데
난 생각보다 연약하다구요

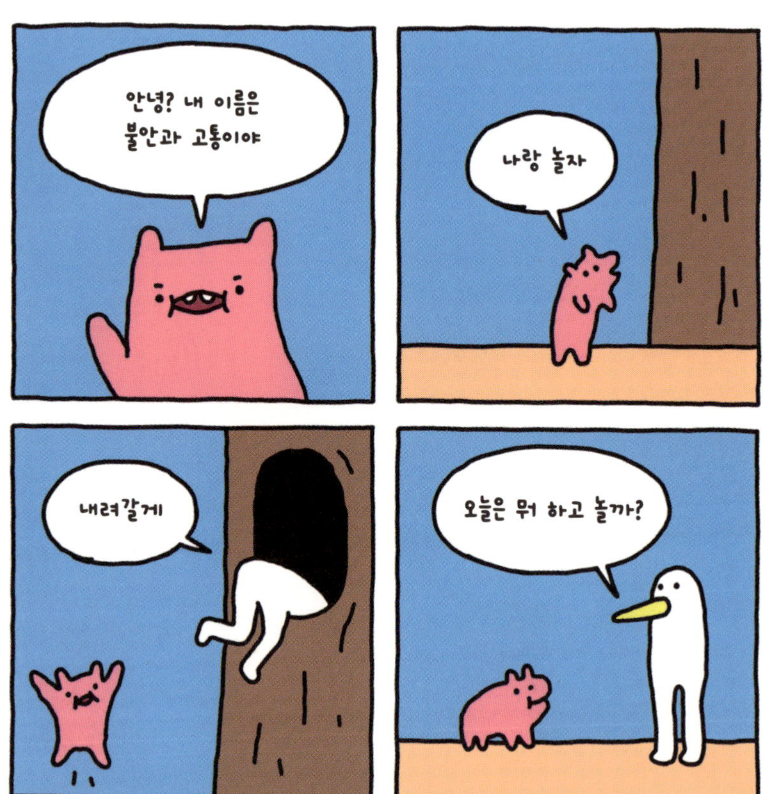

안녕? 내 이름은 불안과 고통이야
나랑 놀자
내려갈게
오늘은 뭐 하고 놀까?

#불현듯 찾아오는 불안과 고통이(너무 자주 오지는 마)

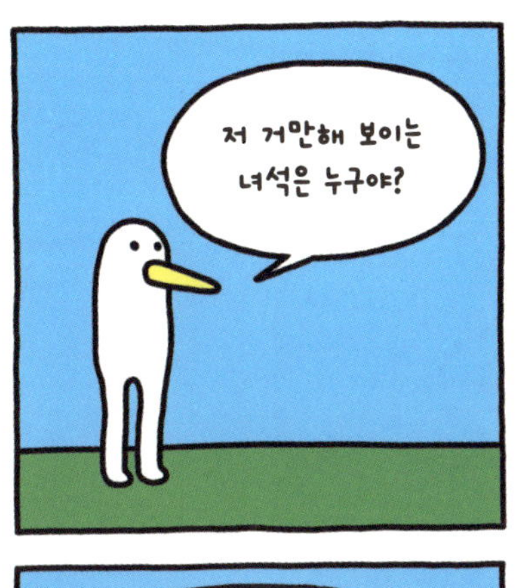

저 거만해 보이는
녀석은 누구야?

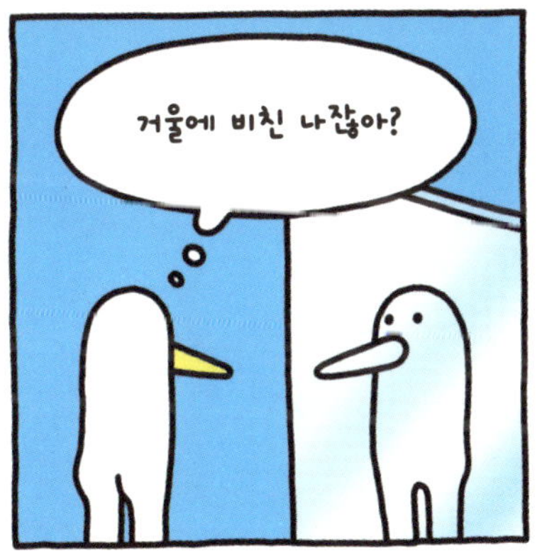

거울에 비친 나잖아?

#거울아~ 거울아~ 이 세상에서 누가 제일 거만하니?

거꾸로

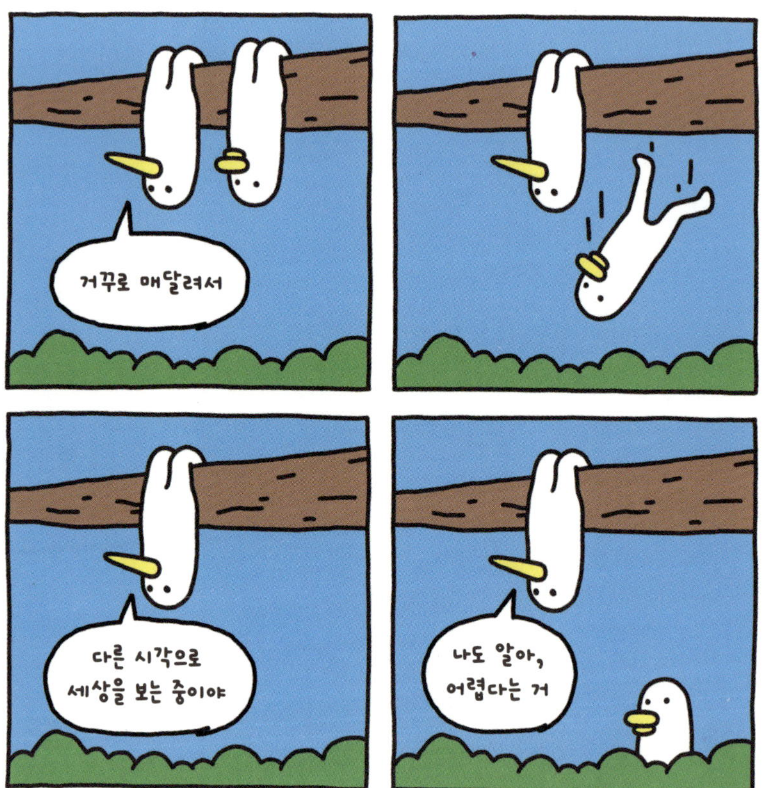

거꾸로 매달려서

다른 시각으로
세상을 보는 중이야

나도 알아,
어렵다는 거

너무 무서워

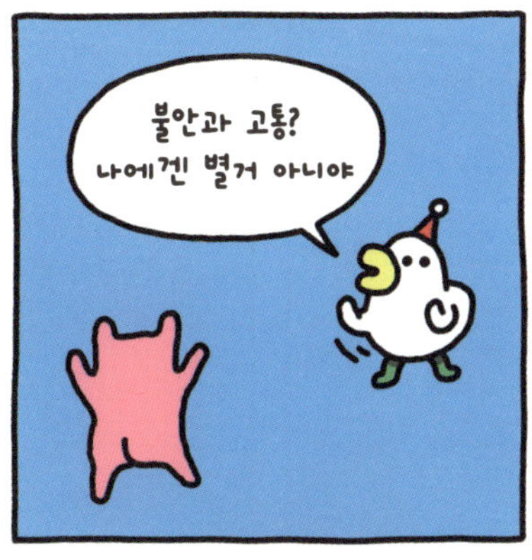

불안과 고통?
나에겐 별거 아니야

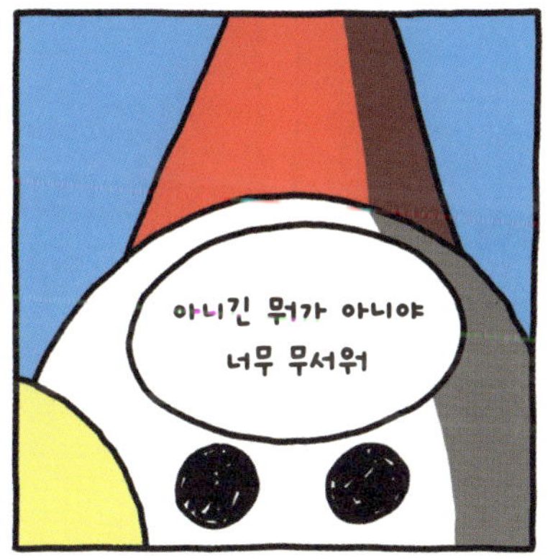

아니긴 뭐가 아니야
너무 무서워

#내 거친 생각과~ 불안한 눈빛과~

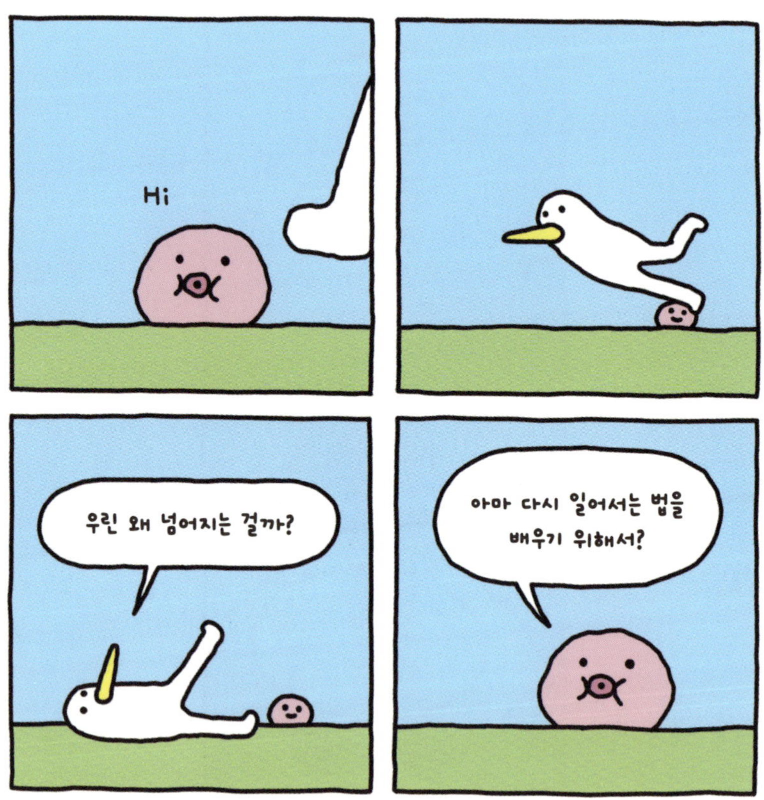

Hi
우린 왜 넘어지는 걸까?
아마 다시 일어서는 법을 배우기 위해서?

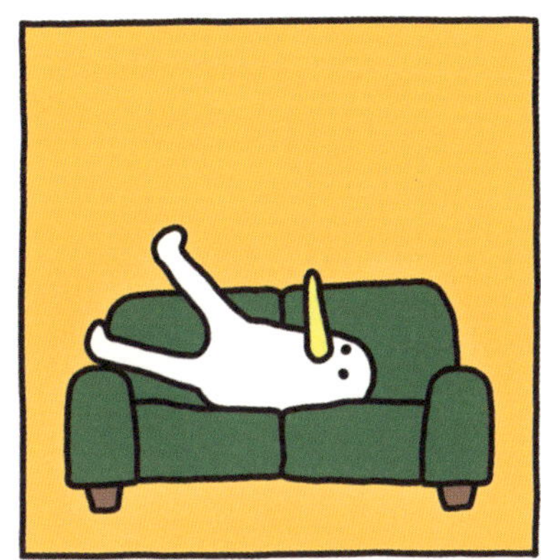

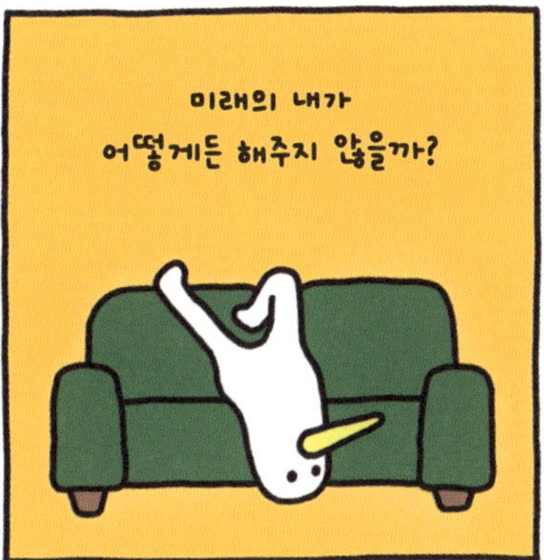
미래의 내가
어떻게든 해주지 않을까?

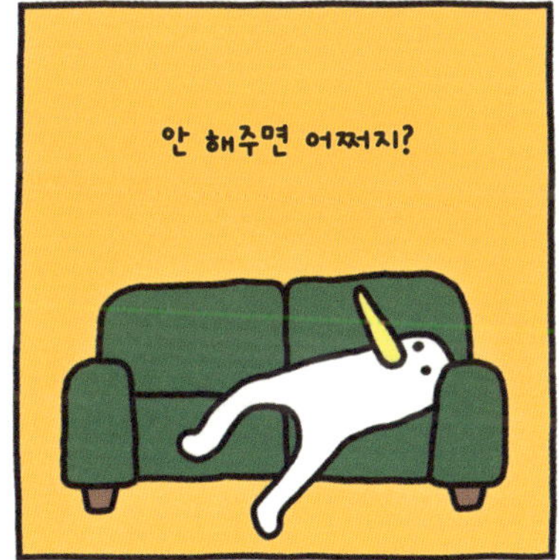
안 해주면 어쩌지?

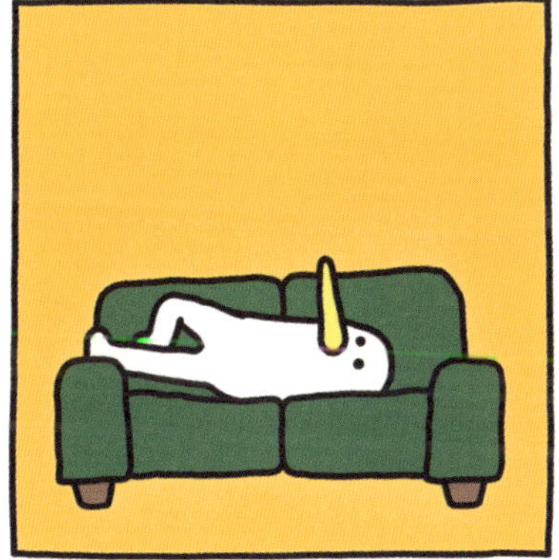

——
#…

행운은 어디에

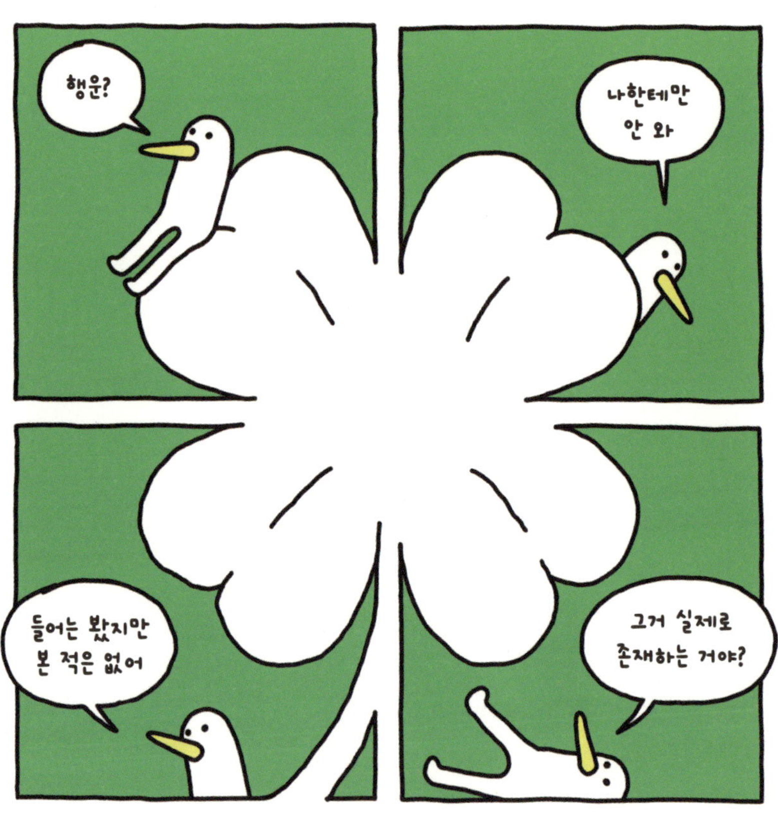

행운?
나한테만 안 와
들어는 봤지만 본 적은 없어
그거 실제로 존재하는 거야?

행운은 어디에

#도대체 어디에 있는 거야?

WATCH
OUT !

개구리

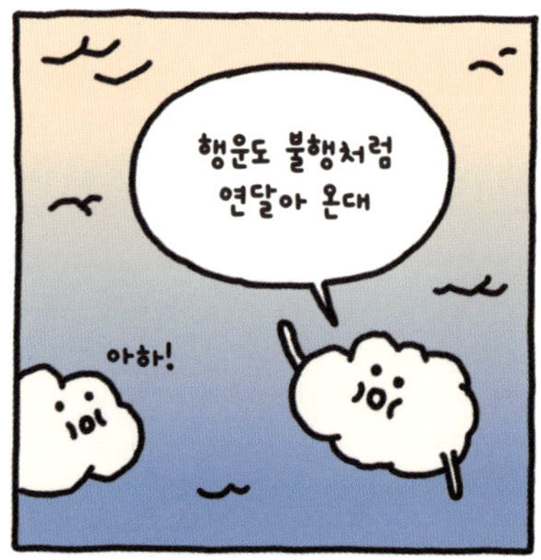

행운도 불행처럼
연달아 온대
아하!

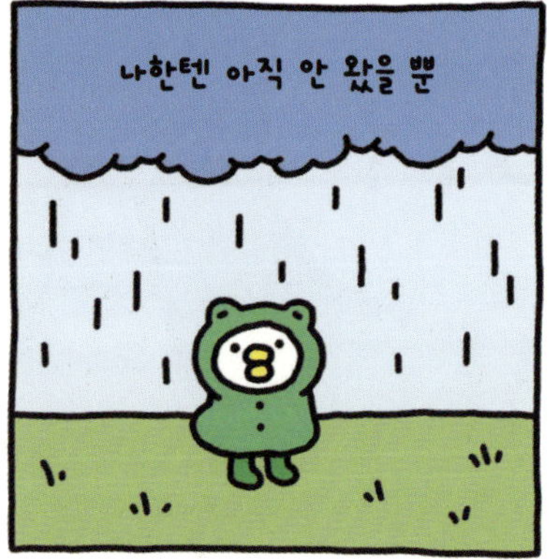

나한텐 아직 안 왔을 뿐

#곧 오지 않을까?

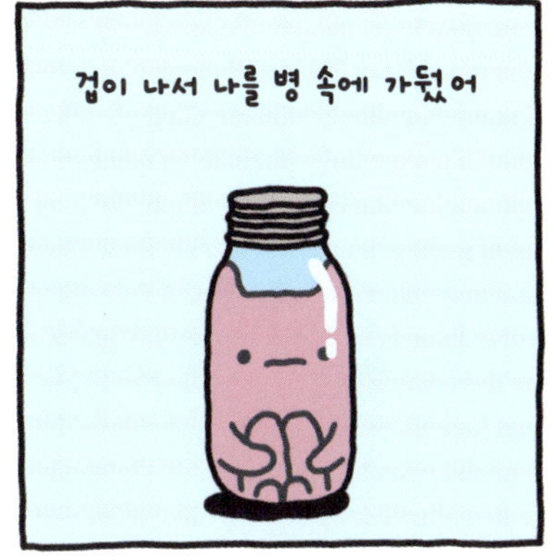
겁이 나서 나를 병 속에 가뒀어

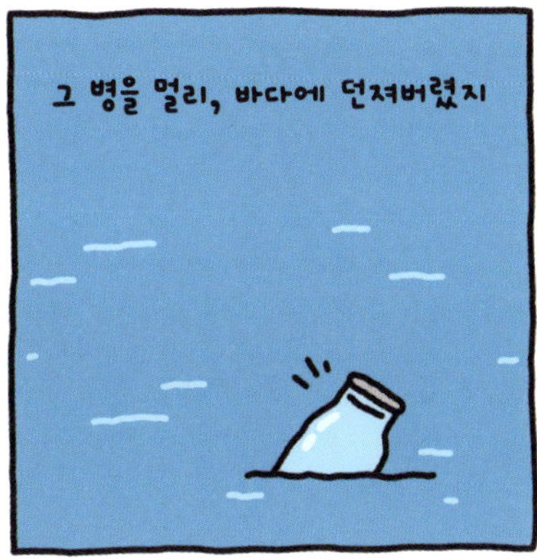
그 병을 멀리, 바다에 던져버렸지

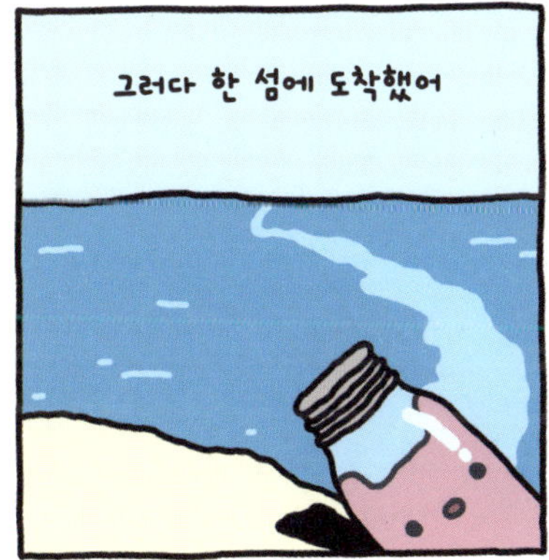
그러다 한 섬에 도착했어

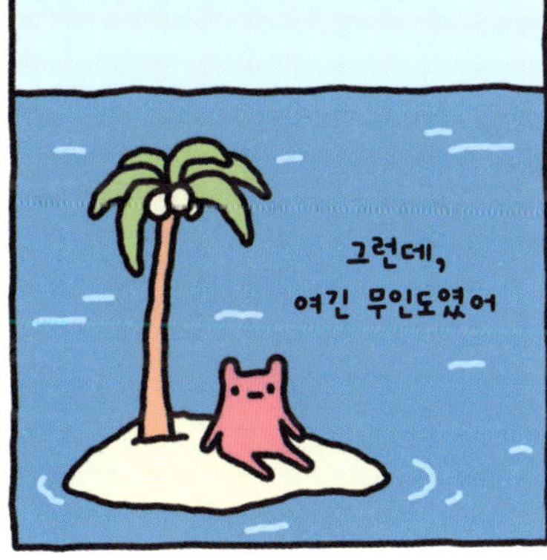
그런데,
여긴 무인도였어

#여기는 낙원일까, 아닐까?

폼나게 떨어지기

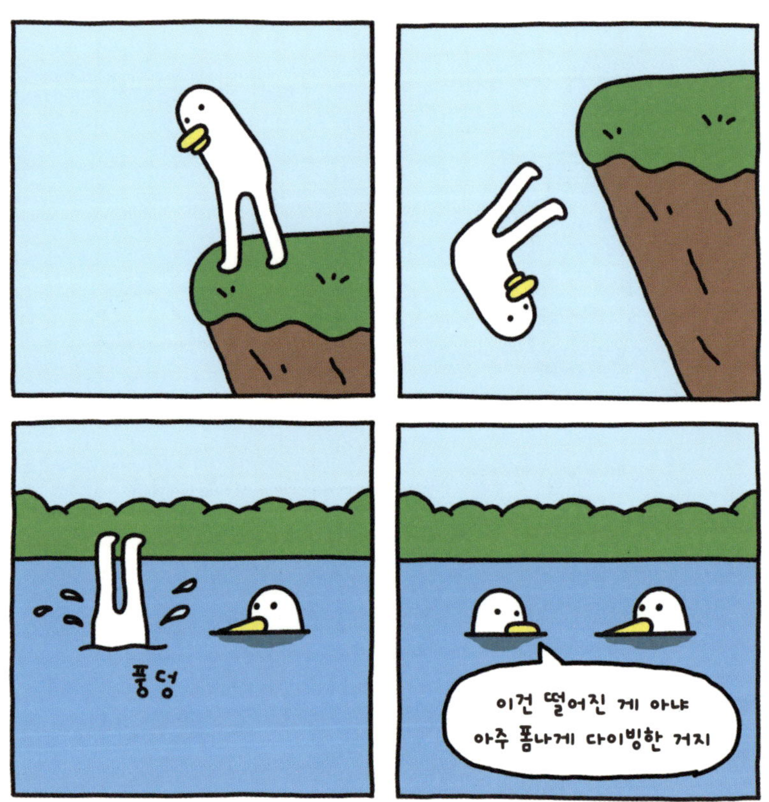
풍덩
이건 떨어진 게 아냐
아주 폼나게 다이빙한 거지

#휴~ 다행히 안 다쳤어

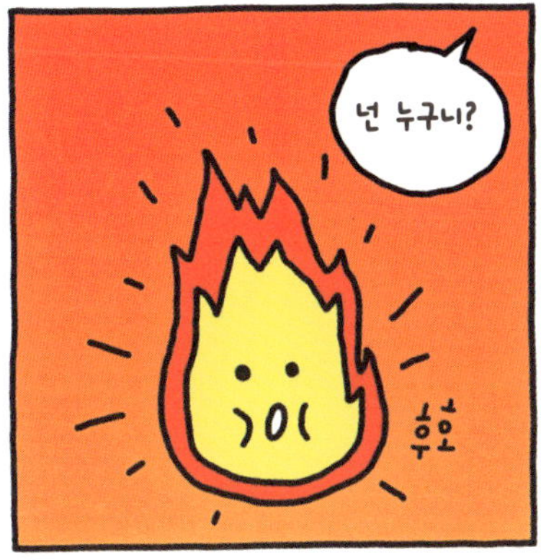
넌 누구니?
후호

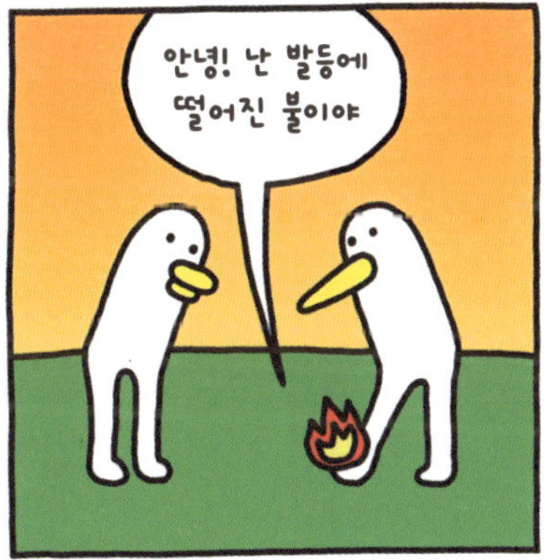
안녕! 난 발등에
떨어진 불이야

#자주 만날 것 같은 느낌...

쉬는 연습

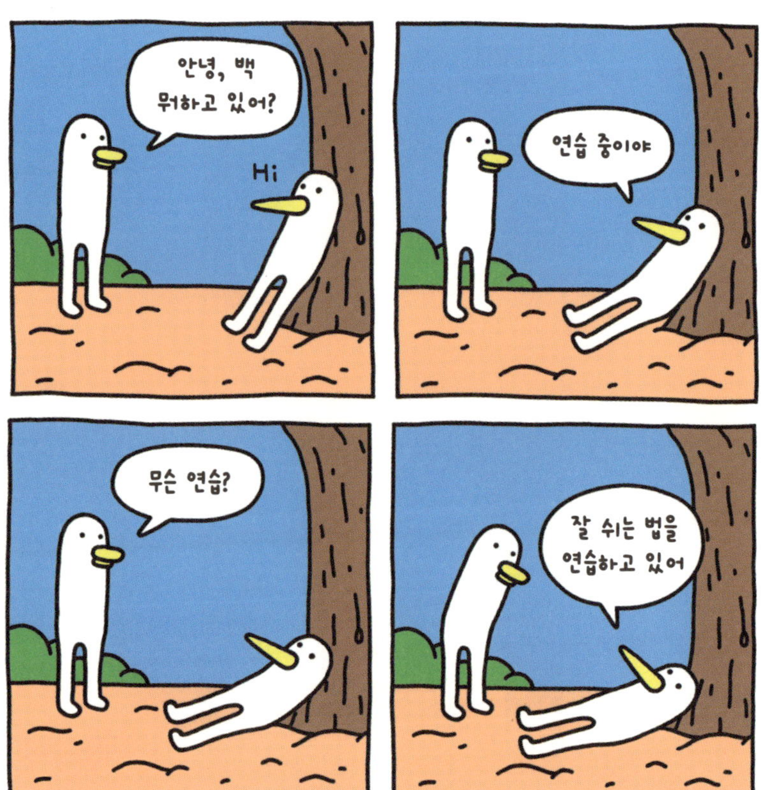

안녕, 백
뭐하고 있어?
Hi
연습 중이야
무슨 연습?
잘 쉬는 법을
연습하고 있어

#아무 생각하지 말기, 생각하지 말자는 생각을 하지 말기

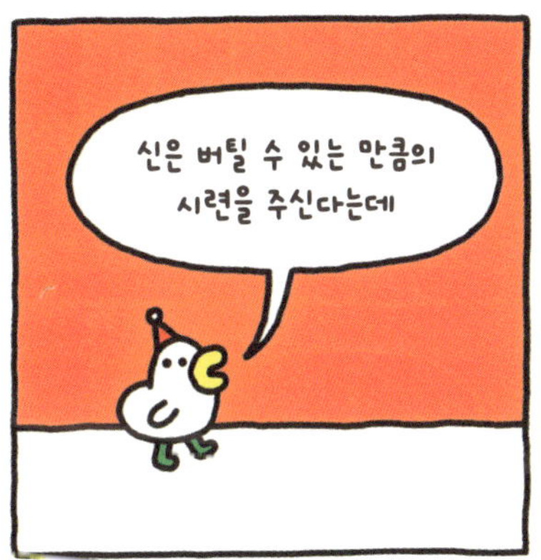

신은 버틸 수 있는 만큼의
시련을 주신다는데

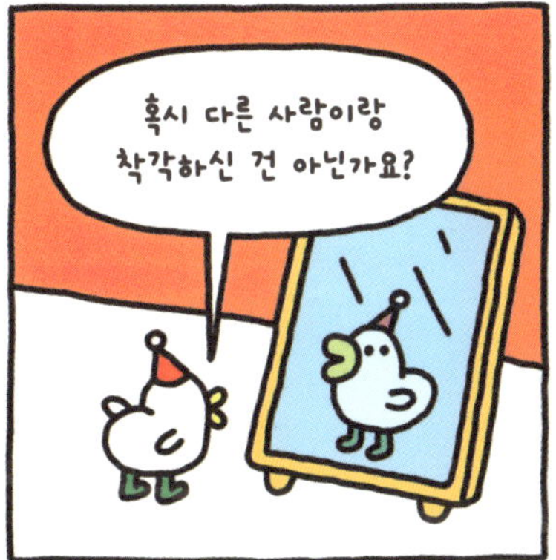

혹시 다른 사람이랑
착각하신 건 아닌가요?

\#전 생각보다 나약한데요?

엄청난 행운

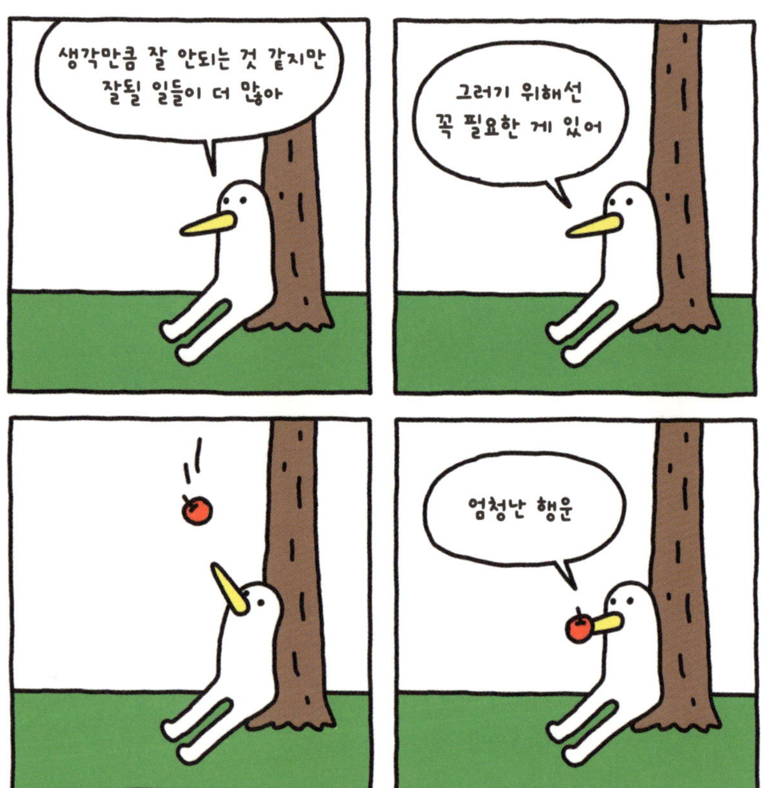

생각만큼 잘 안되는 것 같지만
잘될 일들이 더 많아

그러기 위해선
꼭 필요한 게 있어

엄청난 행운

엄청난 행운

#행운이 필요한 모두에게

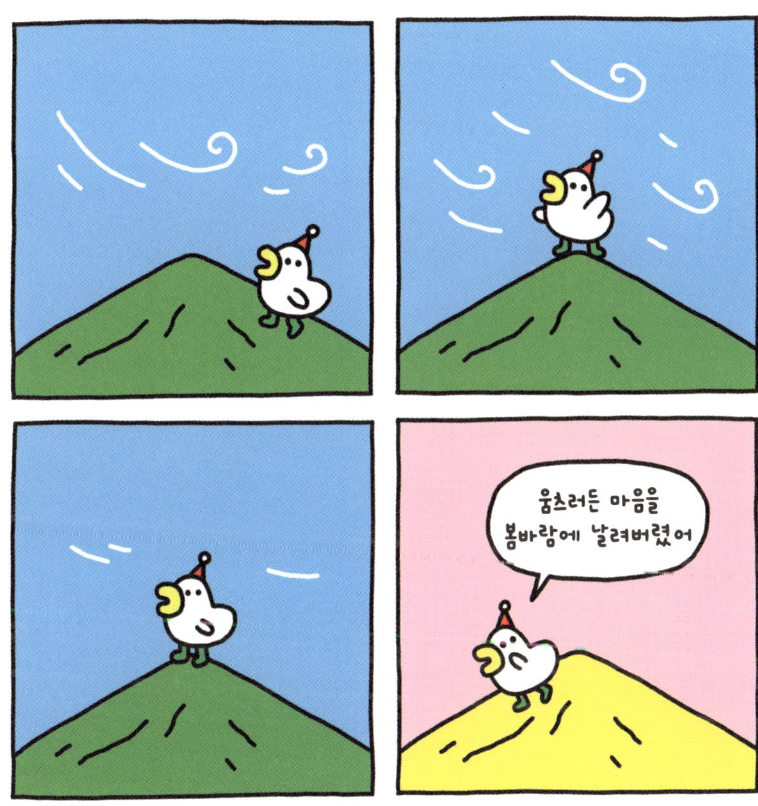
움츠러든 마음을
봄바람에 날려버렸어

#봄바람에 날려~

그냥 수영하고 있어

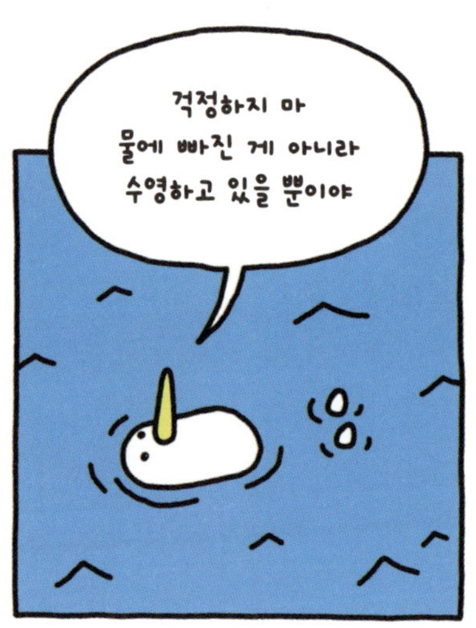

걱정하지 마
물에 빠진 게 아니라
수영하고 있을 뿐이야

#물이 살짝 차가울 수도 있으니 너무 놀라지 마!

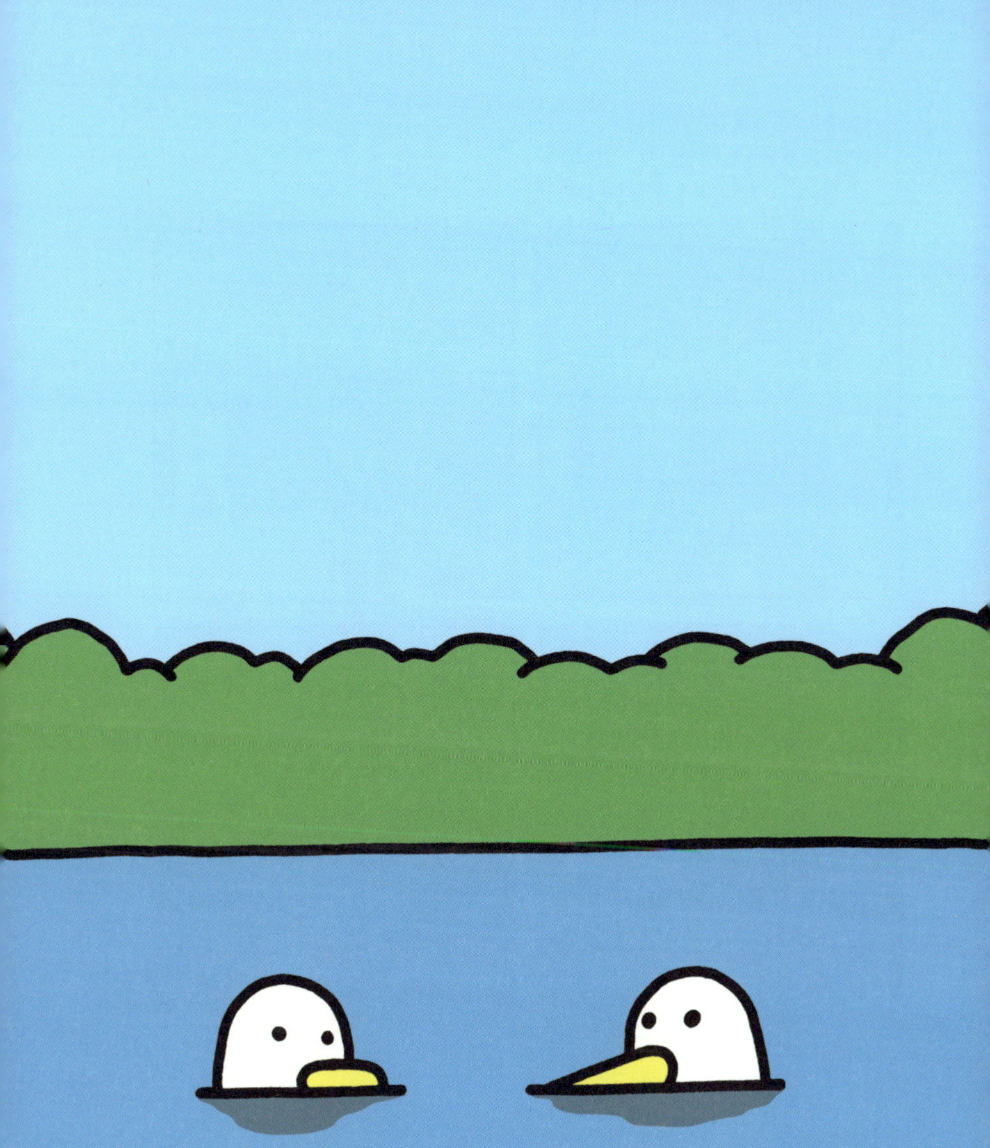

넘어지는 방법

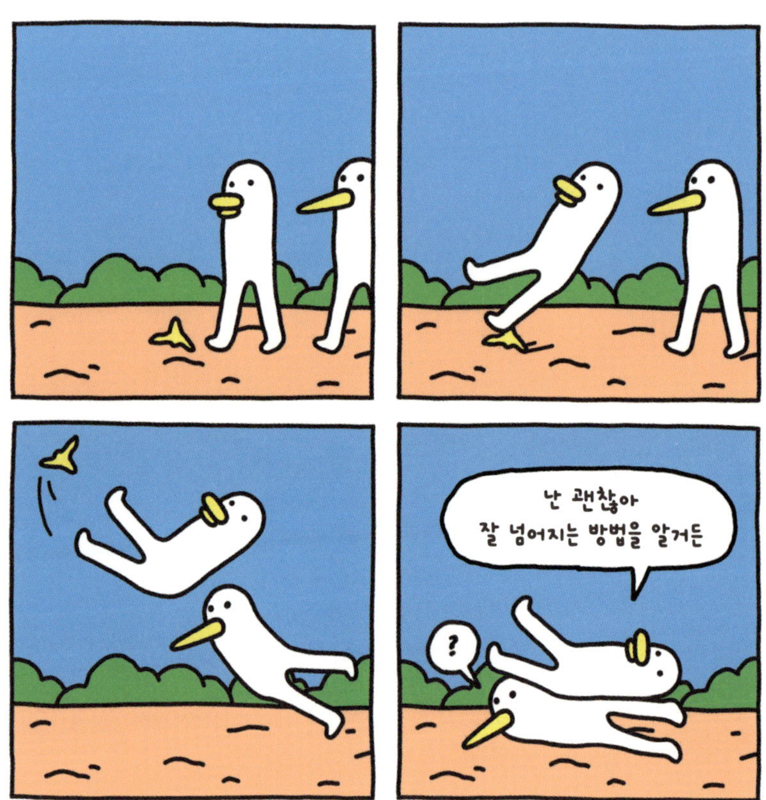

난 괜찮아
잘 넘어지는 방법을 알거든
?

넘어지는 방법

#그 방법 나도 알려줘

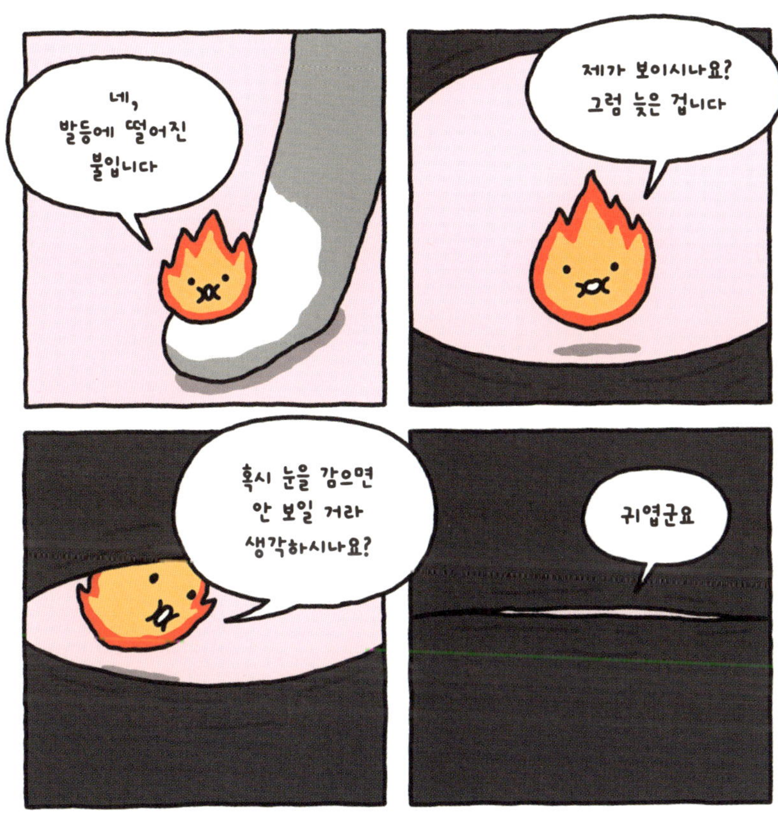
네,
발등에 떨어진
불입니다
제가 보이시나요?
그럼 늦은 겁니다
혹시 눈을 감으면
안 보일 거라
생각하시나요?
귀엽군요

섬

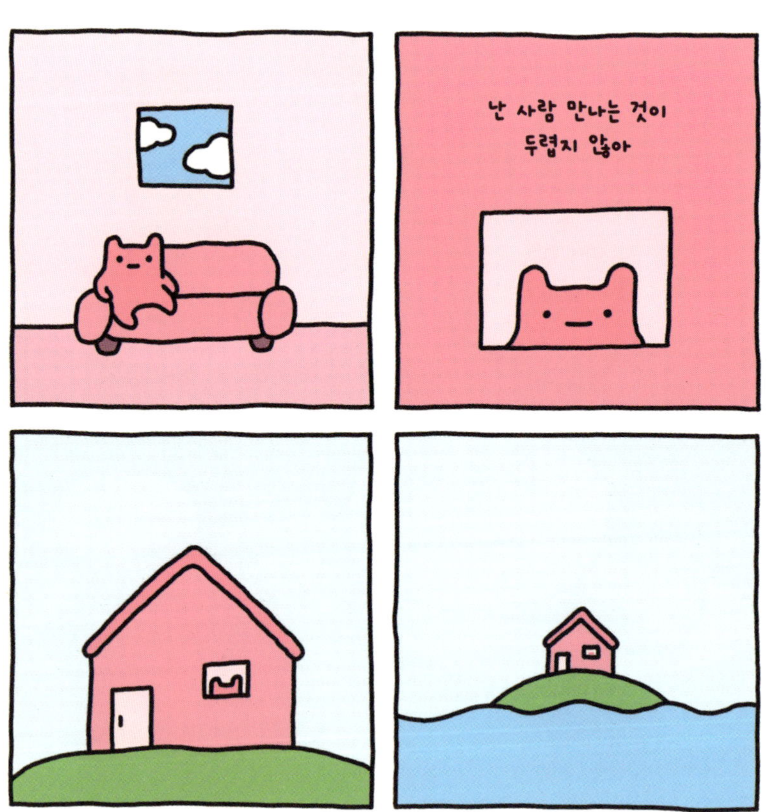

난 사람 만나는 것이
두렵지 않아

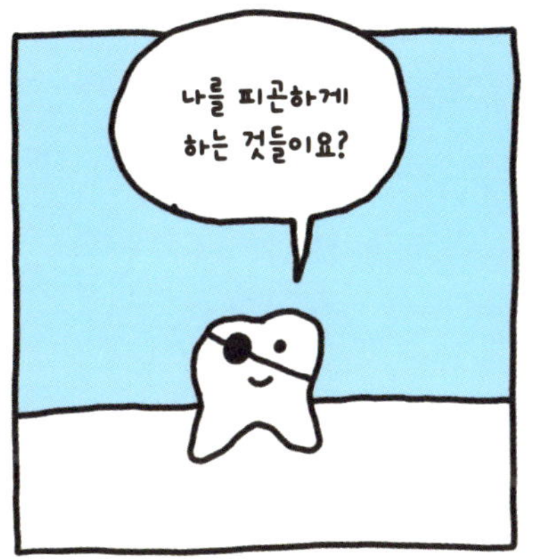
나를 피곤하게
하는 것들이요?

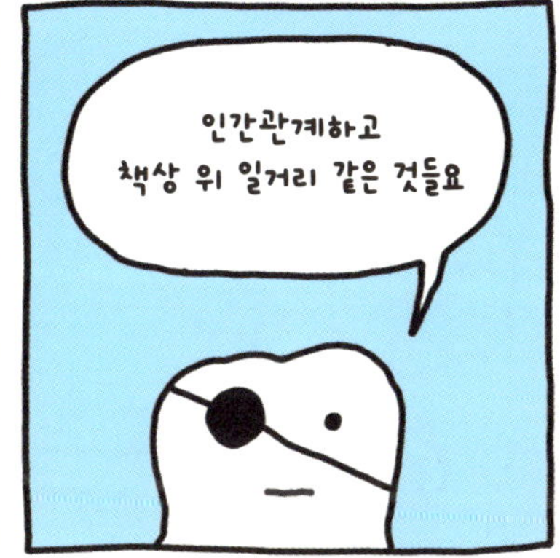
인간관계하고
책상 위 일거리 같은 것들요

#이 두 가지 빼곤 다 좋아!

힘내라고 하지 마

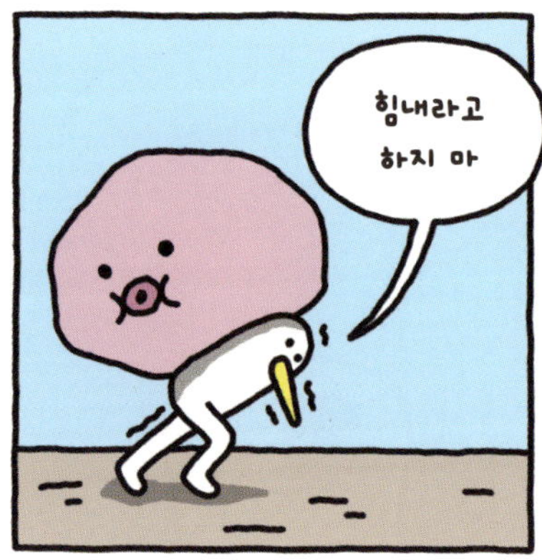

힘내라고
하지 마

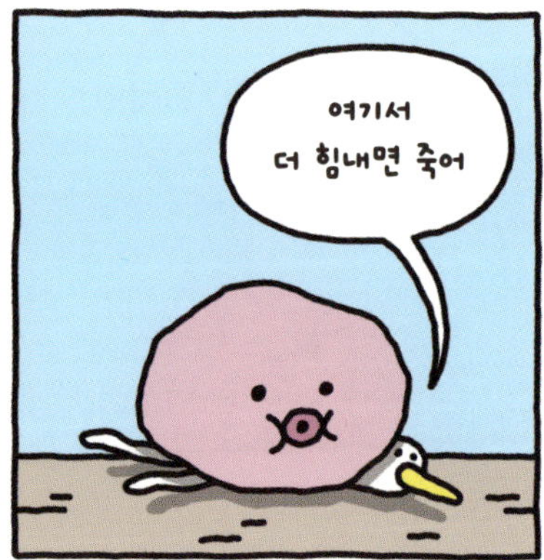

여기서
더 힘내면 죽어

#힘은 내가 알아서 낼게 :)

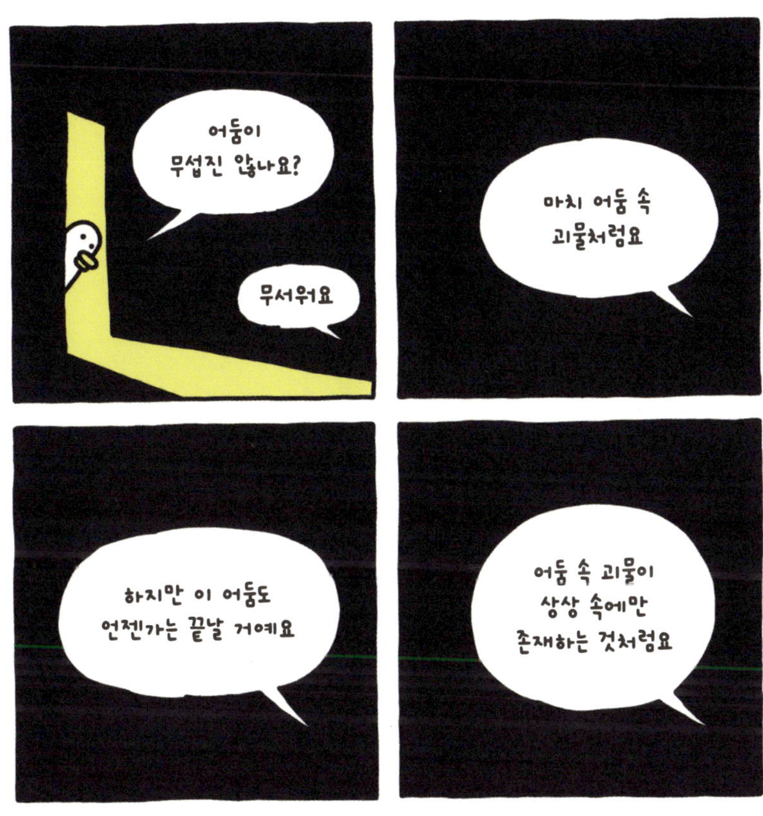
어둠이
무섭진 않나요?

무서워요

마치 어둠 속
괴물처럼요

하지만 이 어둠도
언젠가는 끝날 거예요

어둠 속 괴물이
상상 속에만
존재하는 것처럼요

#이 어둠도 잘 지나가기를

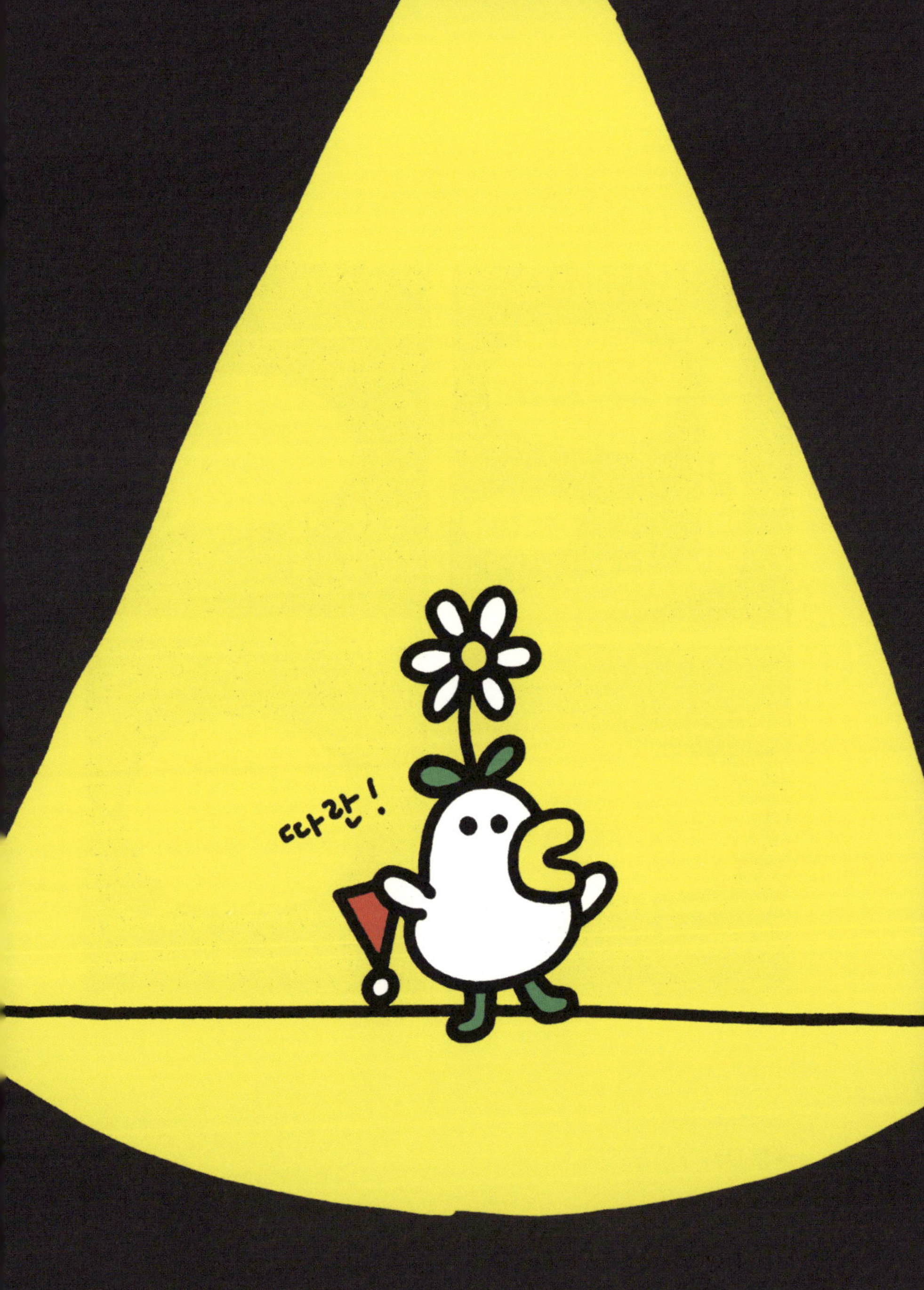
따란!

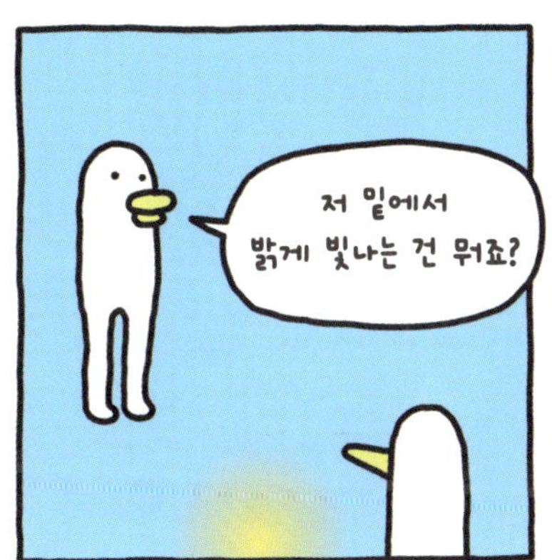
저 밑에서
밝게 빛나는 건 뭐죠?

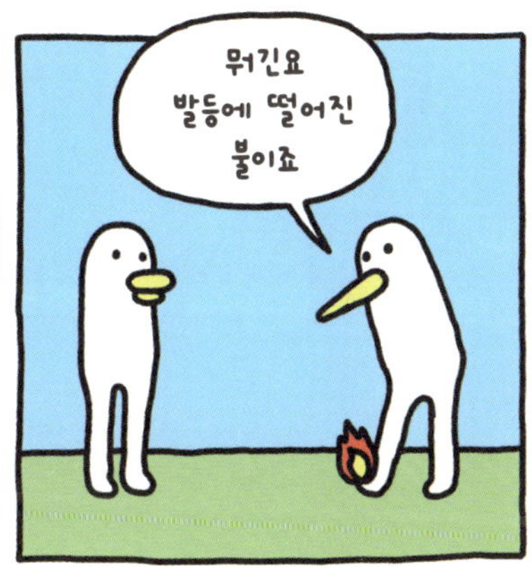
뭐긴요
발등에 떨어진
불이죠

#후호후호— 안녕?

날 수 없어도 괜찮아

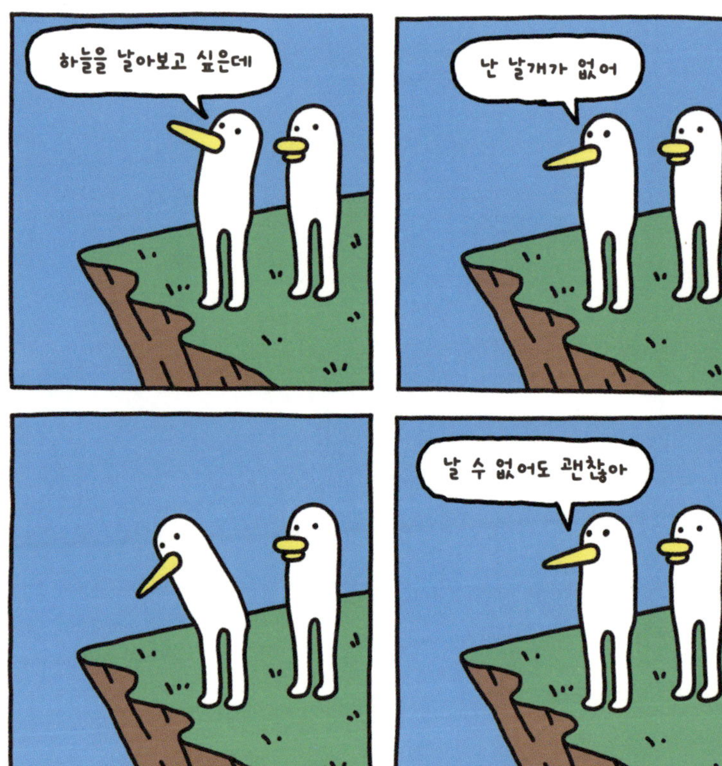

하늘을 날아보고 싶은데
난 날개가 없어
날 수 없어도 괜찮아

#튼튼한 두 다리가 있는걸

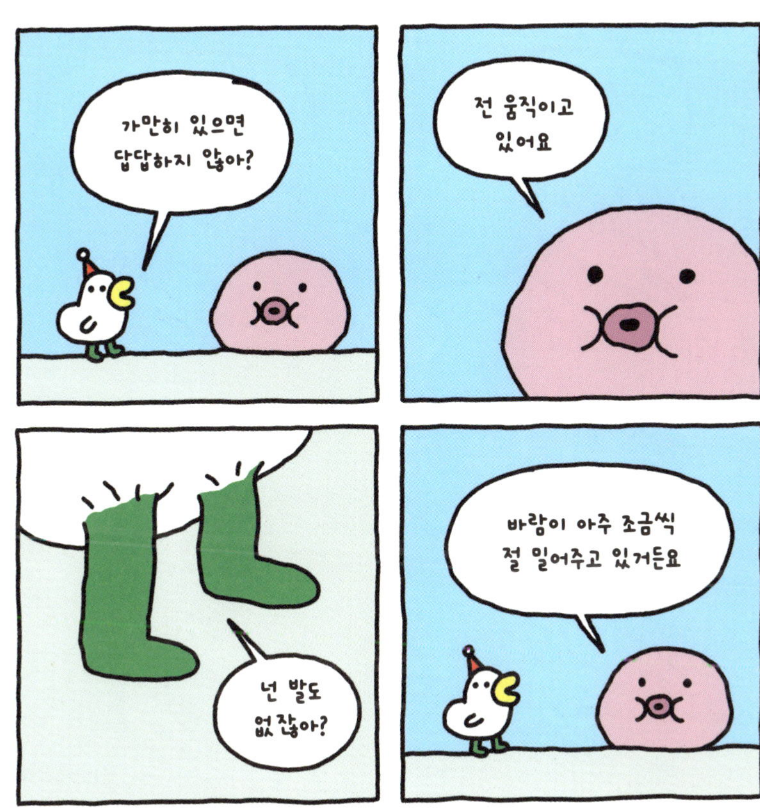
가만히 있으면
답답하지 않아?
전 움직이고
있어요
넌 발도
없잖아?
바람이 아주 조금씩
절 밀어주고 있거든요

#조금씩 조금씩 가고 있는 중

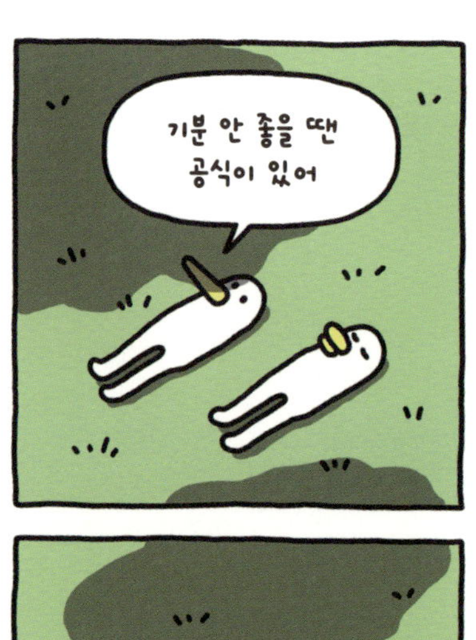

기분 안 좋을 땐
공식이 있어

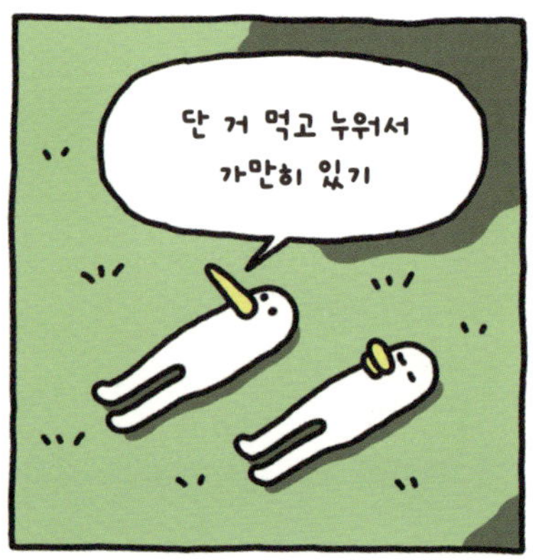

단 거 먹고 누워서
가만히 있기

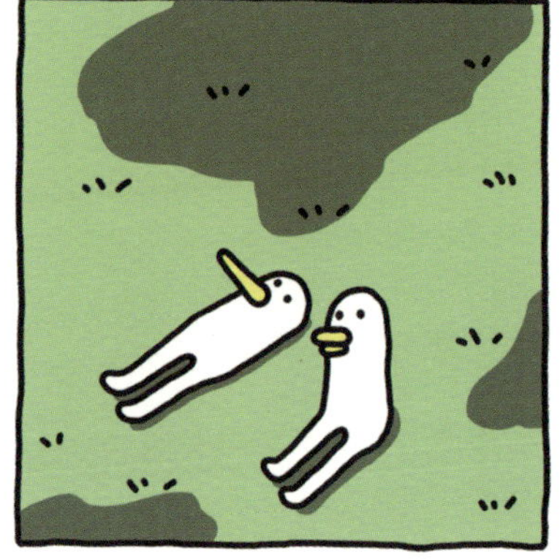

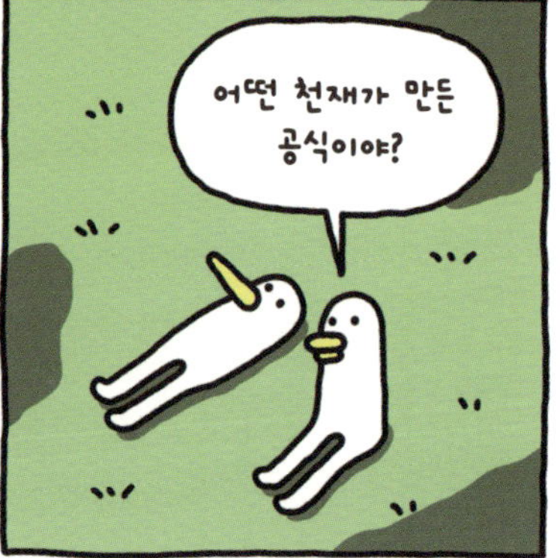

어떤 천재가 만든
공식이야?

#노벨상을 줘야겠어

좋은 일은 시간이 걸린다

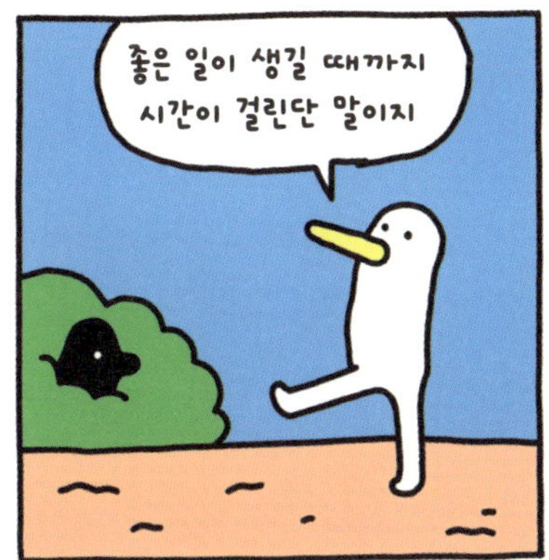

좋은 일이 생길 때까지
시간이 걸린단 말이지

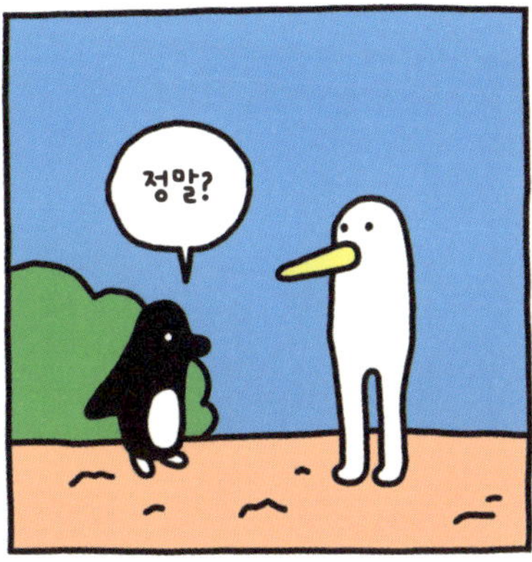

정말?

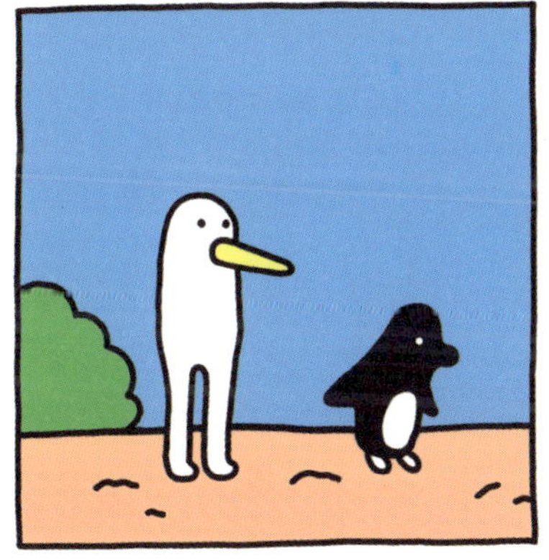

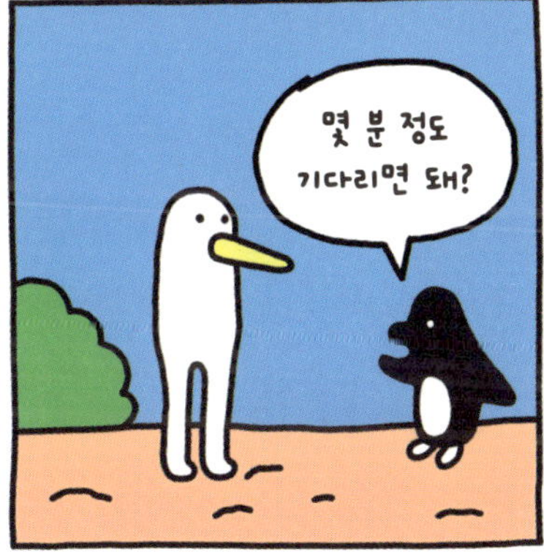

몇 분 정도
기다리면 돼?

#우리 인내심을 기르자

거울 속의 나

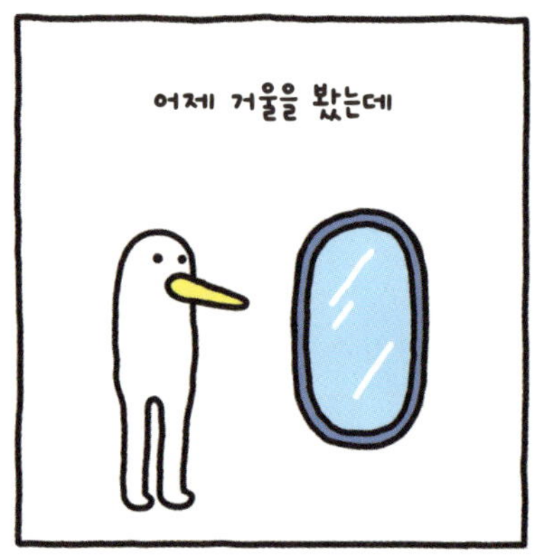

어제 거울을 봤는데

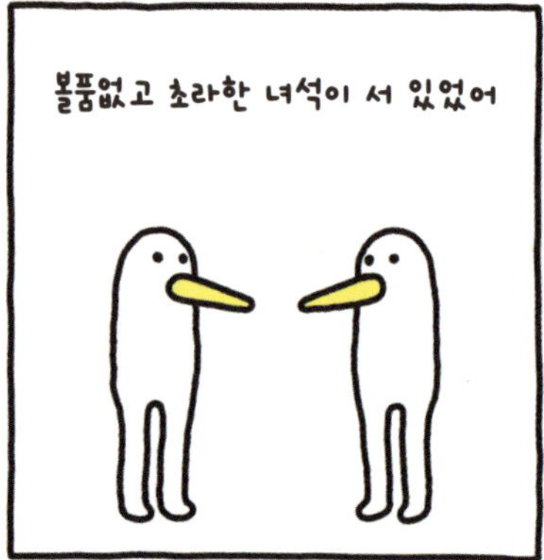

볼품없고 초라한 녀석이 서 있었어

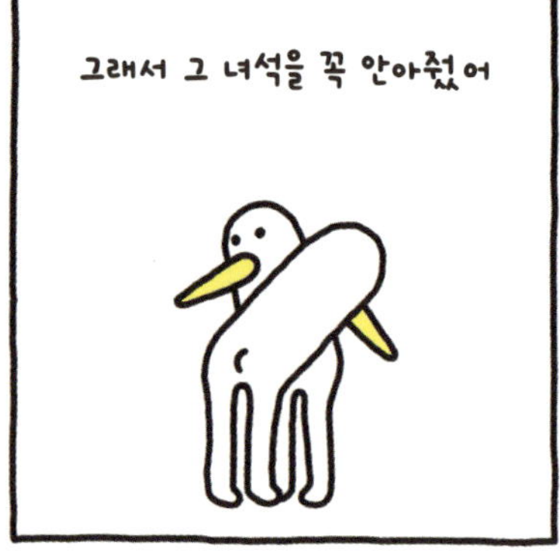

그래서 그 녀석을 꼭 안아줬어

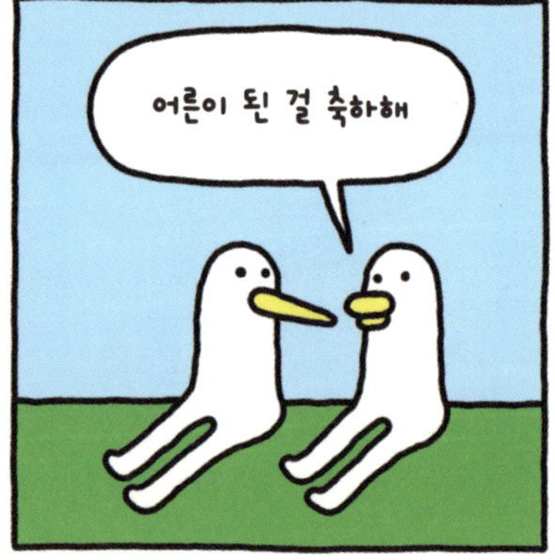

어른이 된 걸 축하해

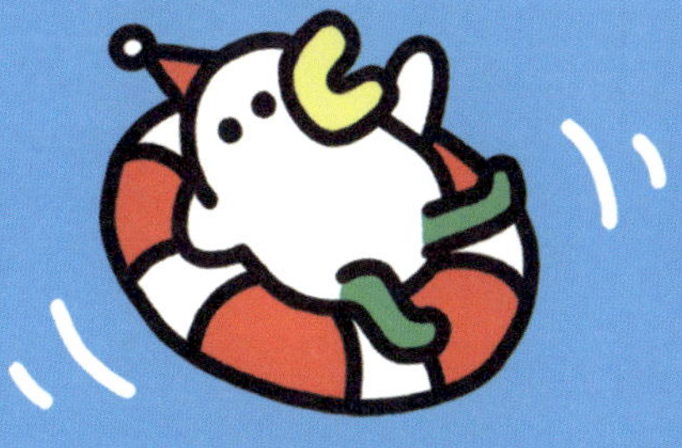

좋은 일

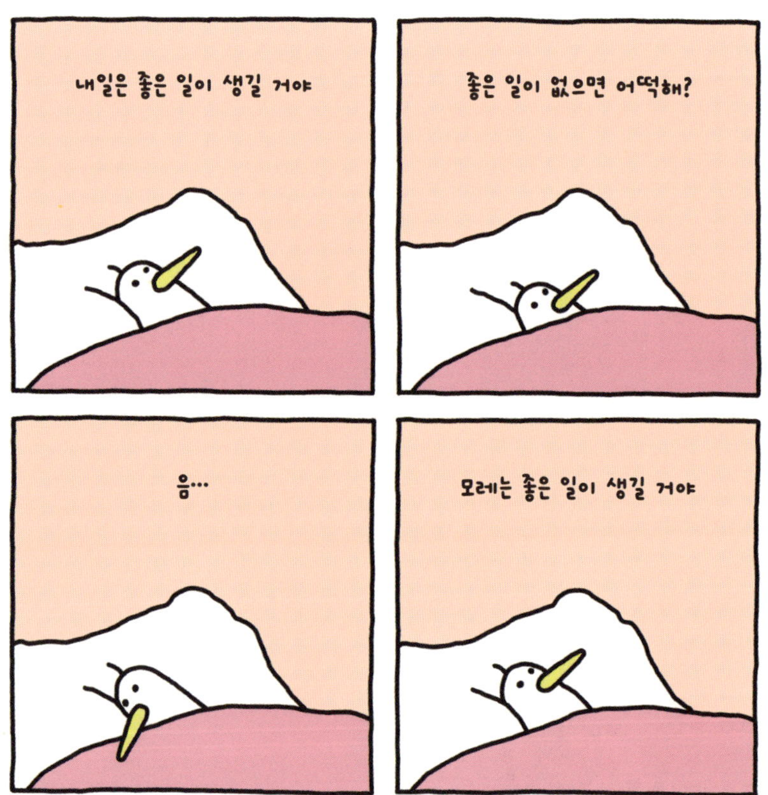

내일은 좋은 일이 생길 거야
좋은 일이 없으면 어떡해?
음…
모레는 좋은 일이 생길 거야

좋은 일

#정말이야

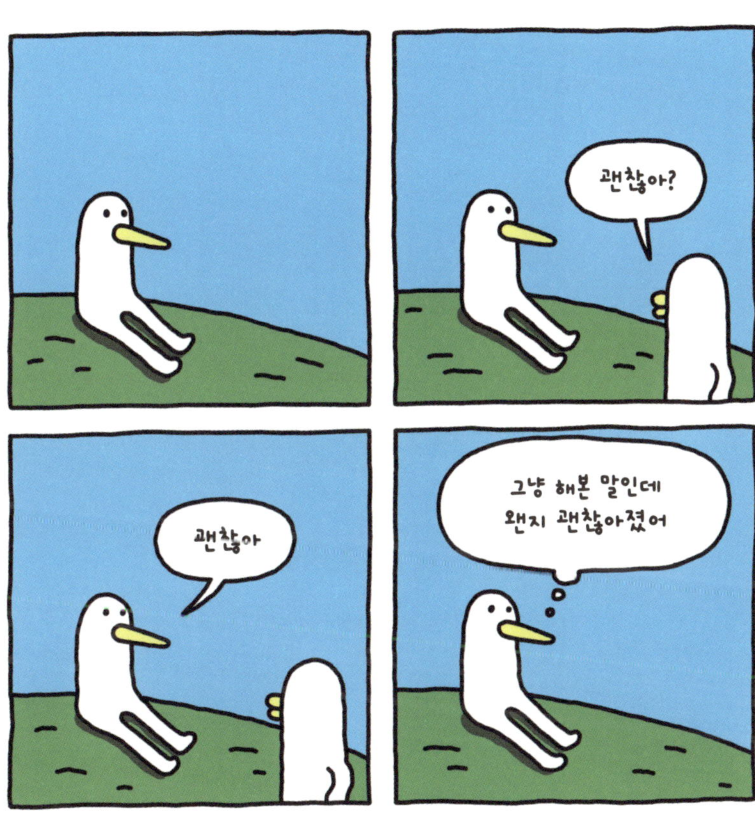
괜찮아?
괜찮아
그냥 해본 말인데
왠지 괜찮아졌어

달

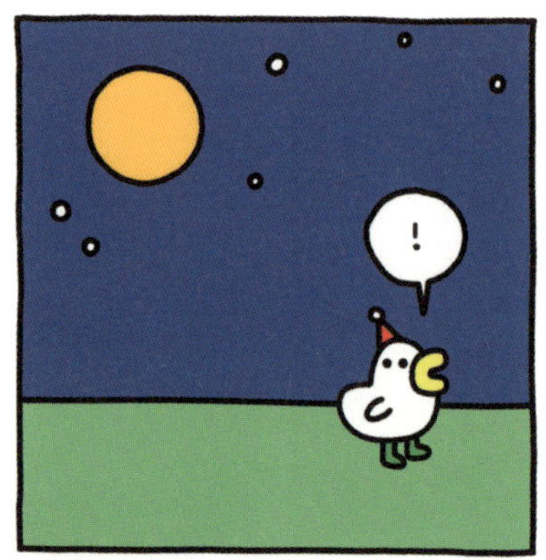

!

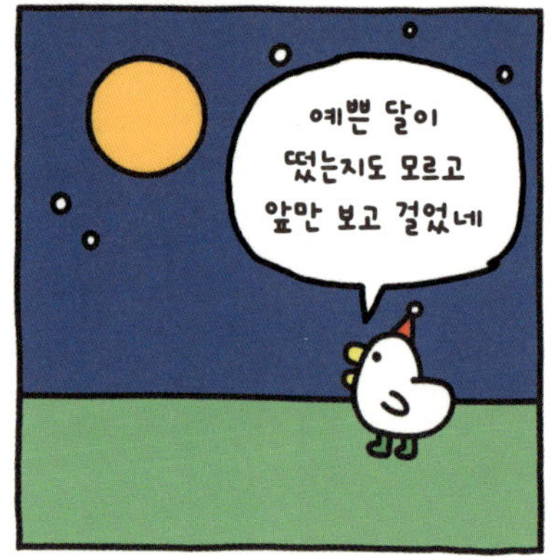

예쁜 달이
떴는지도 모르고
앞만 보고 걸었네

#가끔 주위를 돌아보면 예쁜 둥근 달을 볼지도 몰라

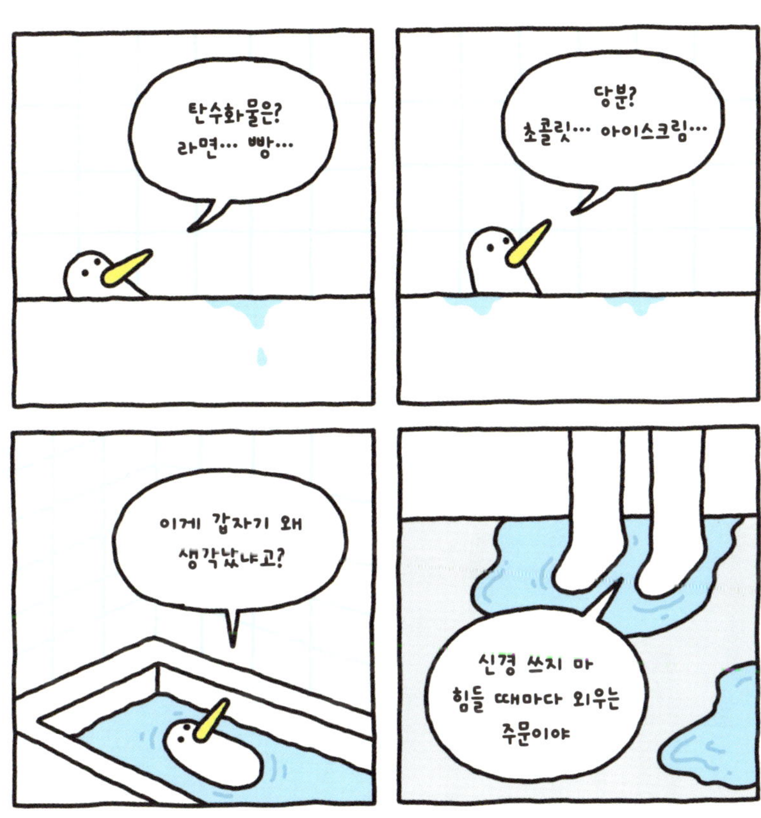
탄수화물은?
라면… 빵…

당분?
초콜릿… 아이스크림…

이게 갑자기 왜
생각났냐고?

신경 쓰지 마
힘들 때마다 외우는
주문이야

#이보다 더 좋은 주문이 있을까

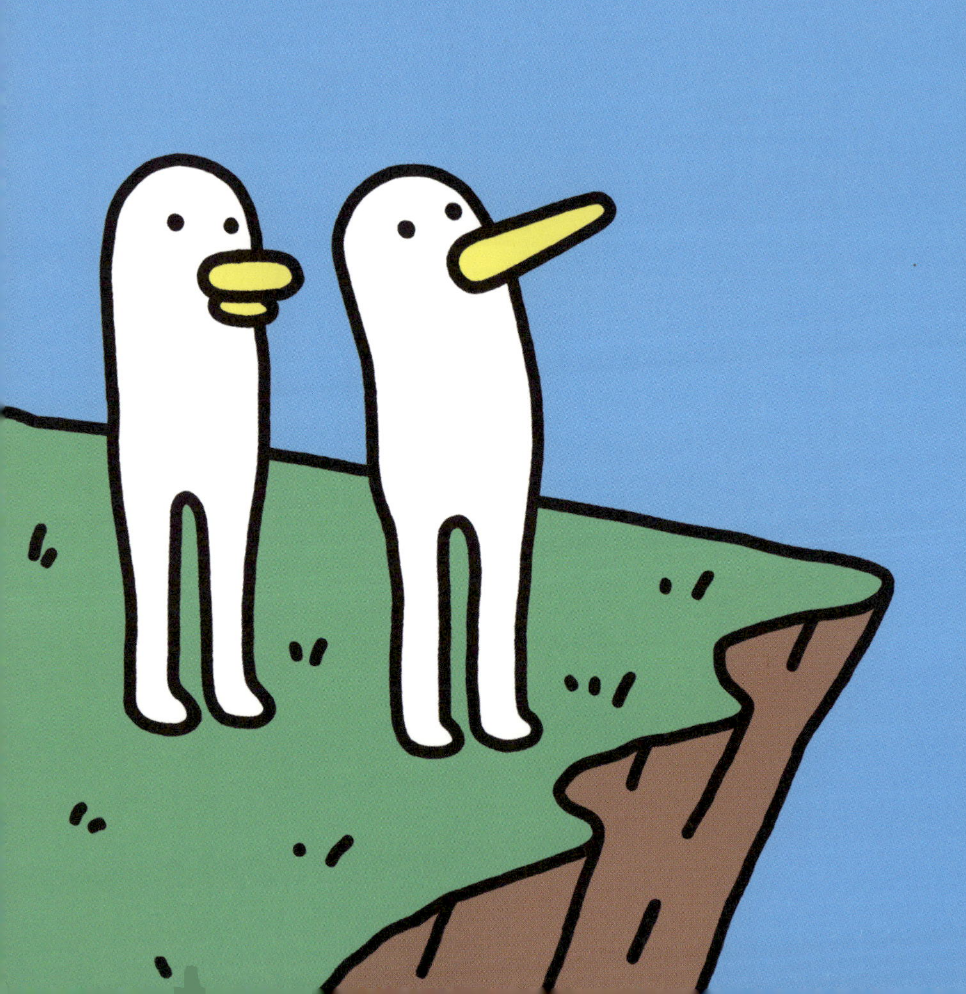

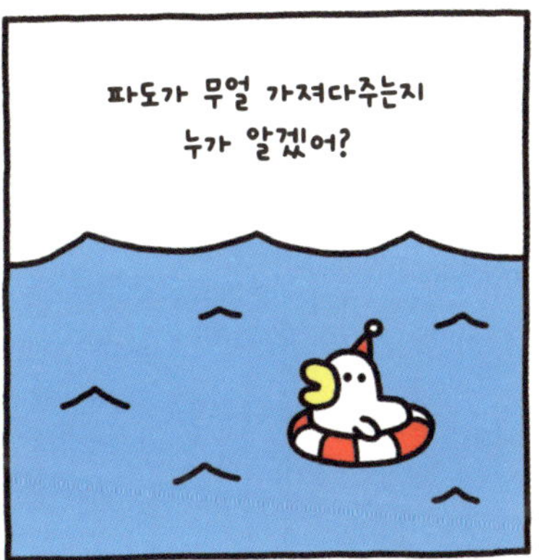
파도가 무얼 가져다주는지
누가 알겠어?

#흘러오는 파도 속에서

방심하지 마

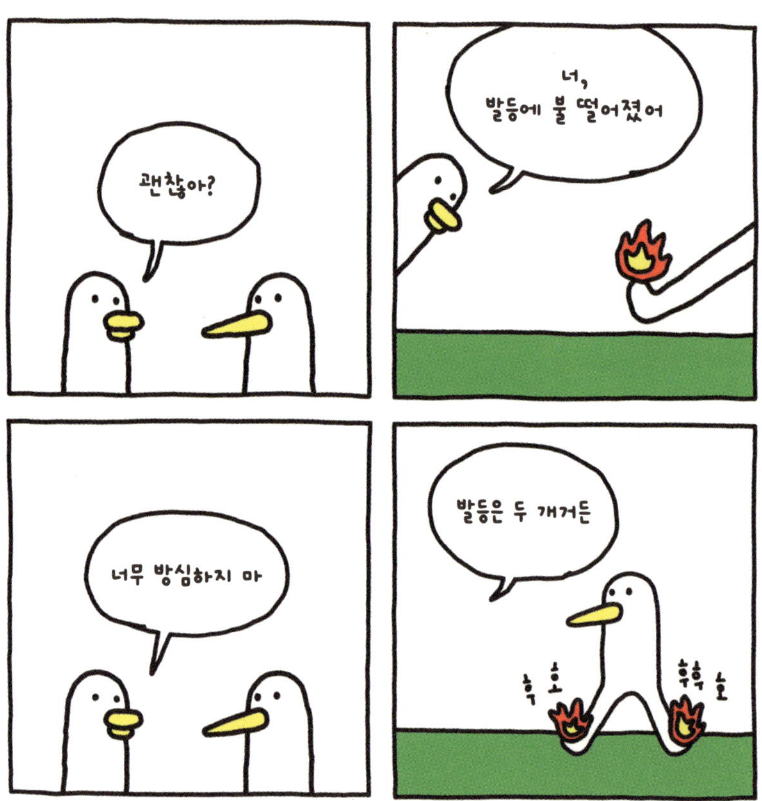
괜찮아?
너,
발등에 불 떨어졌어
너무 방심하지 마
발등은 두 개거든
후호
후훅호

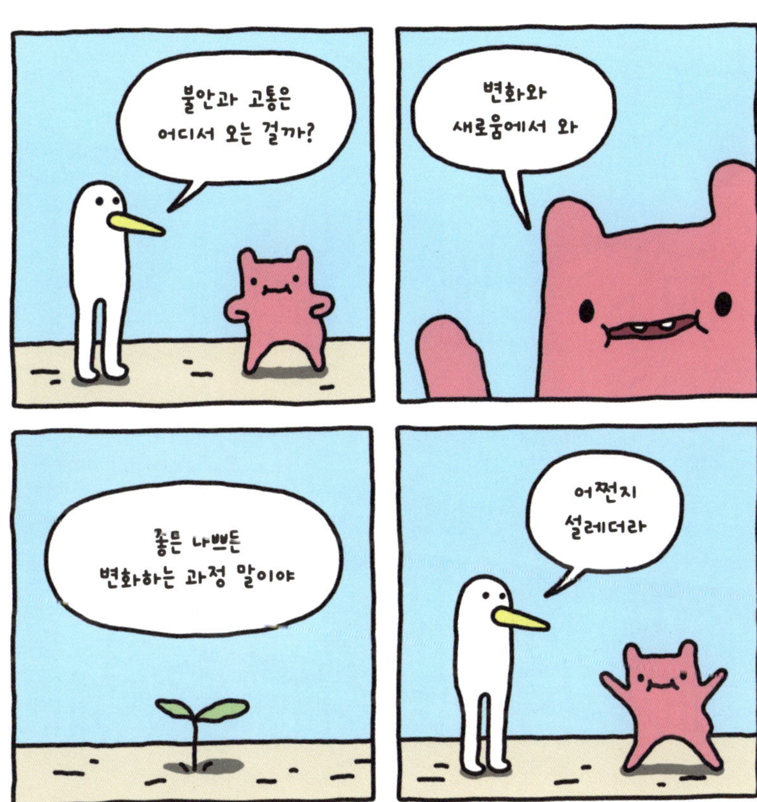
불안과 고통은
어디서 오는 걸까?
변화와
새로움에서 와
좋든 나쁘든
변화하는 과정 말이야
어쩐지
설레더라

빌려줄까?

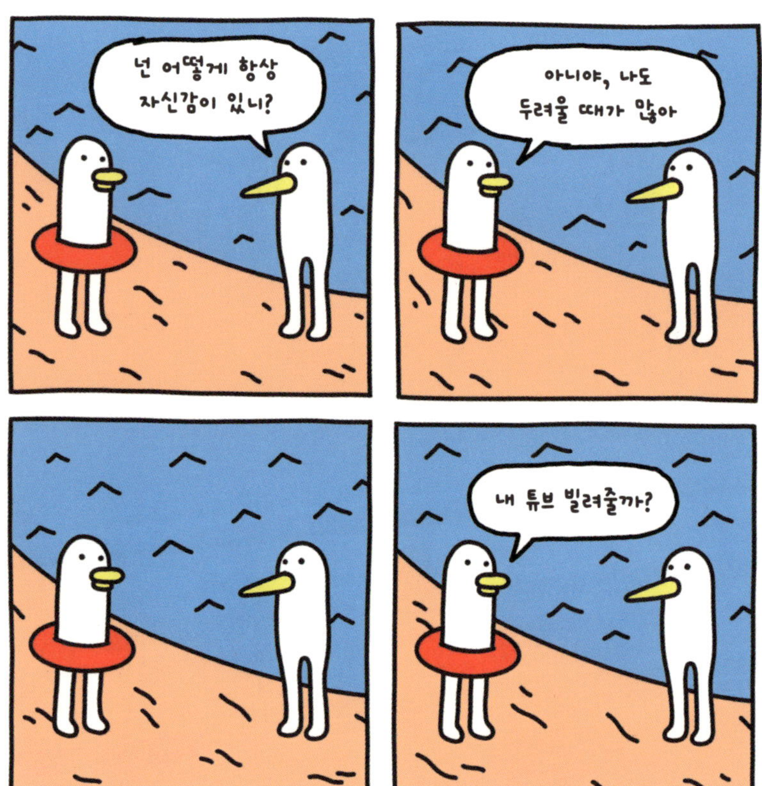

넌 어떻게 항상 자신감이 있니?
아니야, 나도 두려울 때가 많아
내 튜브 빌려줄까?

#자신감이 담긴 튜브를 빌려줄게

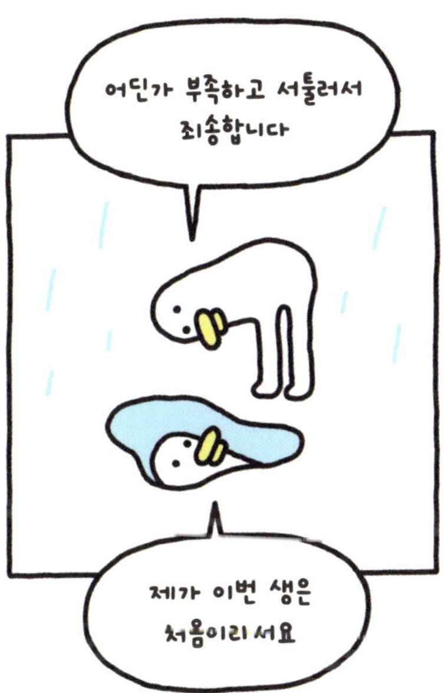
어딘가 부족하고 서툴러서
죄송합니다
제가 이번 생은
처음이리서요

#모두 이번 생은 처음이잖아

오늘두 잘 살았습니두

내 말이 어떨지 모르겠지만

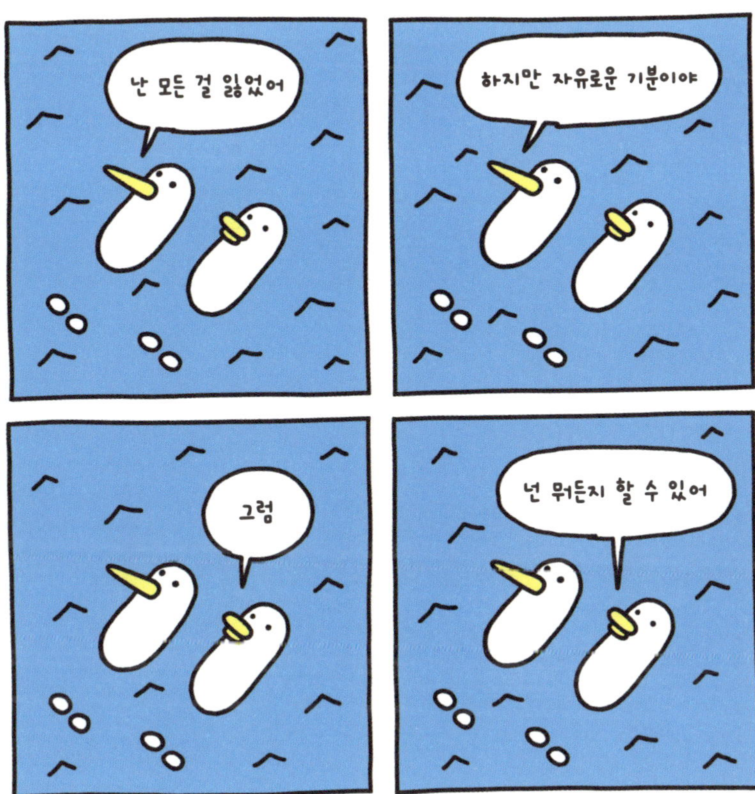

난 모든 걸 잃었어
하지만 자유로운 기분이야
그럼
넌 뭐든지 할 수 있어

길을 잃다

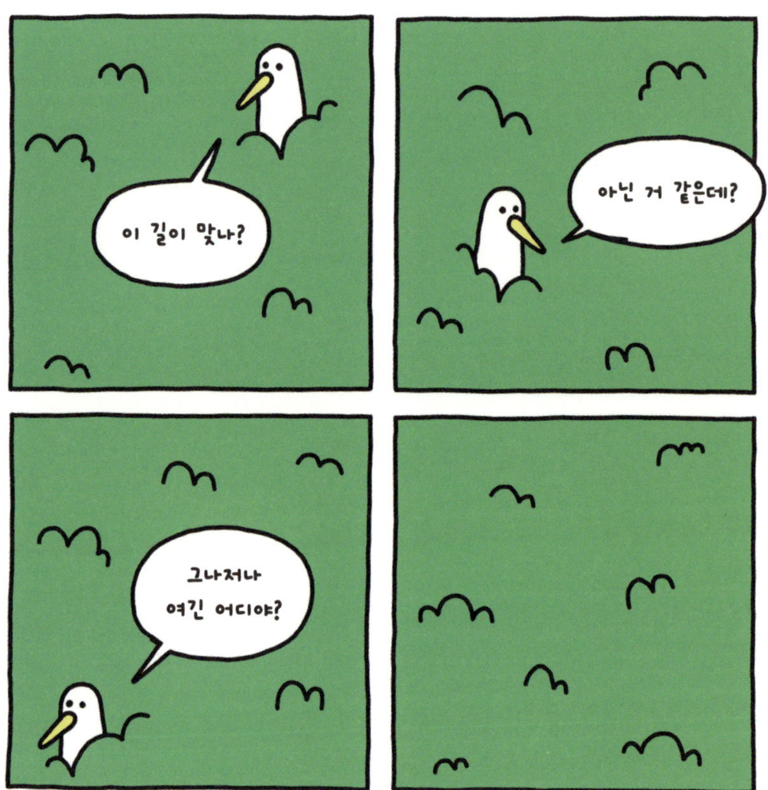

이 길이 맞나?
아닌 거 같은데?
그나저나
여긴 어디야?

#잠시 길도 잃고 그러는 거지, 뭐

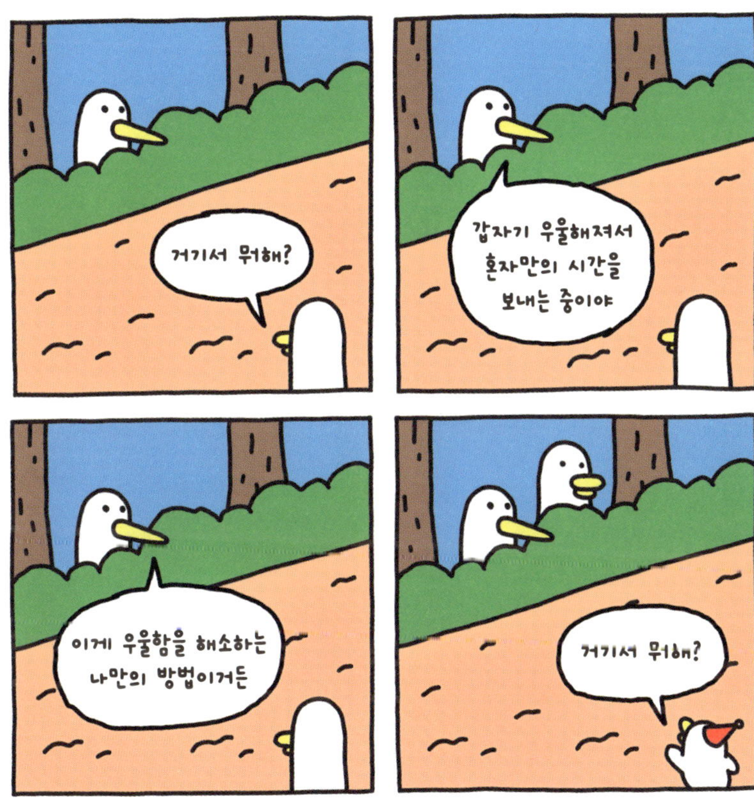
거기서 뭐해?

갑자기 우울해져서
혼자만의 시간을
보내는 중이야

이게 우울함을 해소하는
나만의 방법이거든

거기서 뭐해?

#나만의 방법 찾기

그거 어떻게 하는 건데

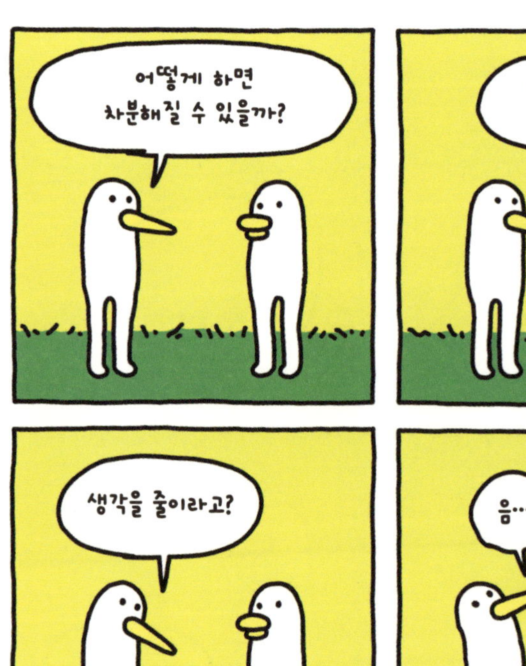
어떻게 하면 차분해질 수 있을까?
생각을 줄여보는 건 어때?
생각을 줄이라고?
음…

#생각을 줄이는 방법에 대해서 생각해보기

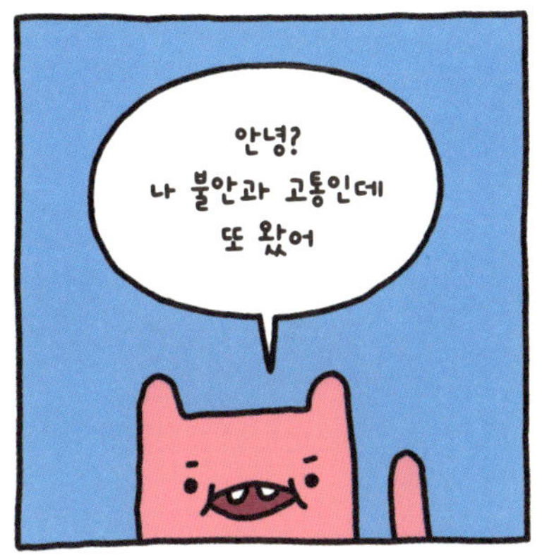

안녕?
나 불안과 고통인데
또 왔어

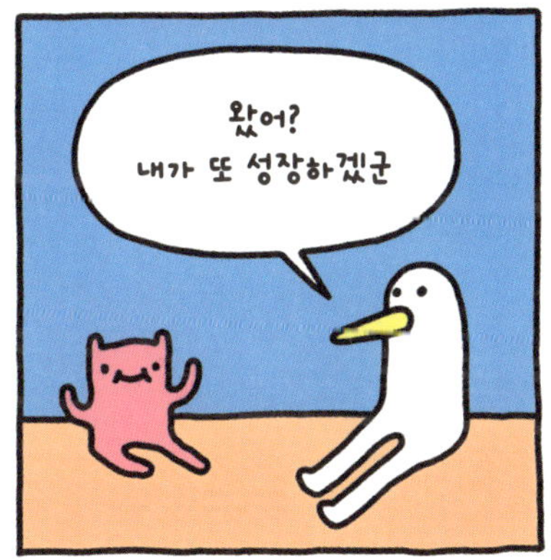

왔어?
내가 또 성장하겠군

#벌써…?(엊그제 온 거 같은데)

HOLE

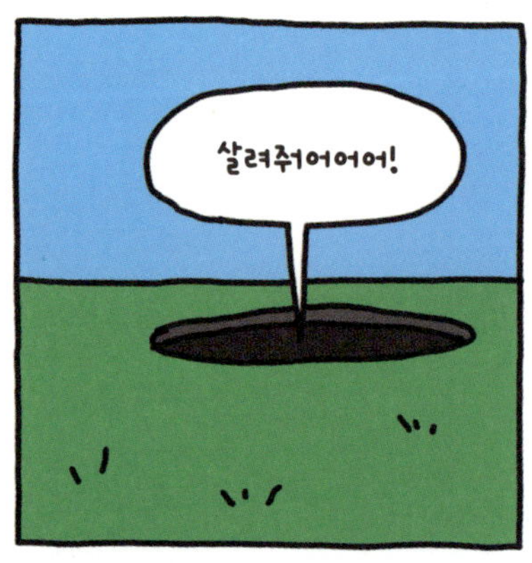

살려줘어어어!

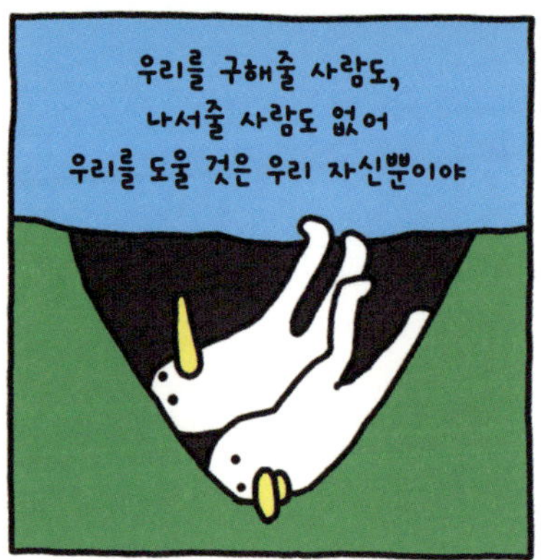

우리를 구해줄 사람도,
나서줄 사람도 없어
우리를 도울 것은 우리 자신뿐이야

#나 자신, 더 힘내

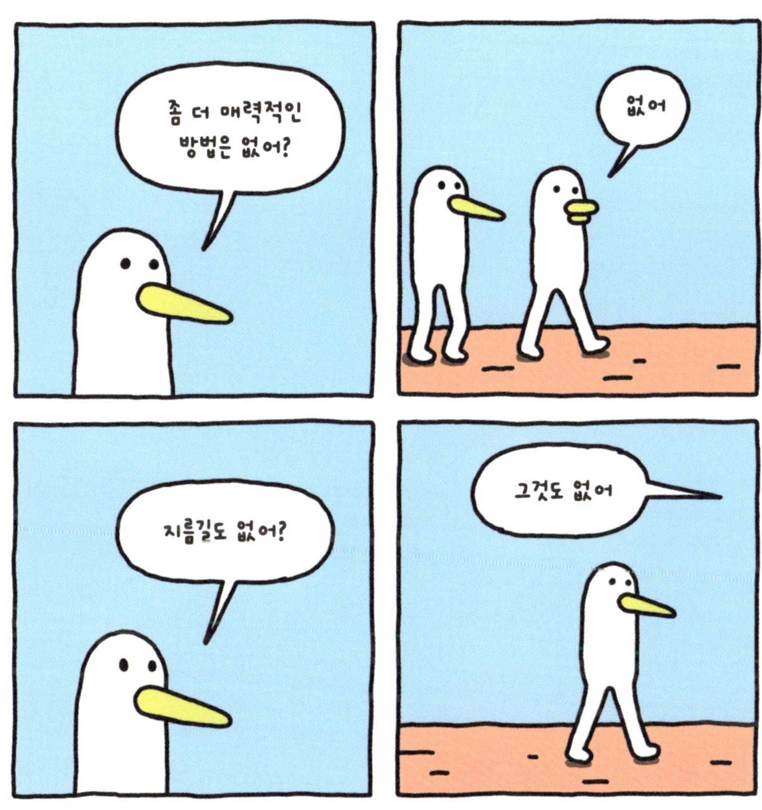
좀 더 매력적인
방법은 없어?
없어
지름길도 없어?
그것도 없어

#가끔은 정석대로 가야 해

그냥 걸어

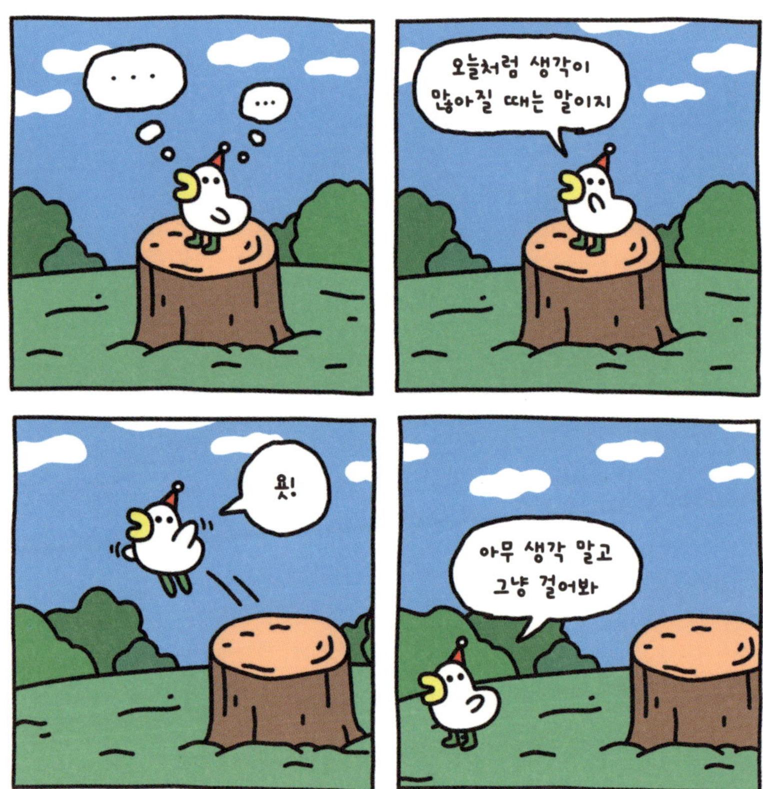

···
···
오늘처럼 생각이
많아질 때는 말이지
욧!
아무 생각 말고
그냥 걸어봐

#욧욧욧

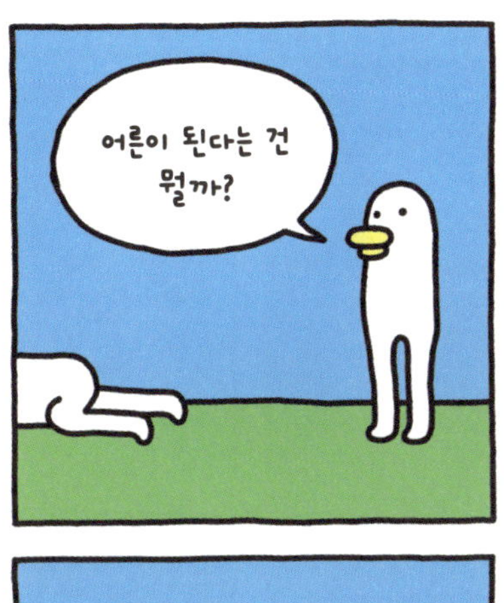
어른이 된다는 건
뭘까?

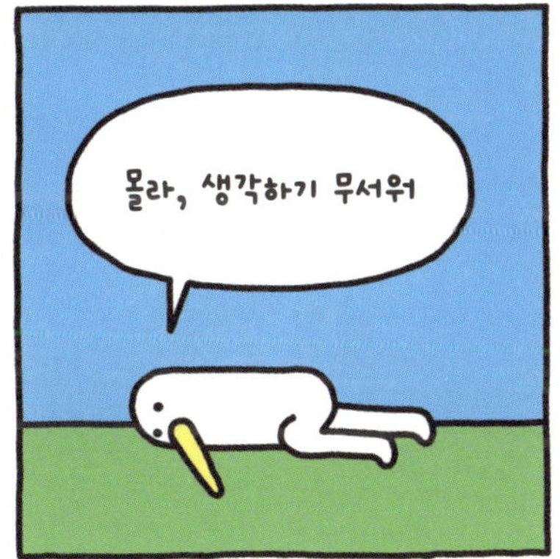
몰라, 생각하기 무서워

#어른 되기 싫어어어어어

눈물바다

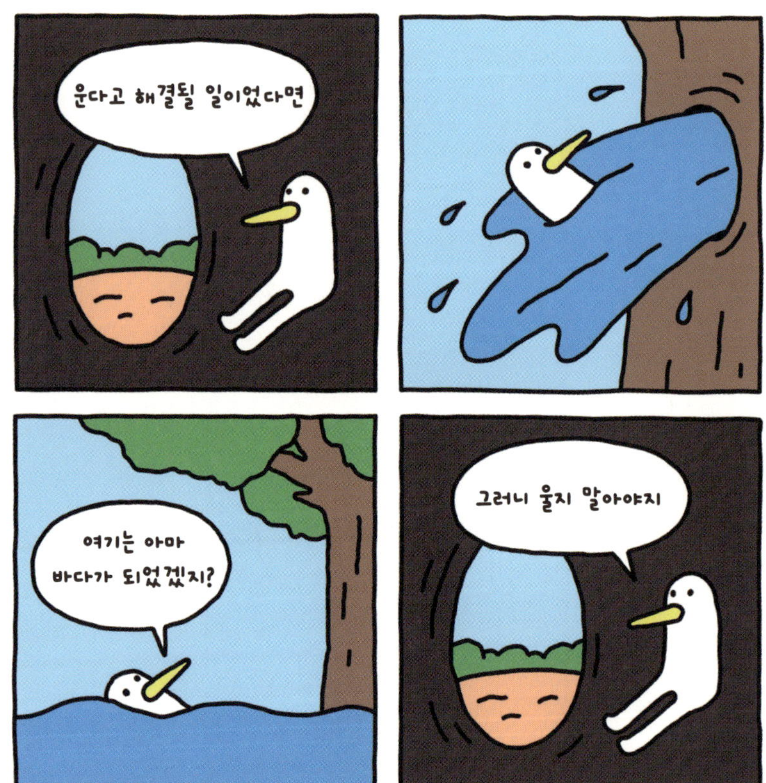

운다고 해결될 일이었다면
여기는 아마 바다가 되었겠지?
그러니 울지 말아야지

#울지마, 바보야

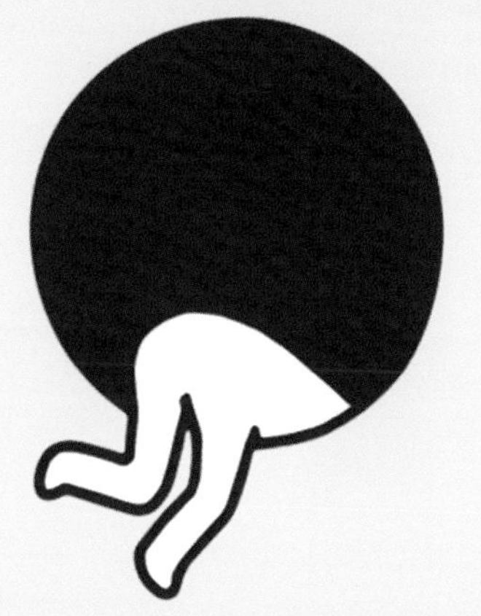

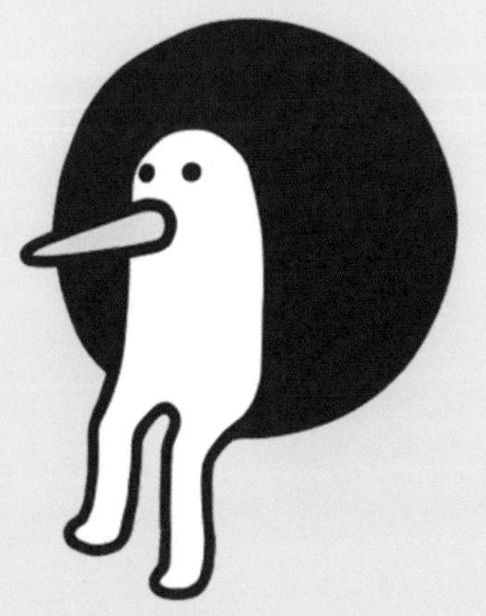

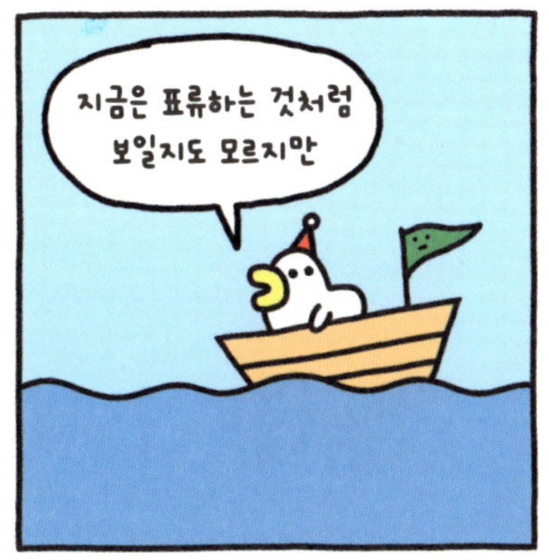
지금은 표류하는 것처럼
보일지도 모르지만

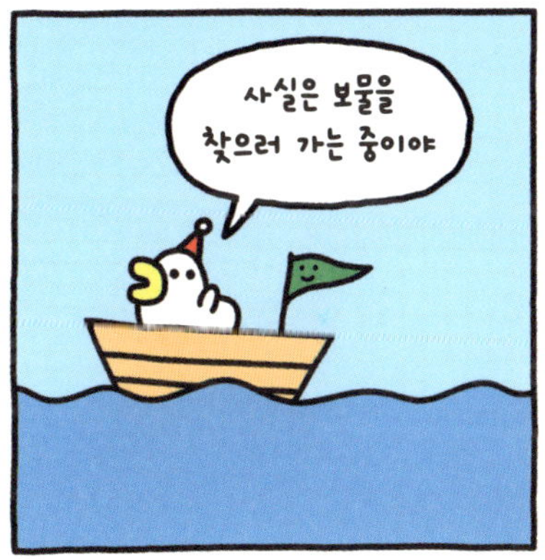
사실은 보물을
찾으러 가는 중이야

#보물은 모험 중에 발견되니까

완벽한 혼자

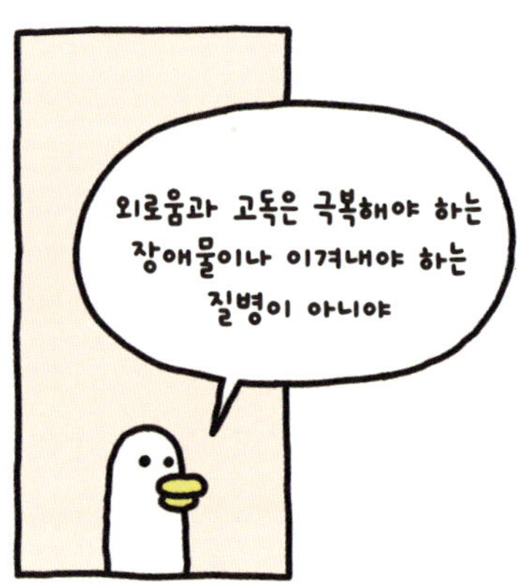

외로움과 고독은 극복해야 하는
장애물이나 이겨내야 하는
질병이 아니야

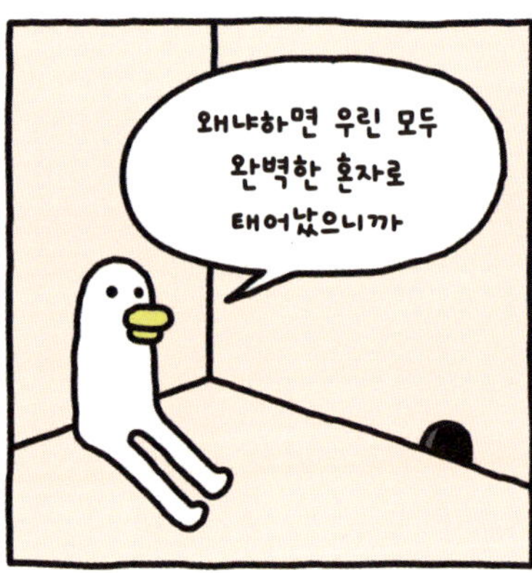

왜냐하면 우린 모두
완벽한 혼자로
태어났으니까

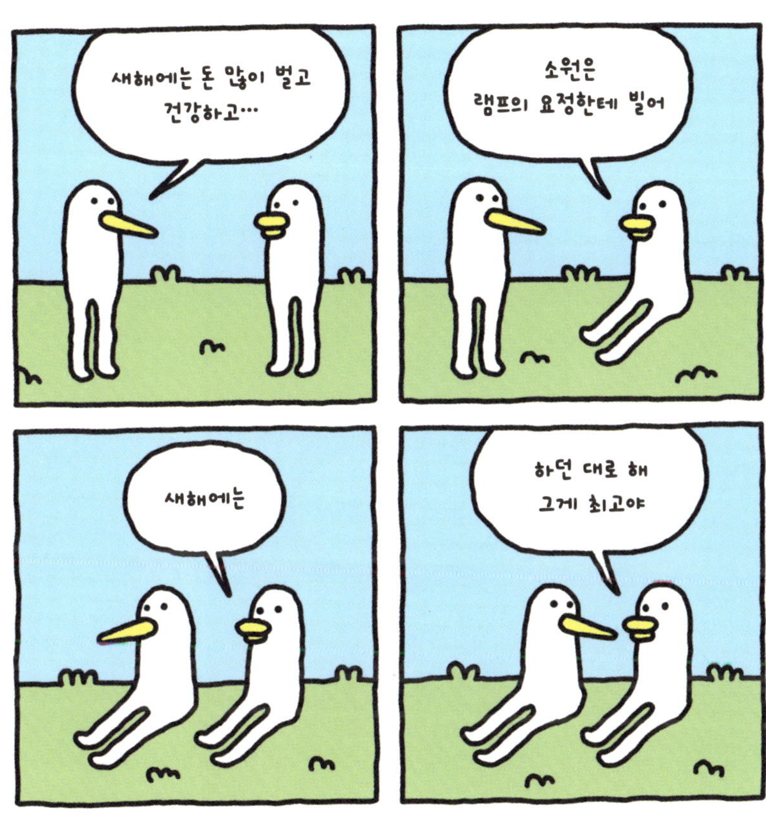
새해에는 돈 많이 벌고
건강하고…
소원은
램프의 요정한테 빌어
새해에는
하던 대로 해
그게 최고야

잘 안 되네

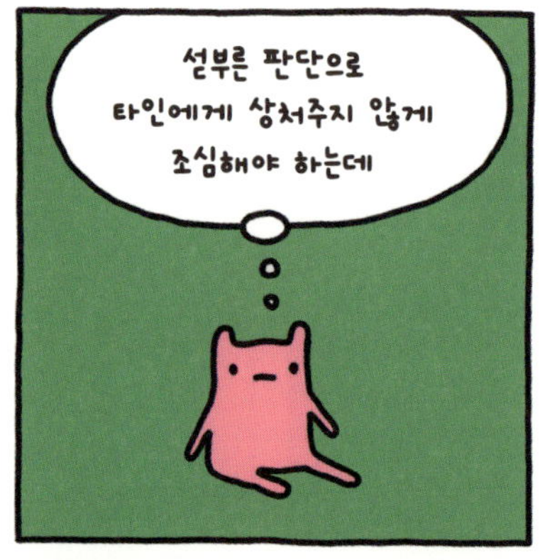

섣부른 판단으로
타인에게 상처주지 않게
조심해야 하는데

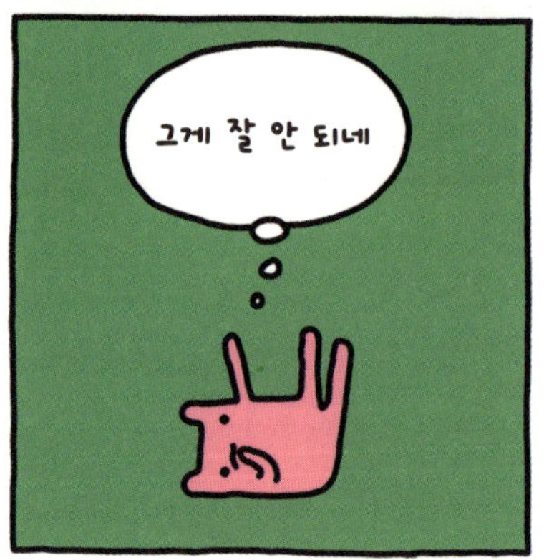

그게 잘 안 되네

\#불안과 고통이의 속마음

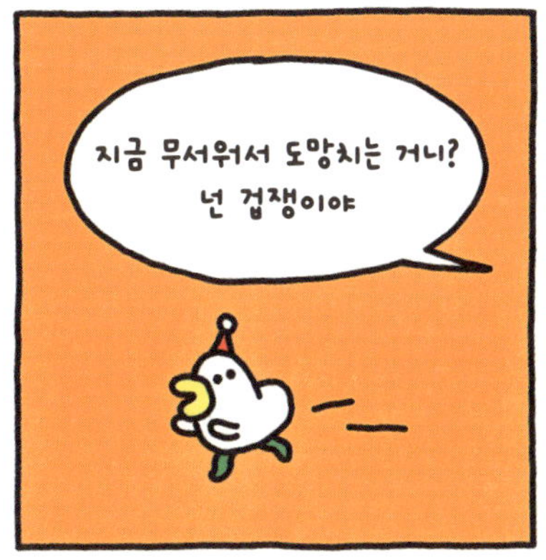
지금 무서워서 도망치는 거니?
넌 겁쟁이야

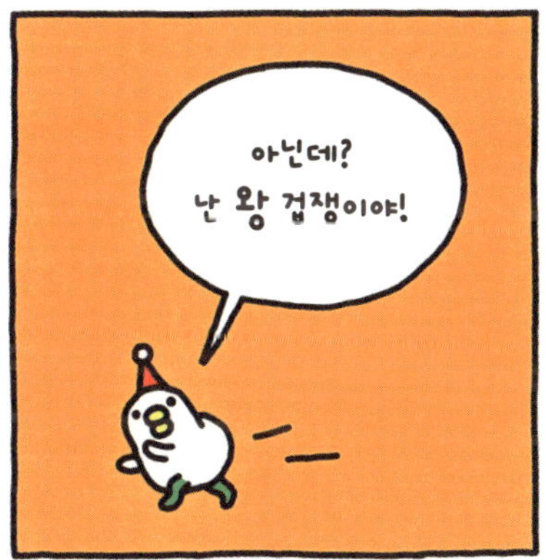
아닌데?
난 왕 겁쟁이야!

#왜, 뭐, 뭐, 어쩌라구

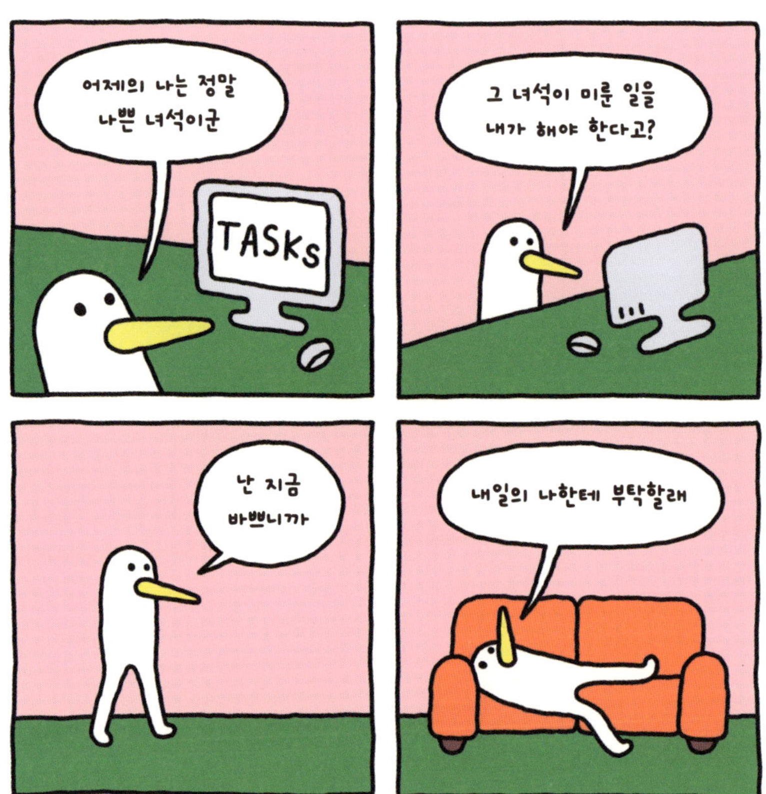
어제의 나는 정말 나쁜 녀석이군
TASKS
그 녀석이 미룬 일을 내가 해야 한다고?
난 지금 바쁘니까
내일의 나한테 부탁할래

어제의 나

#내일의 나야, 잘 부탁해!

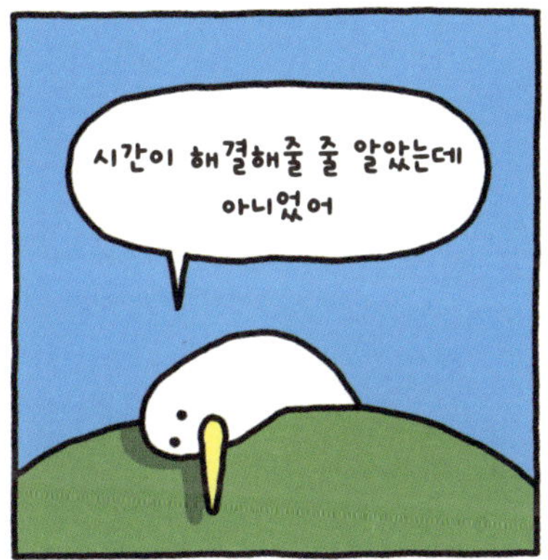
시간이 해결해줄 줄 알았는데
아니었어

#시간이 약이 아니네(나만 그런가)

당신에게 부족한 것

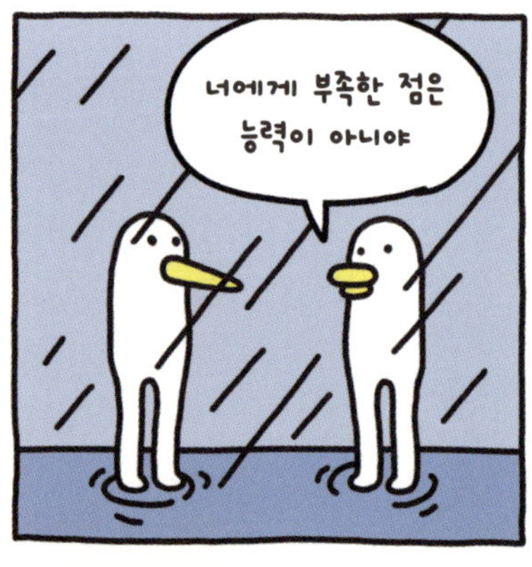

너에게 부족한 점은
능력이 아니야

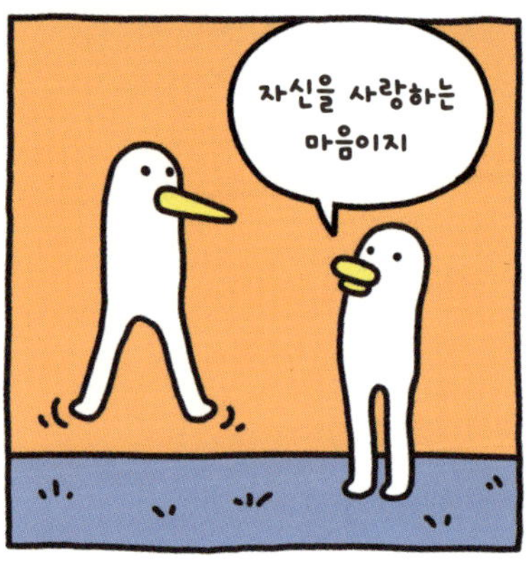

자신을 사랑하는
마음이지

당신에게 부족한 것

#나를 날개하는 너의 한마디

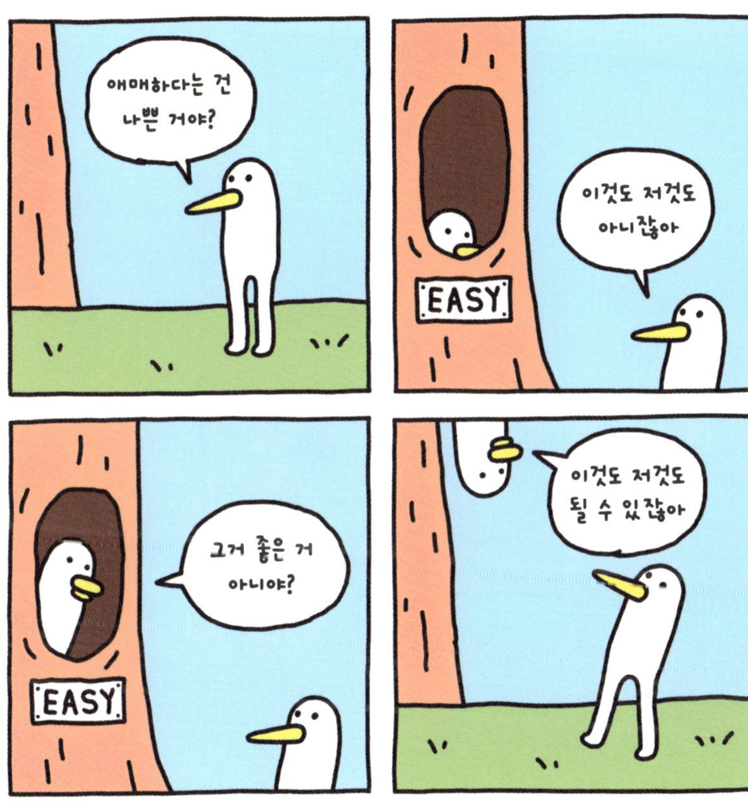
애매하다는 건
나쁜 거야?
이것도 저것도
아니잖아
EASY
그거 좋은 거
아니야?
EASY
이것도 저것도
될 수 있잖아

\#뭐든지 될 수 있다구!

비교하지 마

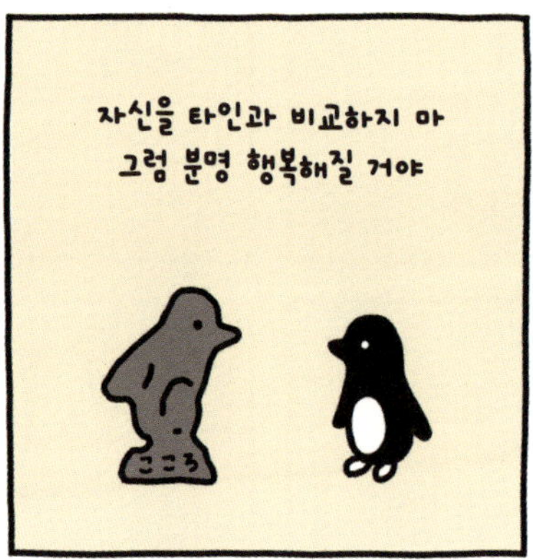

자신을 타인과 비교하지 마
그럼 분명 행복해질 거야

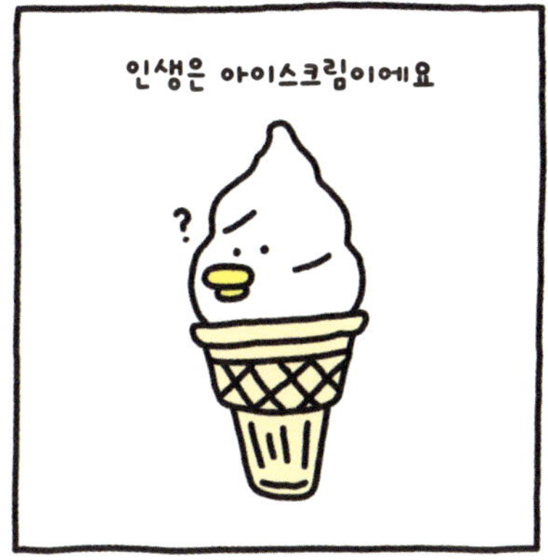
인생은 아이스크림이에요
?

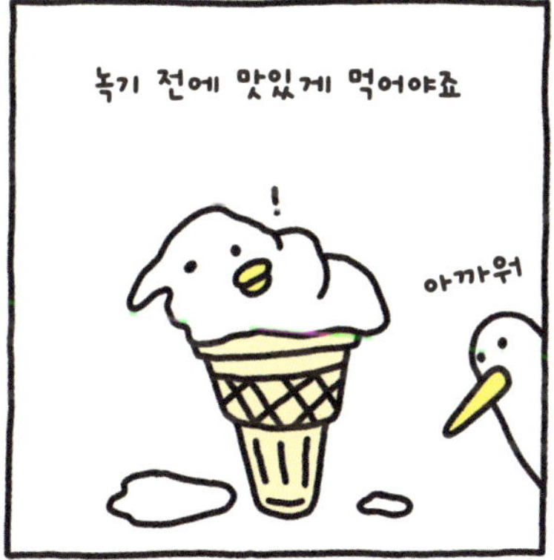
녹기 전에 맛있게 먹어야죠
!
아까워

스스로 하는 칭찬

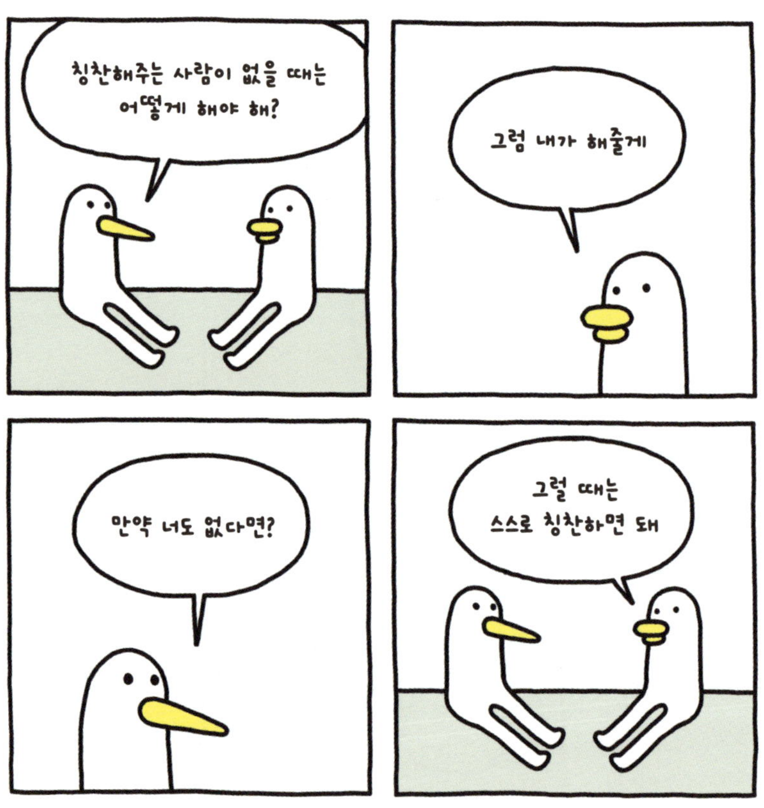

칭찬해주는 사람이 없을 때는
어떻게 해야 해?

그럼 내가 해줄게

만약 너도 없다면?

그럴 때는
스스로 칭찬하면 돼

#필요하면 말해! 언제나 옆에 있을게

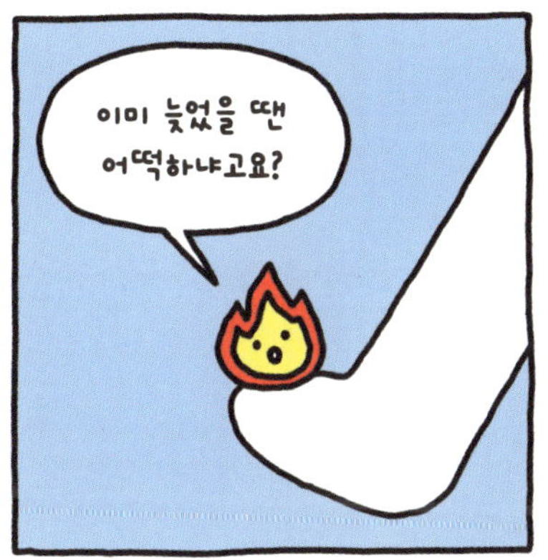

이미 늦었을 땐
어떡하냐고요?

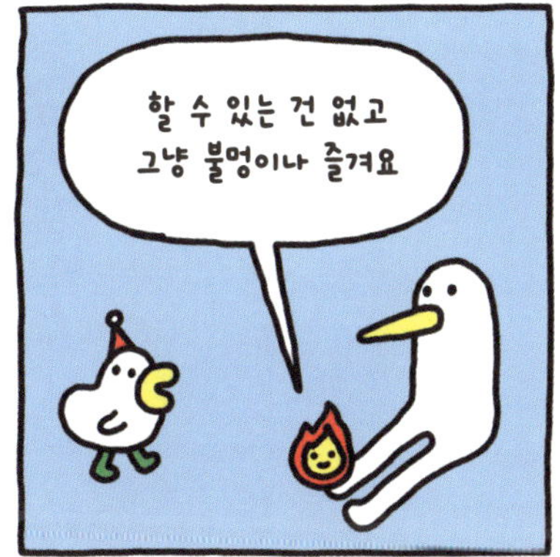

할 수 있는 건 없고
그냥 불멍이나 즐겨요

#가끔은 불멍도 두 개

조언하지 마

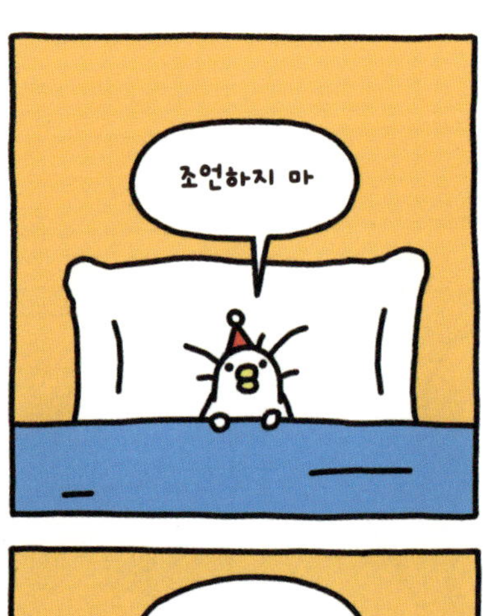

조연하지 마

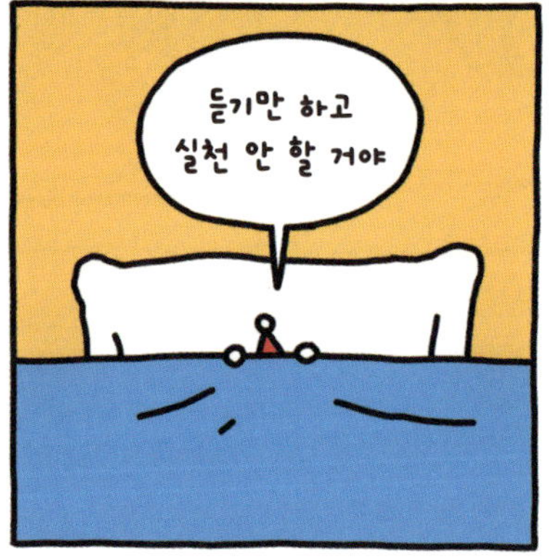

듣기만 하고
실천 안 할 거야

#이불 속에서 하는 다짐

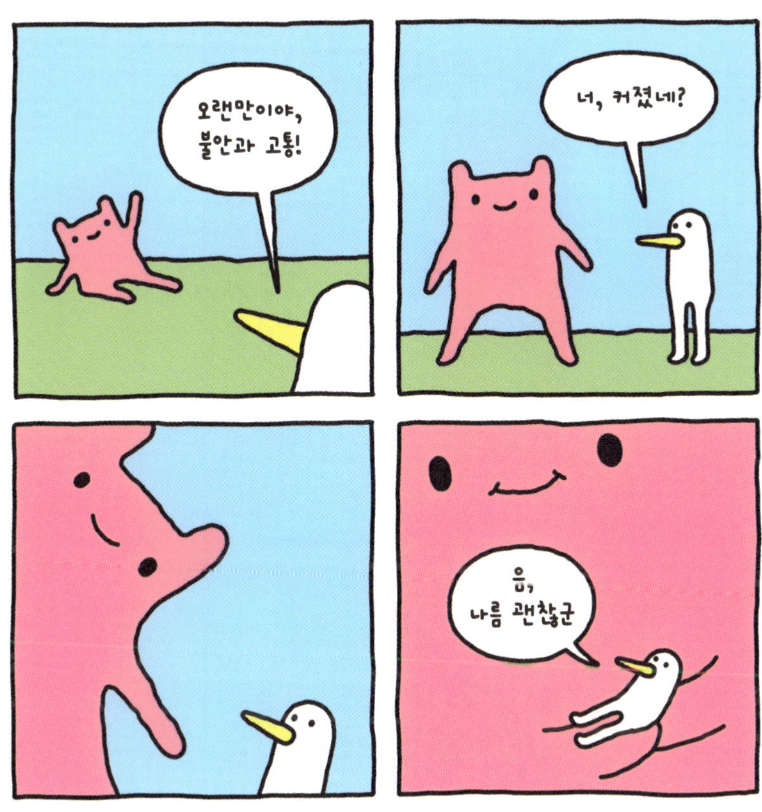
오랜만이야,
불안과 고통!
너, 커졌네?
음,
나름 괜찮군

#의외로 포근하네

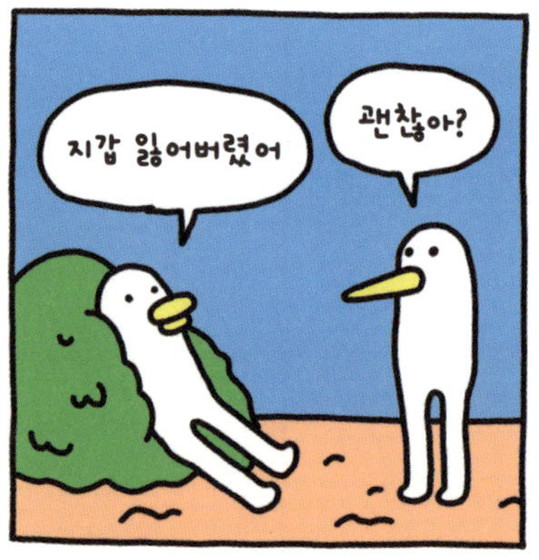

지갑 잃어버렸어
괜찮아?

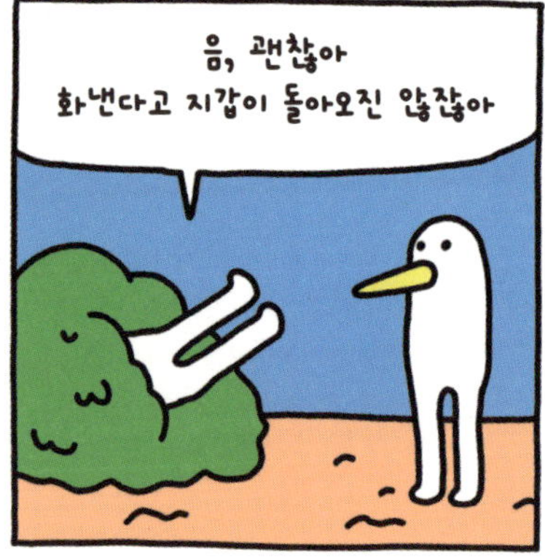

음, 괜찮아
화낸다고 지갑이 돌아오진 않잖아

#어쩔 수 없는 거에 스트레스받지 말고 우리 맛있는 거 먹자 :)

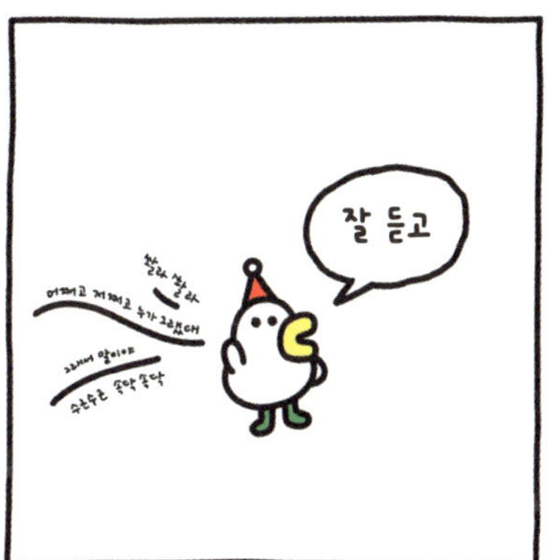
잘 듣고

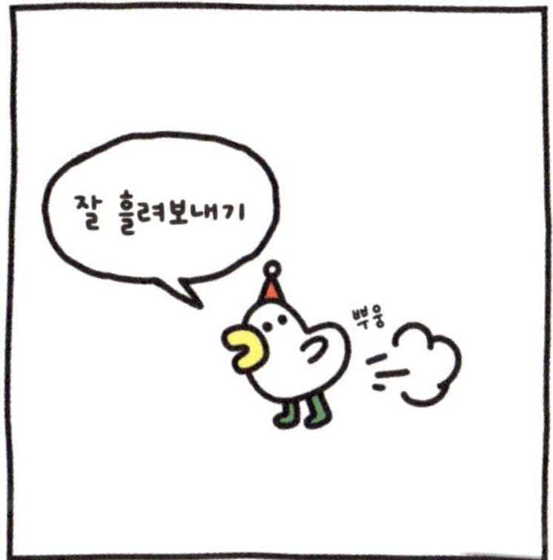
잘 흘려보내기
뿌웅

#어렵지만 해보는 거야

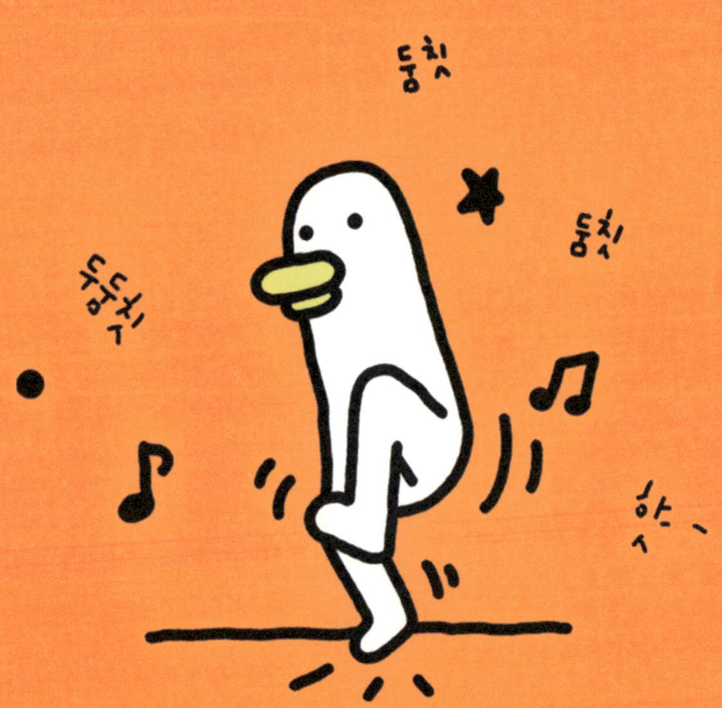
둠칫
둠칫
두둠칫
핫↗

세상을 바꿀 힘

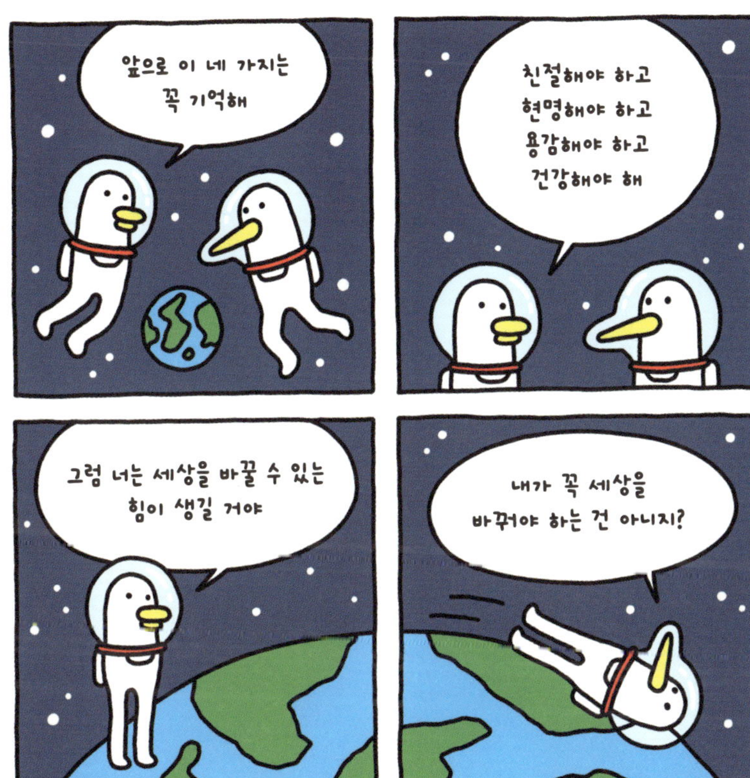

앞으로 이 네 가지는 꼭 기억해
친절해야 하고 현명해야 하고 용감해야 하고 건강해야 해
그럼 너는 세상을 바꿀 수 있는 힘이 생길 거야
내가 꼭 세상을 바꿔야 하는 건 아니지?

영원한 행복

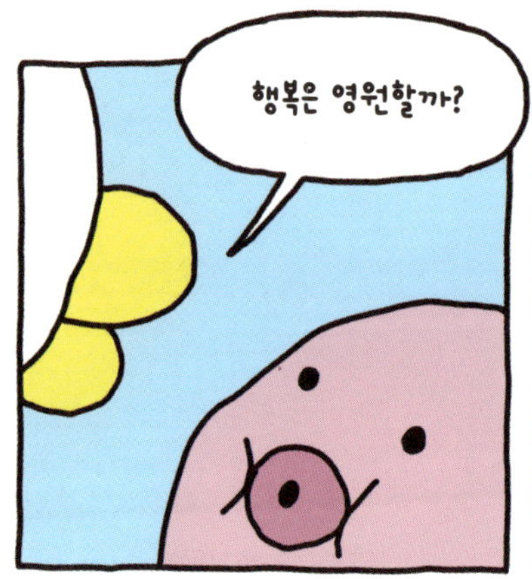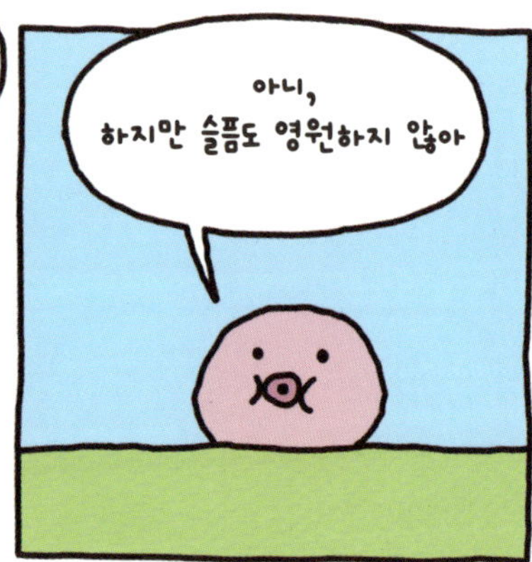

행복은 영원할까?
아니,
하지만 슬픔도 영원하지 않아

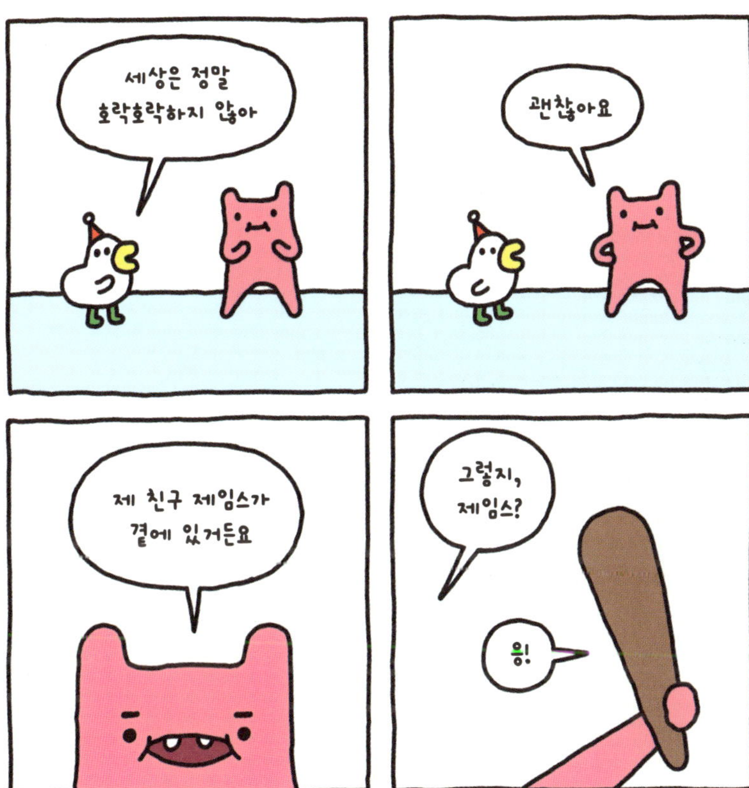
세상은 정말
호락호락하지 않아
괜찮아요
제 친구 제임스가
곁에 있거든요
그렇지,
제임스?
응!

#만병통치약?

둥글둥글

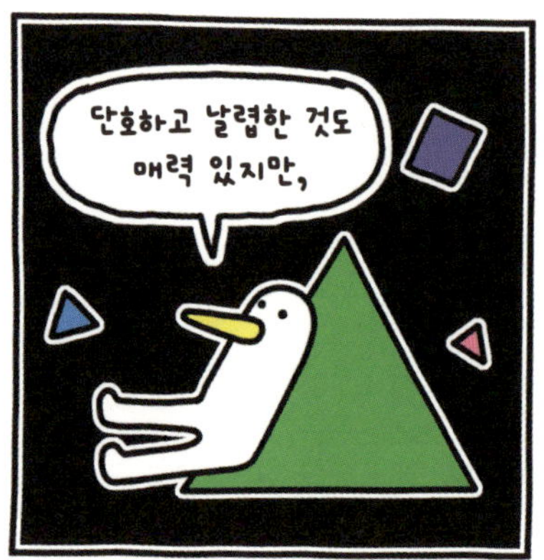

단호하고 날렵한 것도 매력 있지만,

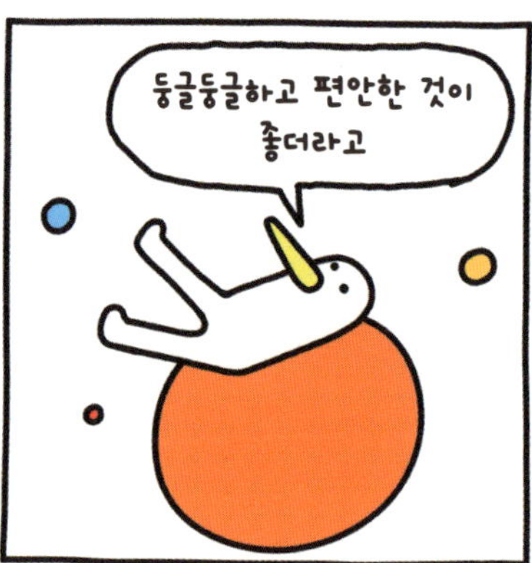

둥글둥글하고 편안한 것이 좋더라고

#빙글빙글 돌아가는 하루 속에서 마음의 공 만들기

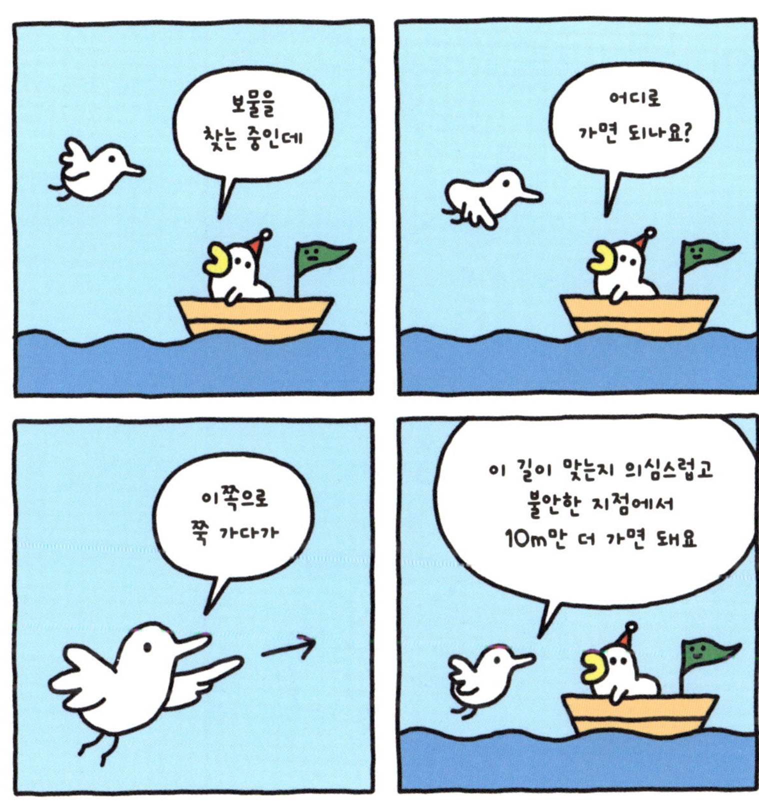
보물을 찾는 중인데
어디로 가면 되나요?
이쪽으로 쭉 가다가
이 길이 맞는지 의심스럽고 불안한 지점에서 10m만 더 가면 돼요

#자신이 선택한 것을 믿고 조금만 더 앞으로 가보자

실패하면 어때

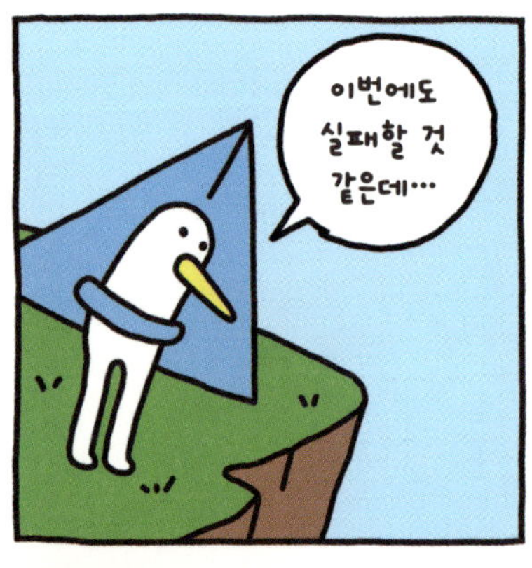

이번에도
실패할 것
같은데…

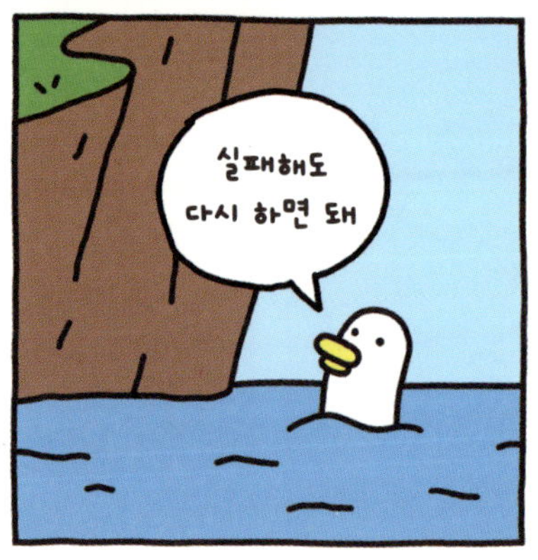

실패해도
다시 하면 돼

#그까이거 다시 하지, 뭐

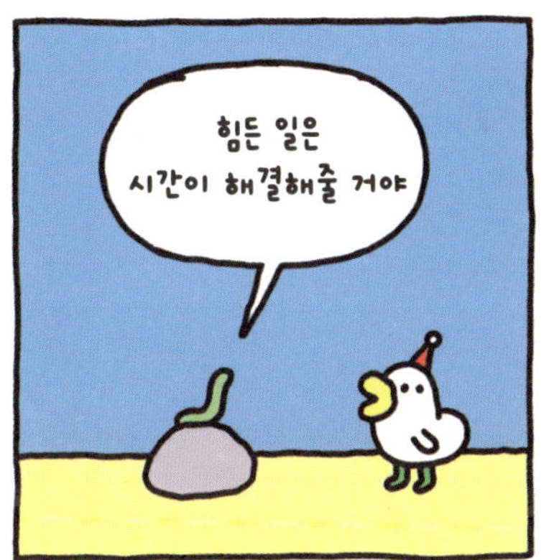

힘든 일은
시간이 해결해줄 거야

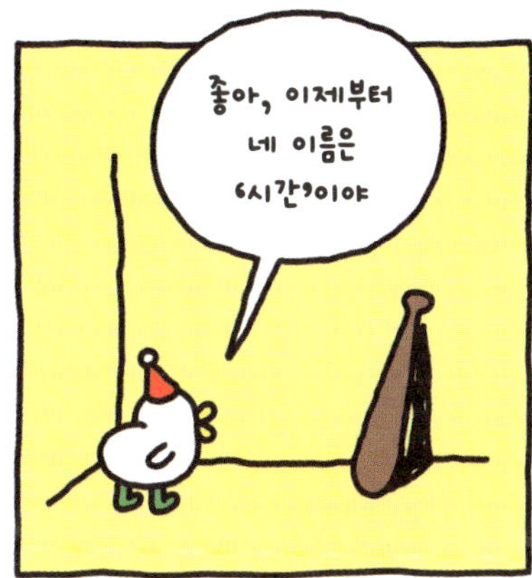

좋아, 이제부터
네 이름은
'시간'이야

#시간아, 너무 세게 해결하면 안 돼 :)

DO IT LIST

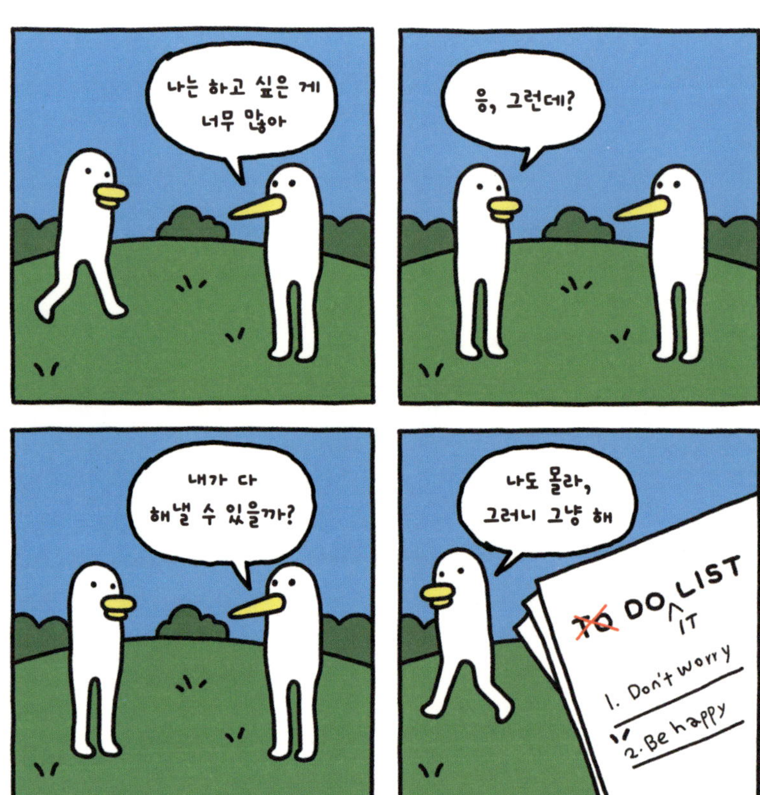

나는 하고 싶은 게 너무 많아
응, 그런데?
내가 다 해낼 수 있을까?
나도 몰라, 그러니 그냥 해
DO LIST
IT
1. Don't worry
2. Be happy

#할 것도 하고 싶은 것도 너무 많아 못하고 있는 모두에게!

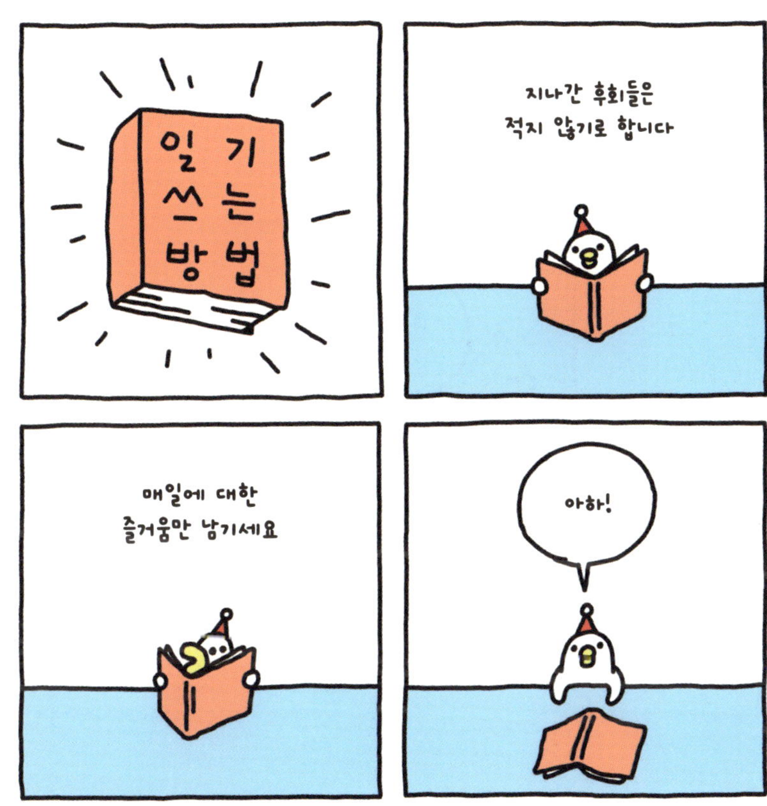
일 기
쓰 는
방 법
지나간 후회들은
적지 않기로 합니다
매일에 대한
즐거움만 남기세요
아하!

#지나고 나면 즐거움만 남을 일기장

WATCH OUT

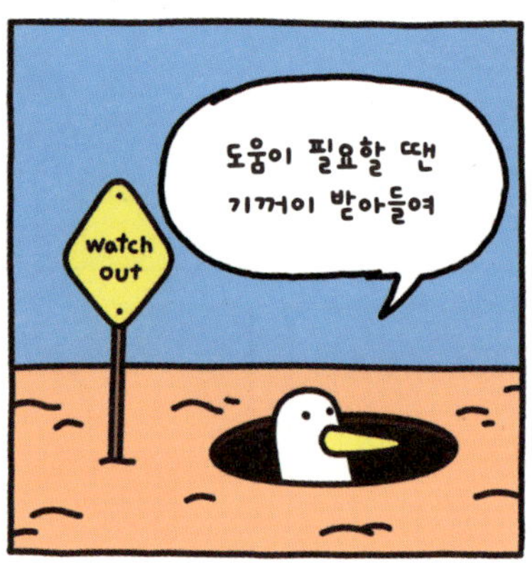
도움이 필요할 땐
기꺼이 받아들여
watch
out

#내가 필요할 때 나를 불러줘~ 언제든지 달려갈게~

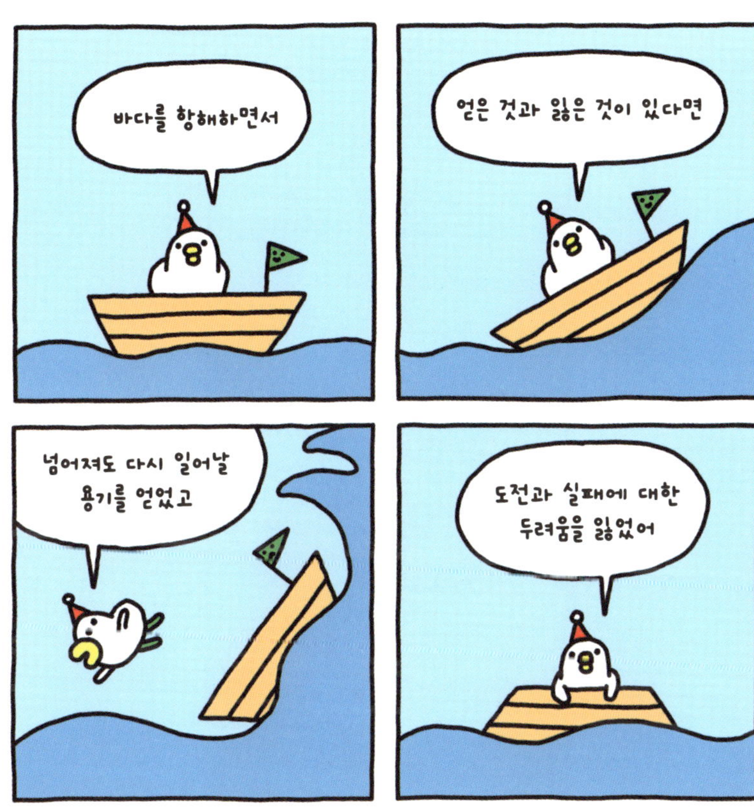

바다를 항해하면서
얻은 것과 잃은 것이 있다면
넘어져도 다시 일어날 용기를 얻었고
도전과 실패에 대한 두려움을 잃었어

#고요한 바다는 재미없잖아(출렁이는 바다 위에서)

잠시

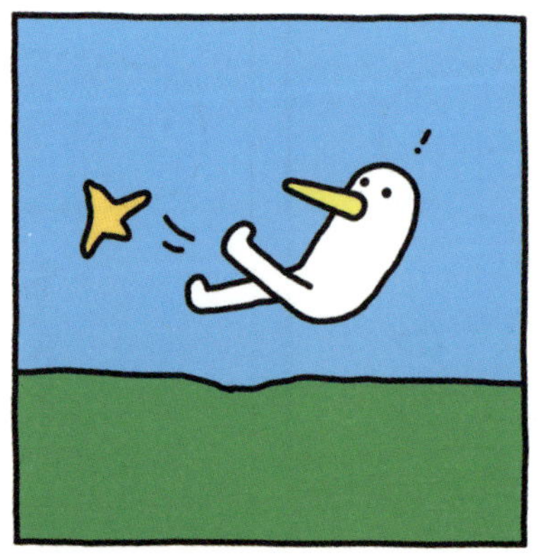

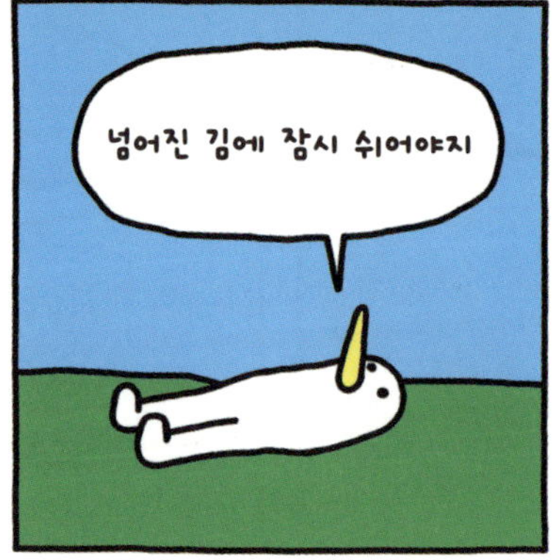
넘어진 김에 잠시 쉬어야지

#하늘 참 맑네

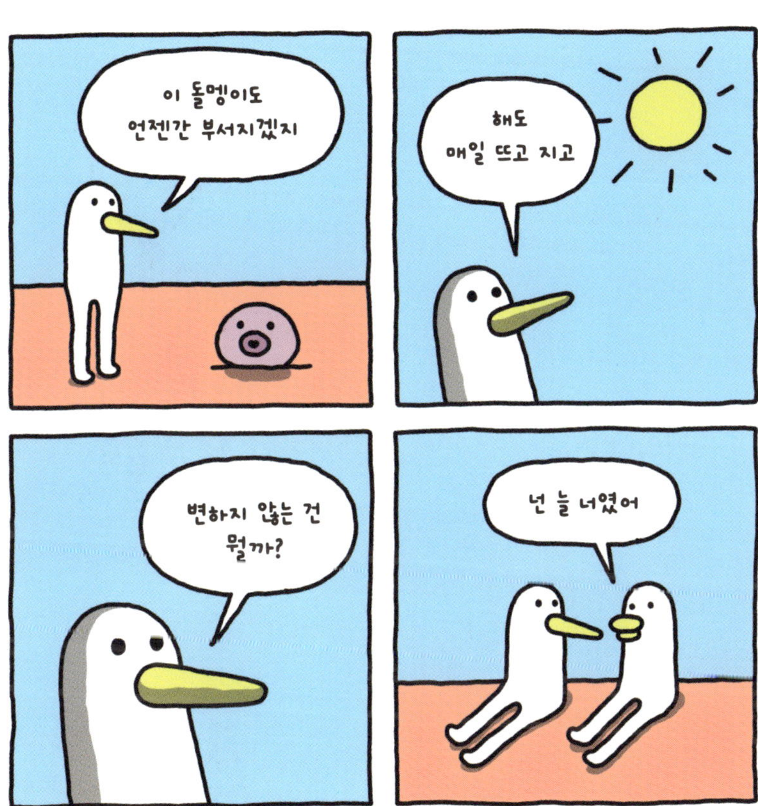
이 돌멩이도
언젠간 부서지겠지
해도
매일 뜨고 지고
변하지 않는 건
뭘까?
넌 늘 너였어

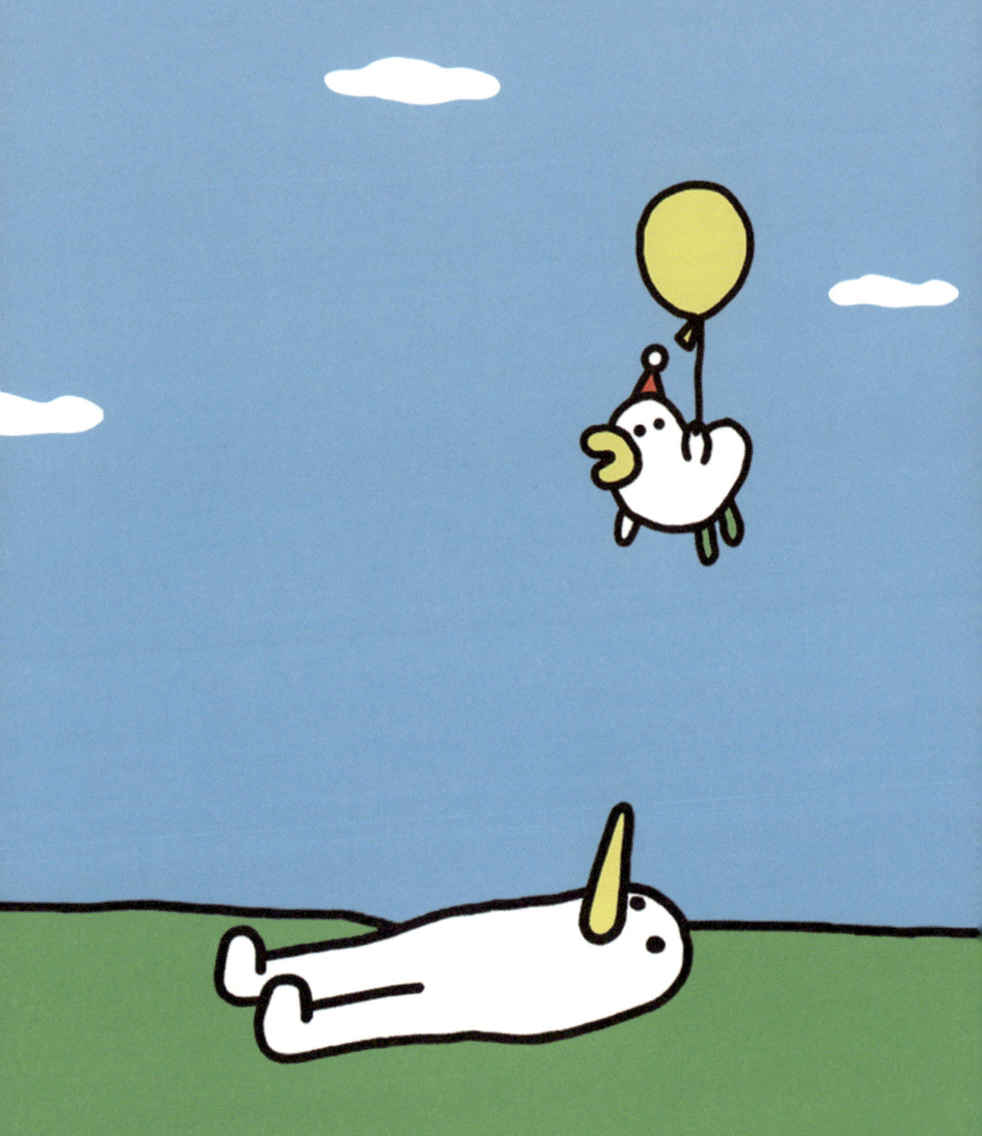

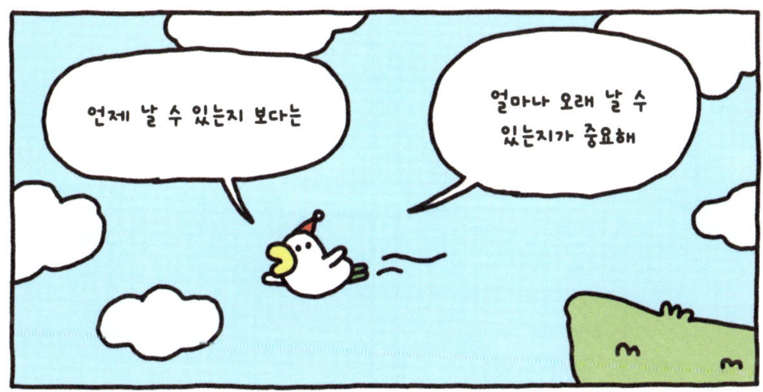
언제 날 수 있는지 보다는
얼마나 오래 날 수 있는지가 중요해

#오래오래 날기 위해 위밍업 중

HEART

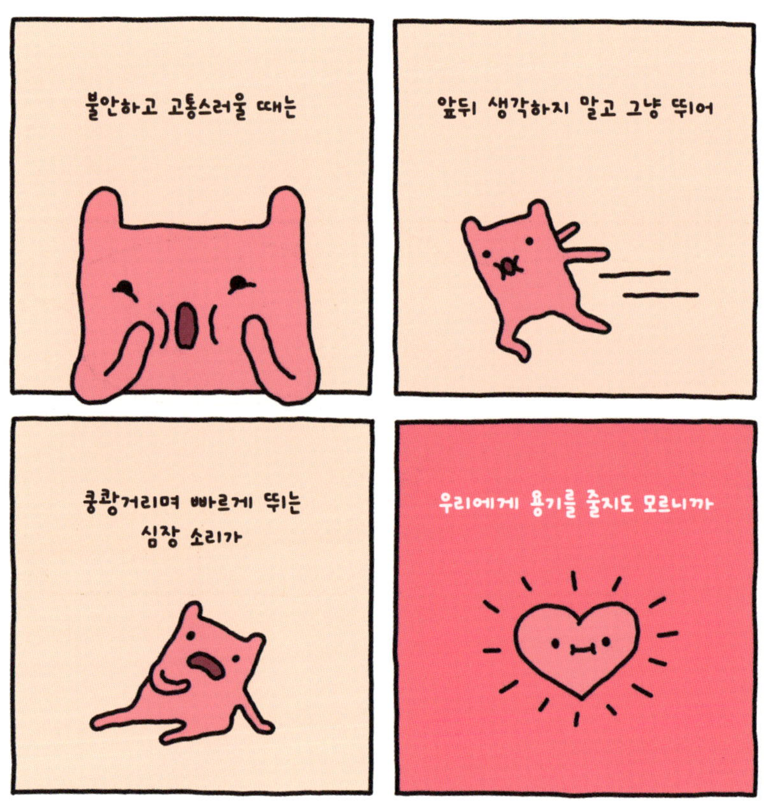

불안하고 고통스러울 때는
앞뒤 생각하지 말고 그냥 뛰어
쿵쾅거리며 빠르게 뛰는
심장 소리가
우리에게 용기를 줄지도 모르니까

#뛰는 게 힘들다면 빠른 걸음부터 :)

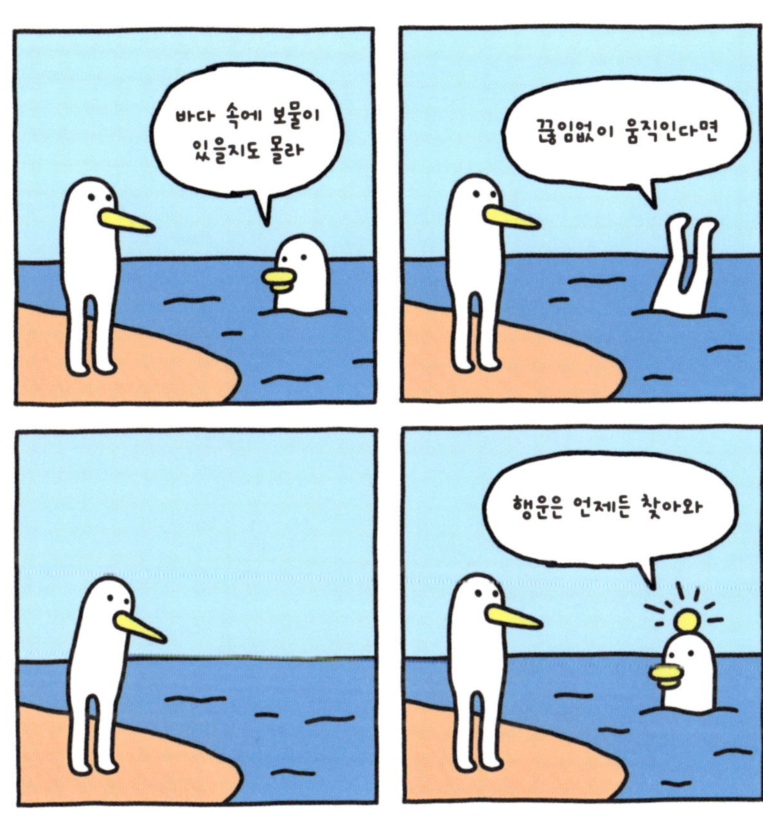

바다 속에 보물이 있을지도 몰라
끊임없이 움직인다면
행운은 언제든 찾아와

#아무것도 하지 않으면 아무 일도 일어나지 않아

오늘두 잘 살았습니두

Part3

나 멋진가?
나 멋지구나

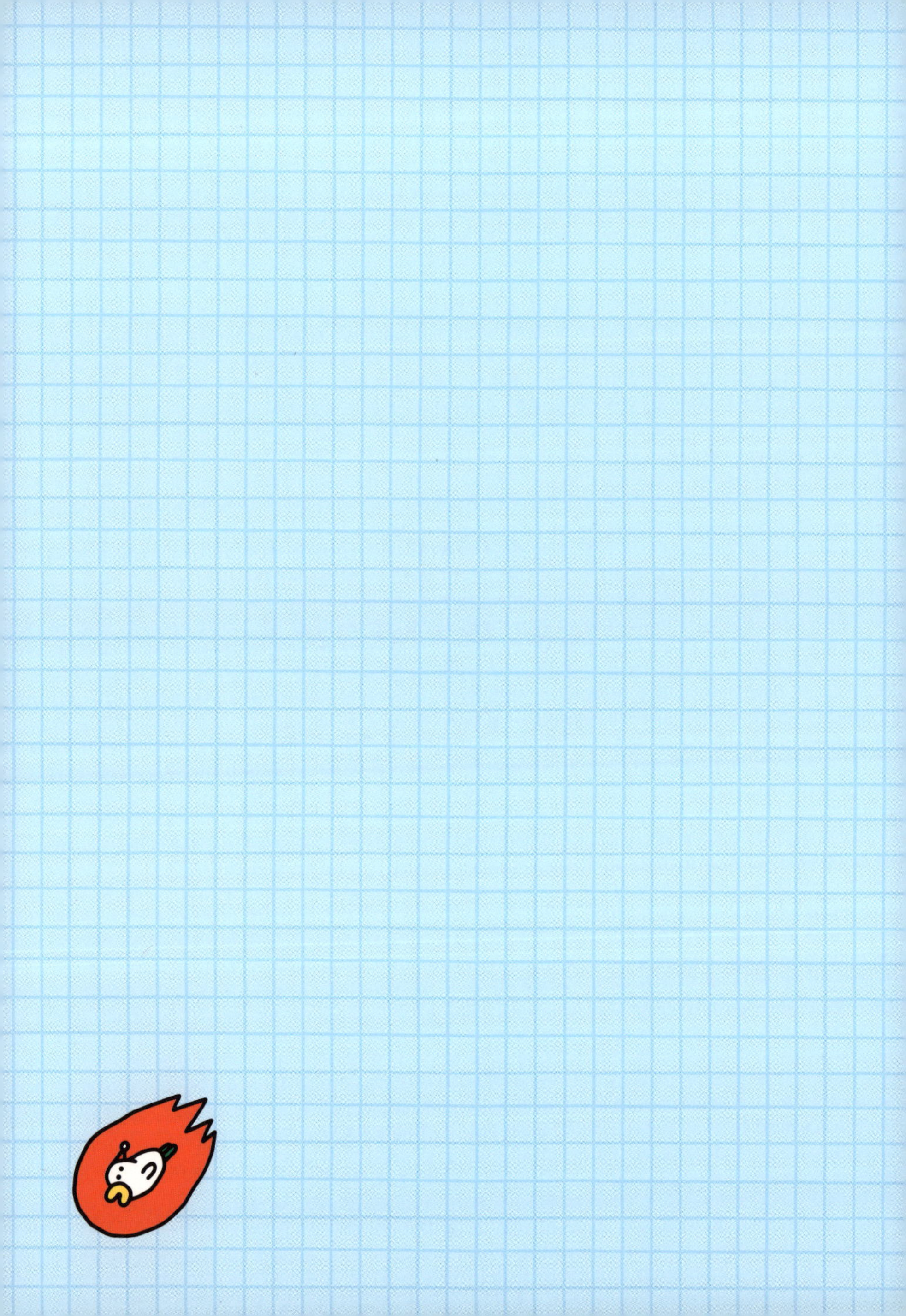

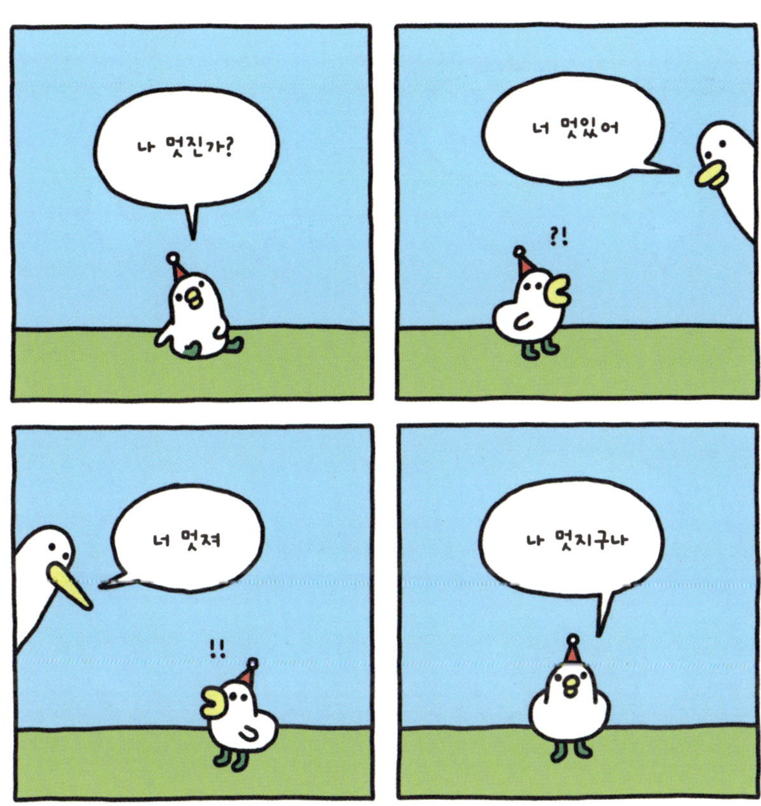
나 멋진가?
너 멋있어
?!
너 멋져
!!
나 멋지구나

나의 순간

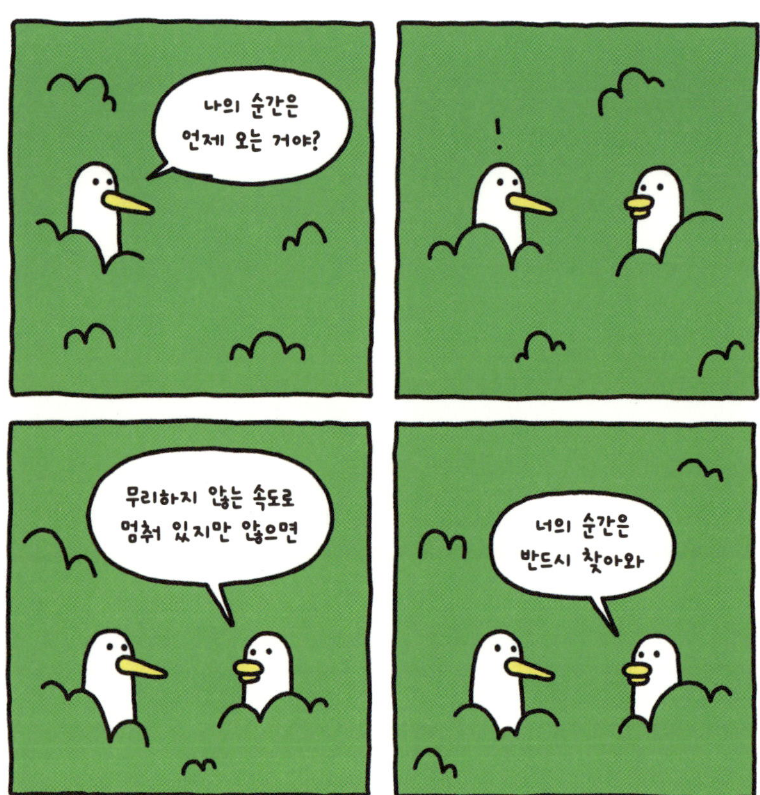

나의 순간은 언제 오는 거야?
!
무리하지 않는 속도로 멈춰 있지만 않으면
너의 순간은 반드시 찾아와

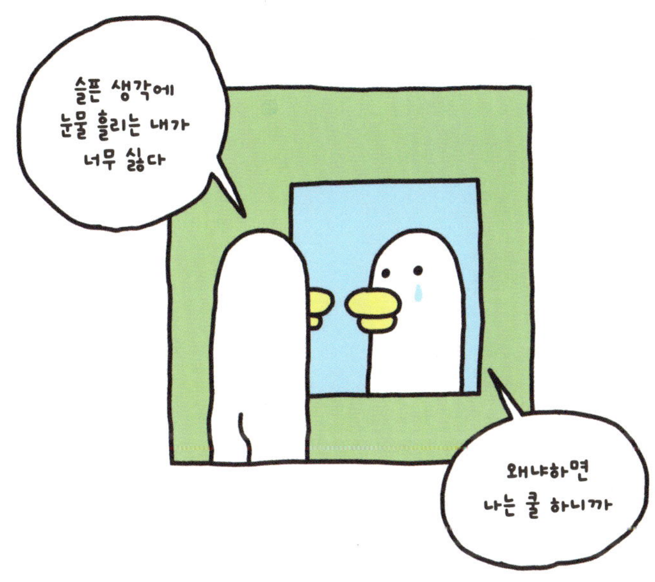

슬픈 생각에
눈물 흘리는 내가
너무 싫다
왜냐하면
나는 쿨 하니까

#나대지 마 눈물아, 왜 네가 흐르고 구래

잘 듣기

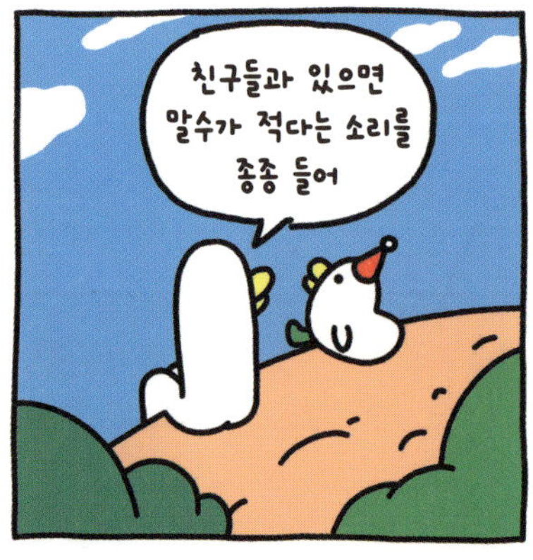

친구들과 있으면
말수가 적다는 소리를
종종 들어

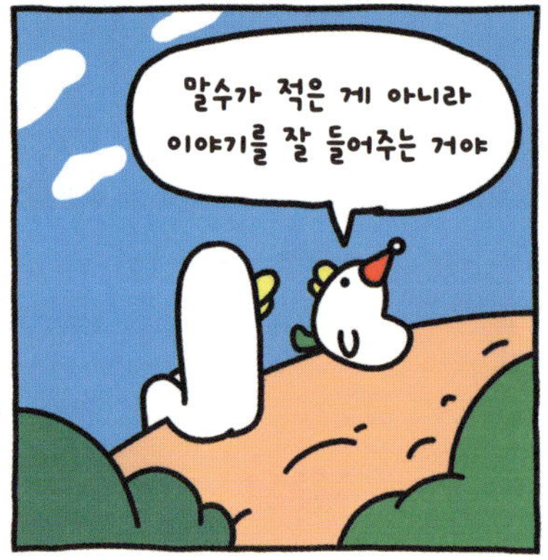

말수가 적은 게 아니라
이야기를 잘 들어주는 거야

#그렇게 말해줘서 고마워

폭력 멈춰

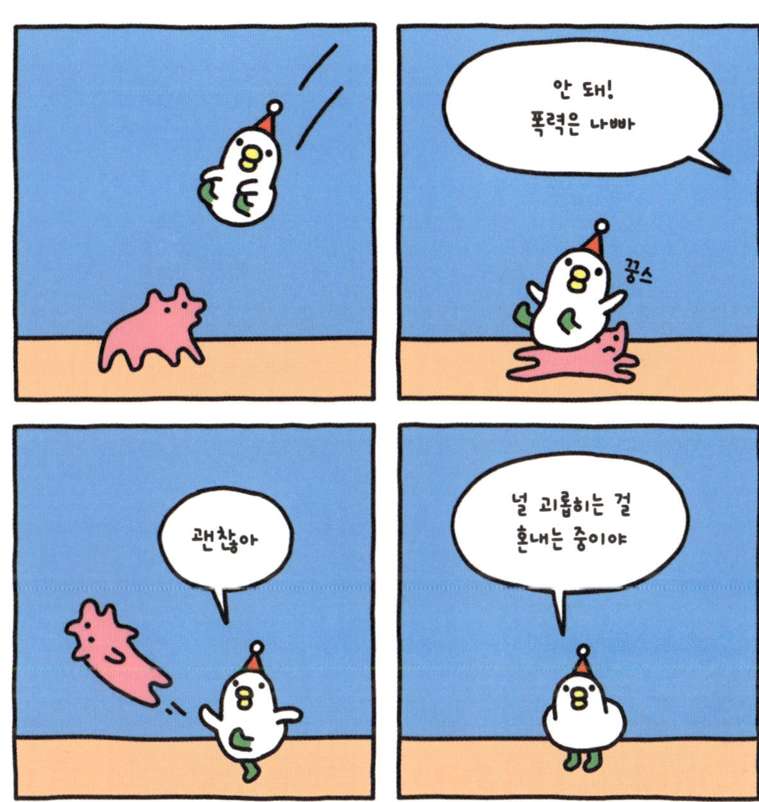
안 돼!
폭력은 나빠
꿍스
괜찮아
널 괴롭히는 걸
혼내는 중이야

#불안과 고통아 저리 가

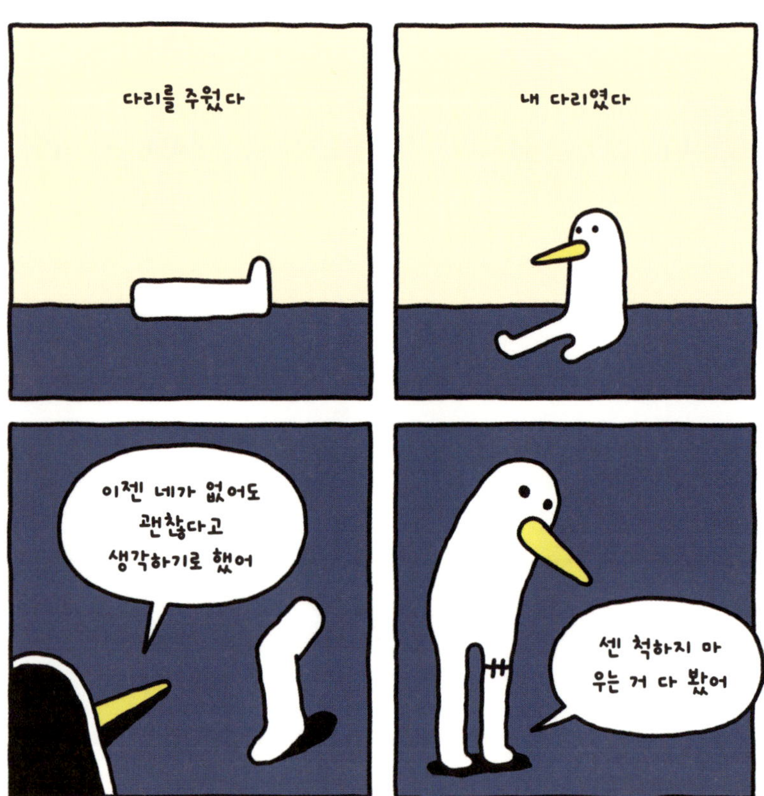
다리를 주웠다
내 다리였다
이젠 네가 없어도
괜찮다고
생각하기로 했어
센 척하지 마
우는 거 다 봤어

#사실 너 없으면 안 돼

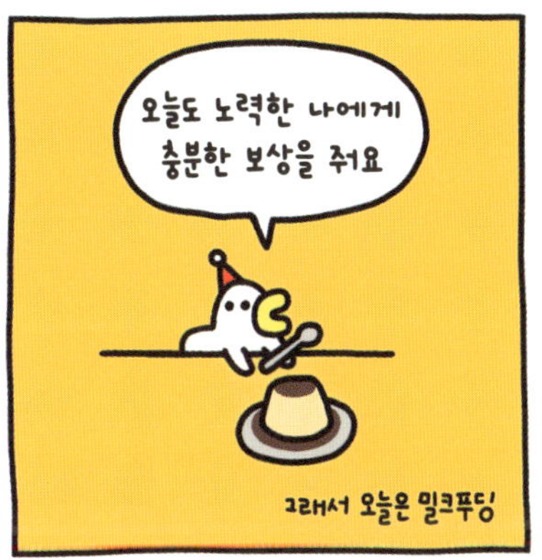
오늘도 노력한 나에게
충분한 보상을 줘요
그래서 오늘은 밀크푸딩

#내일은 치—킨

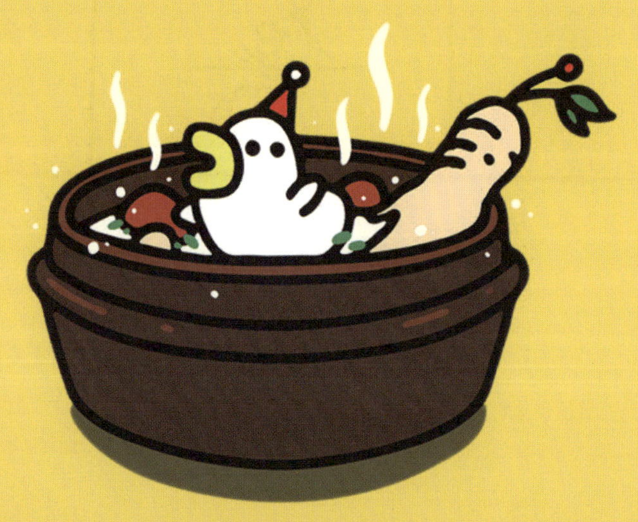

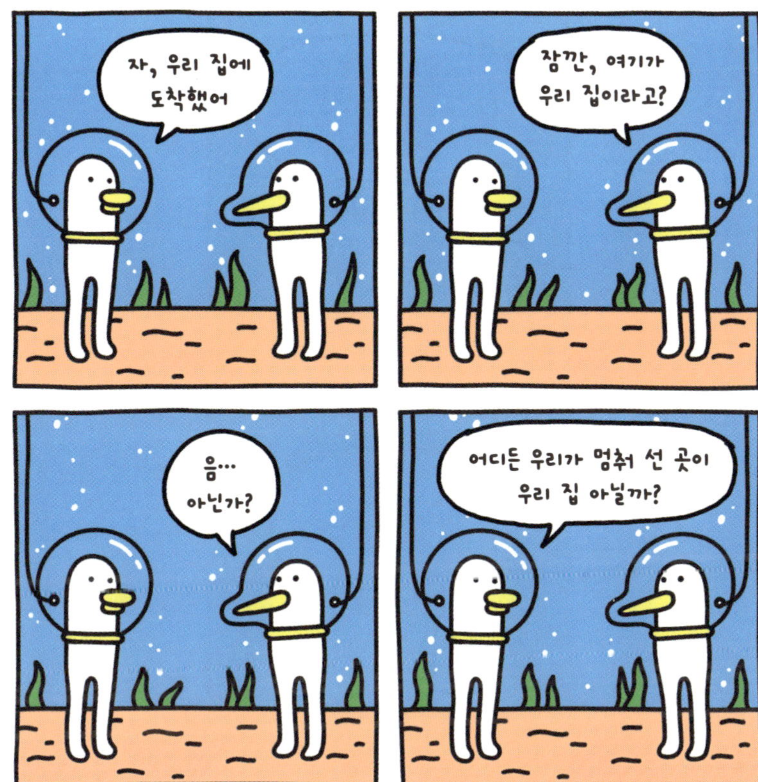

자, 우리 집에 도착했어
잠깐, 여기가 우리 집이라고?
음… 아닌가?
어디든 우리가 멈춰 선 곳이 우리 집 아닐까?

\#그곳이 어디든 너와 함께라면

종이컵

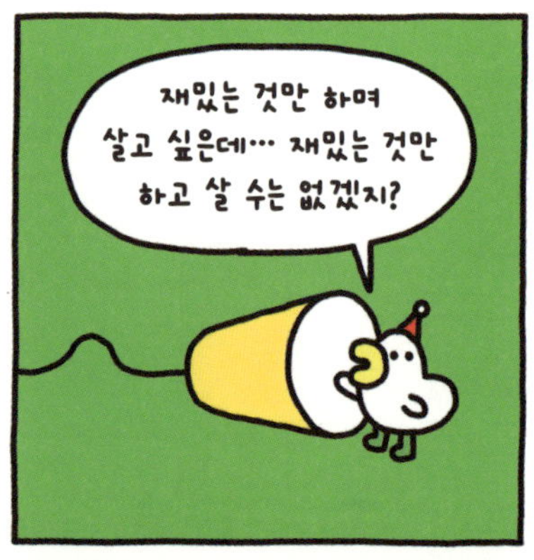

재밌는 것만 하며
살고 싶은데… 재밌는 것만
하고 살 수는 없겠지?

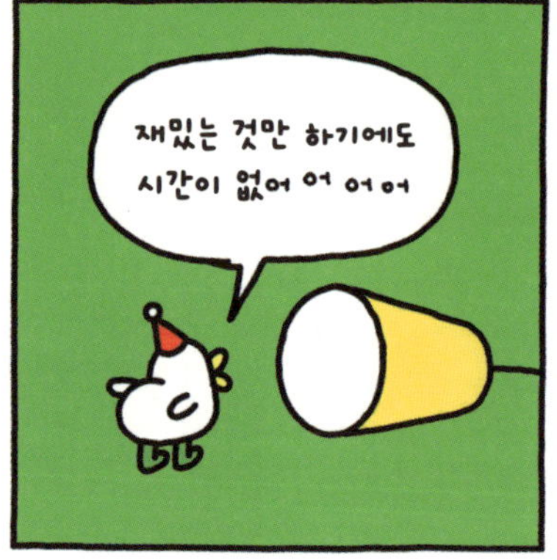

재밌는 것만 하기에도
시간이 없어 어 어 어

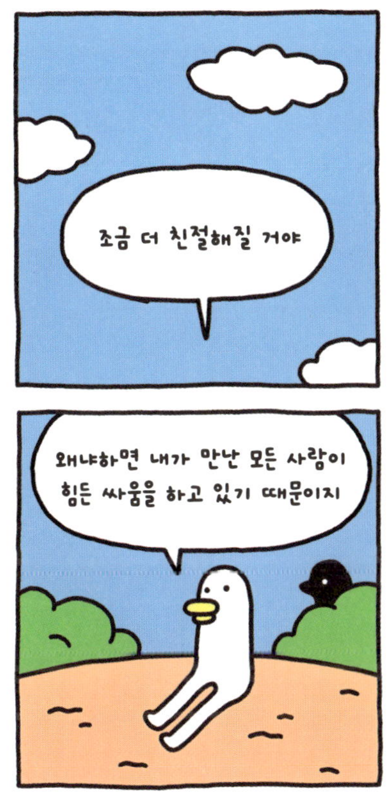

조금 더 친절해질 거야
왜냐하면 내가 만난 모든 사람이
힘든 싸움을 하고 있기 때문이지

#밥 딜런의 할머니가 어린 밥 딜런에게 해준 멋진 말

저요 저요

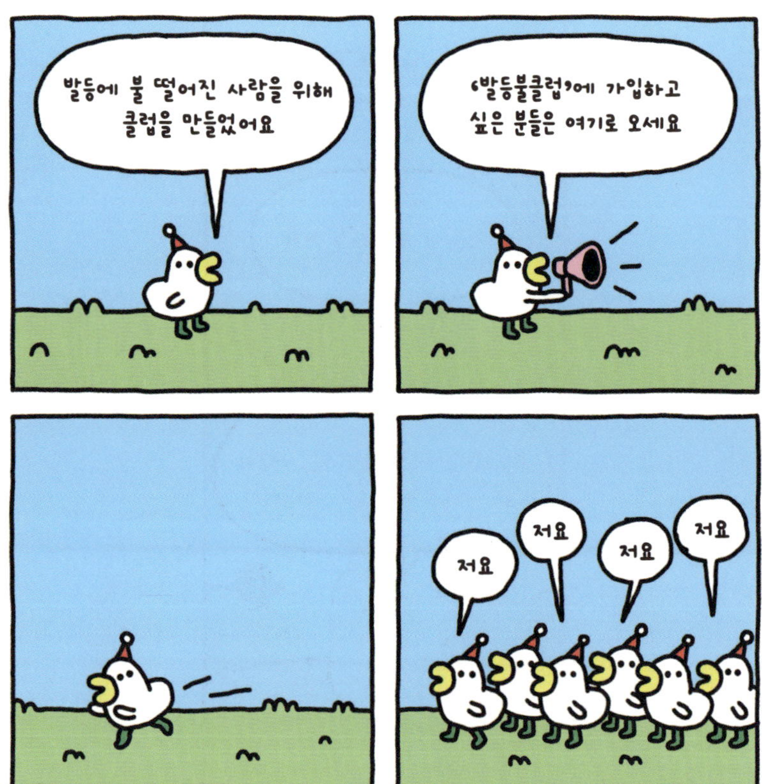

발등에 불 떨어진 사람을 위해 클럽을 만들었어요
'발등불클럽'에 가입하고 싶은 분들은 여기로 오세요
저요
저요
저요
저요

#다들 그럴 줄 알았어

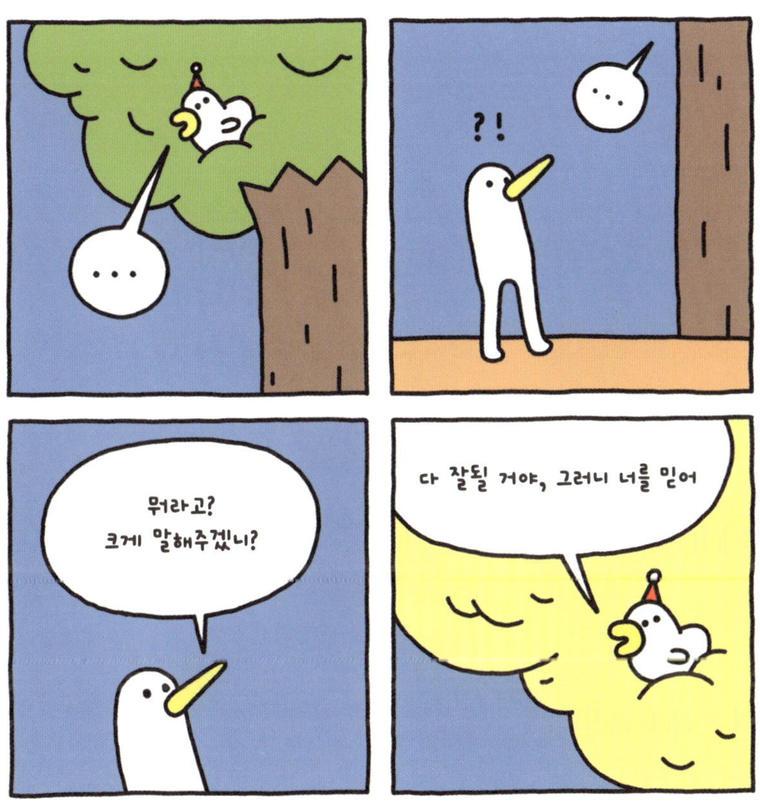
...
?!
...
무라고?
크게 말해주겠니?
다 잘될 거야, 그러니 너를 믿어

#그런 말은 앞으로 크게 해줄래?

파이팅

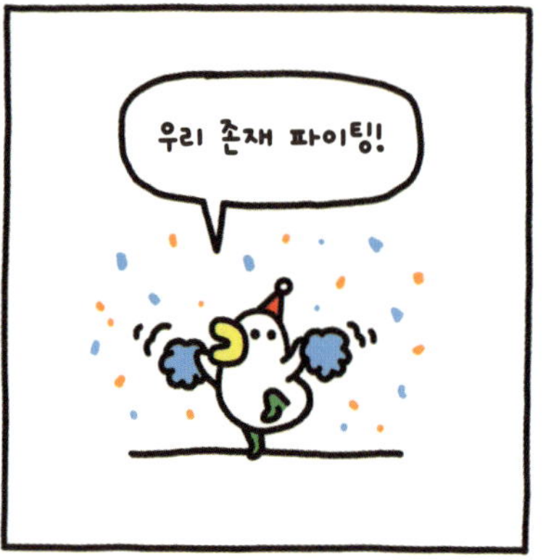

우리 존재 파이팅!

파이팅

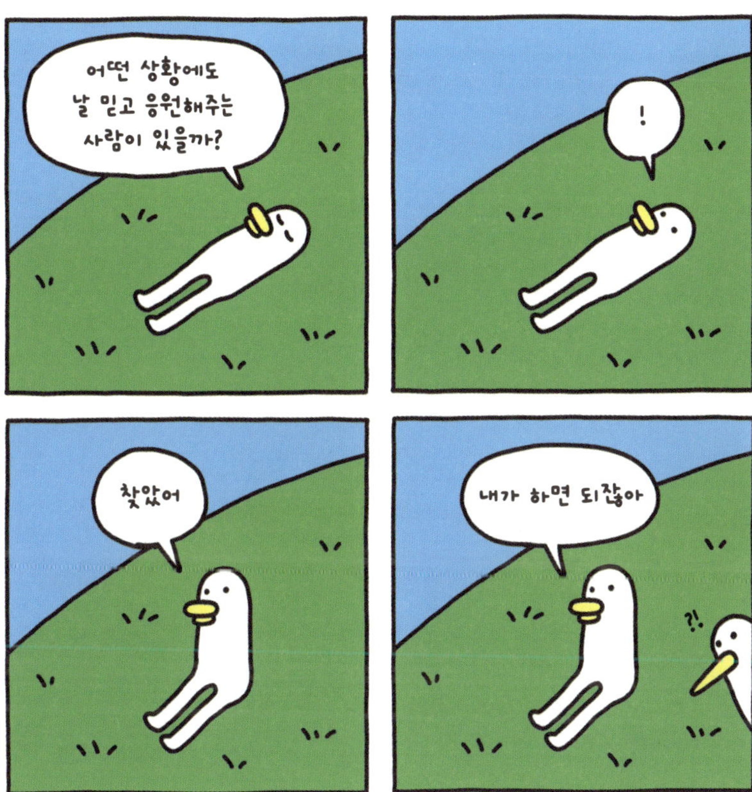

어떤 상황에도 날 믿고 응원해주는 사람이 있을까?
!
찾았어
내가 하면 되잖아

#나는 나를 응원해, 언제나

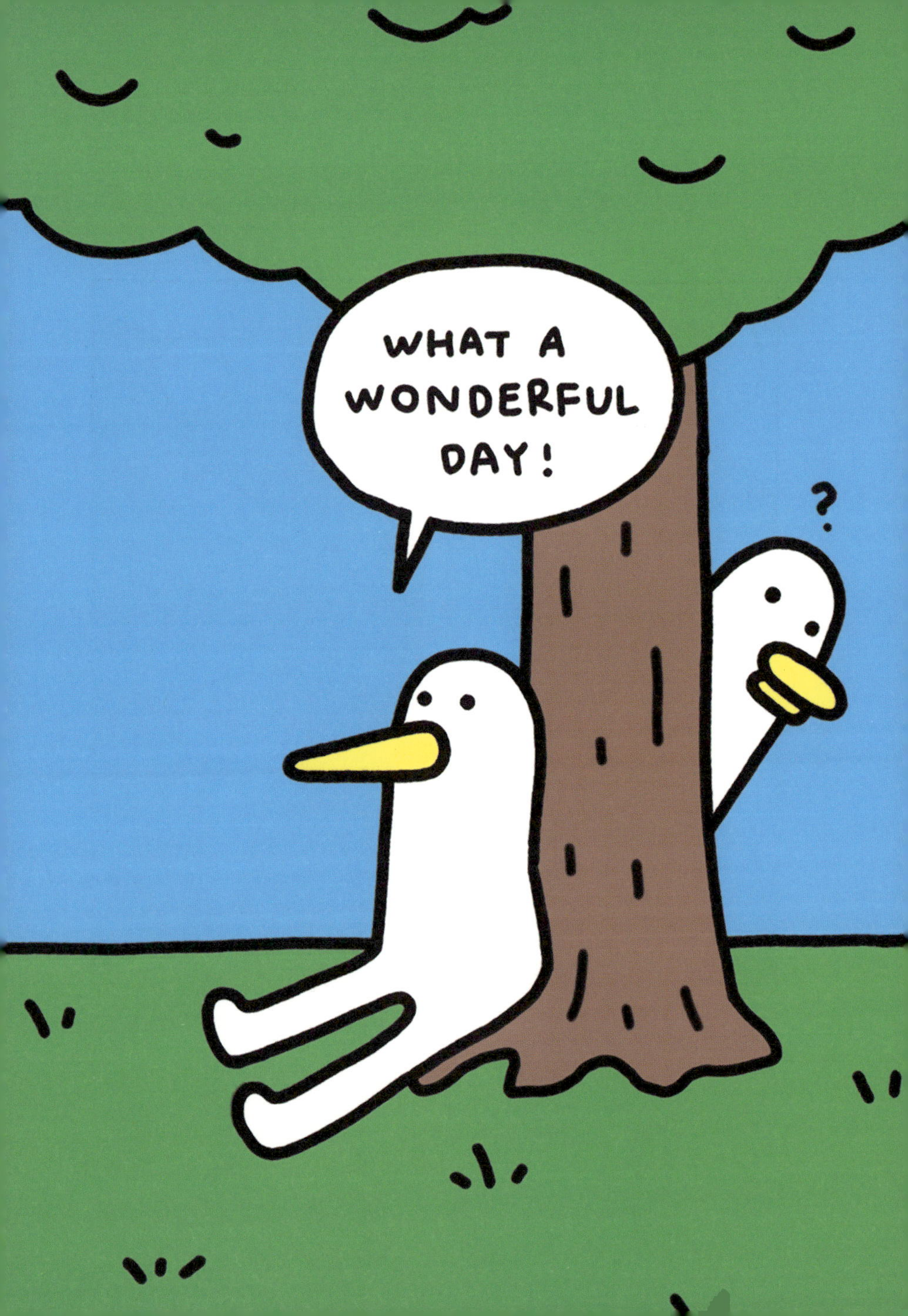

WHAT A
WONDERFUL
DAY!

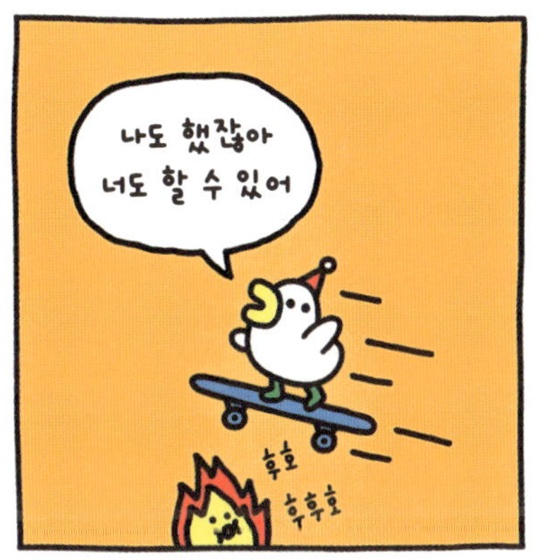

나도 했잖아
너도 할 수 있어
후호
후후호

#할 수 있어, 우리

가만히 있는 나

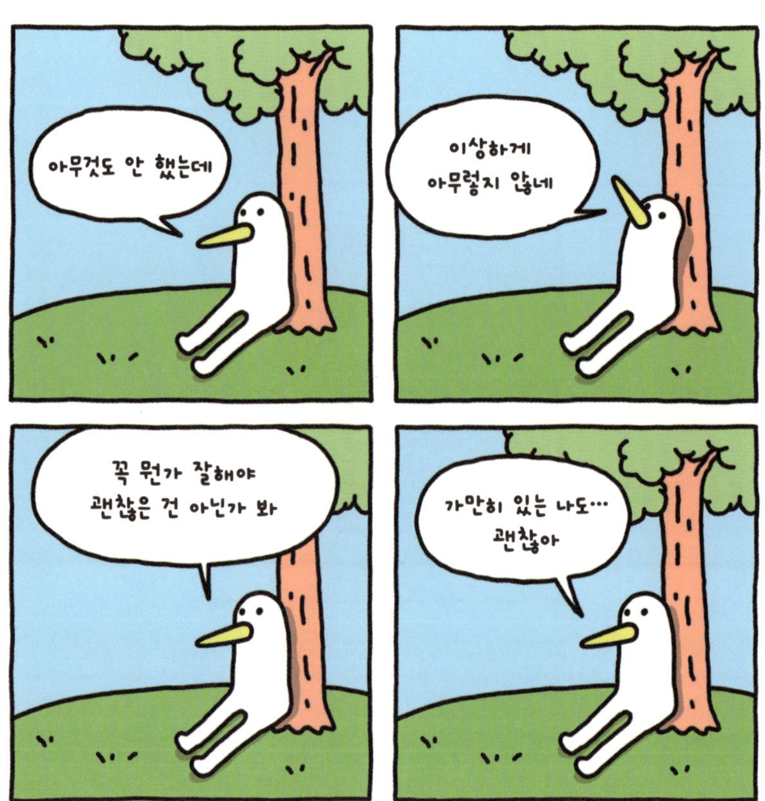

아무것도 안 했는데
이상하게 아무렇지 않네
꼭 뭔가 잘해야 괜찮은 건 아닌가 봐
가만히 있는 나도… 괜찮아

#너무 자신을 몰아붙이지 않기

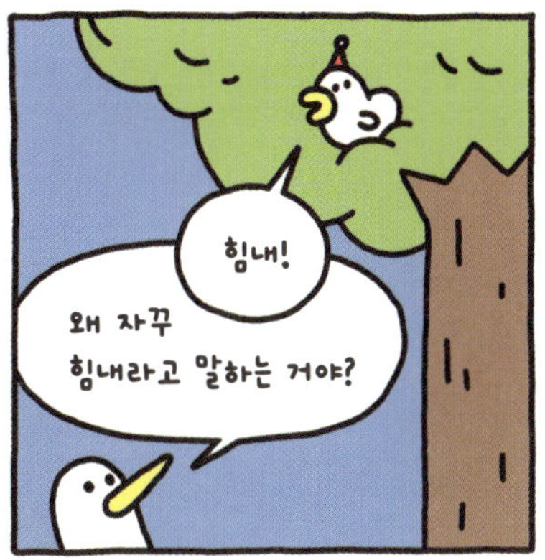

힘내!
왜 자꾸
힘내라고 말하는 거야?

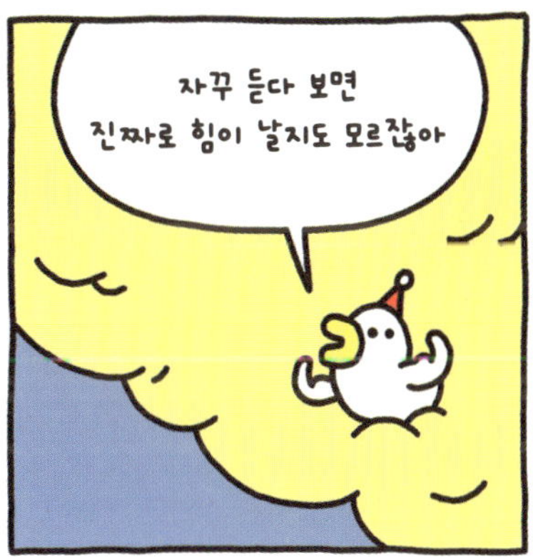

자꾸 듣다 보면
진짜로 힘이 날지도 모르잖아

#언제든지 말해줄 준비가 돼 있어, 힘냇—!

댄스

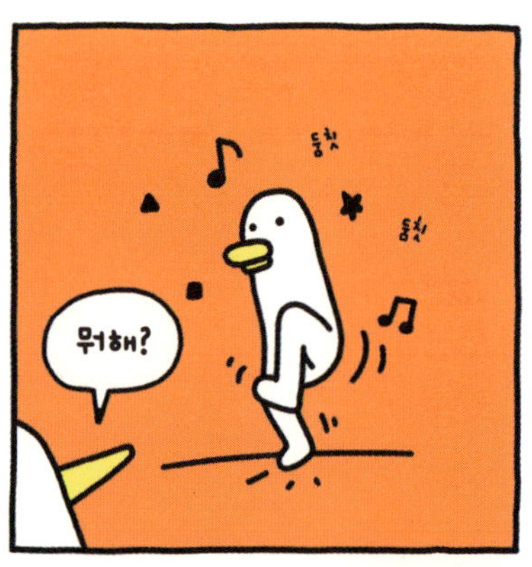

무거해?
둥칫
둥칫

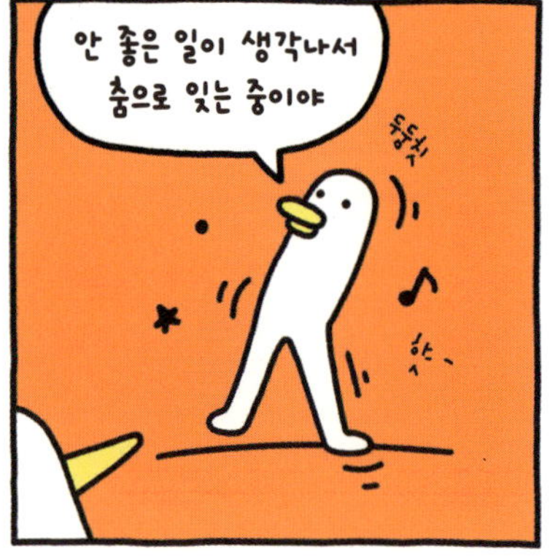

안 좋은 일이 생각나서
춤으로 잊는 중이야
둥둥칫
핫~

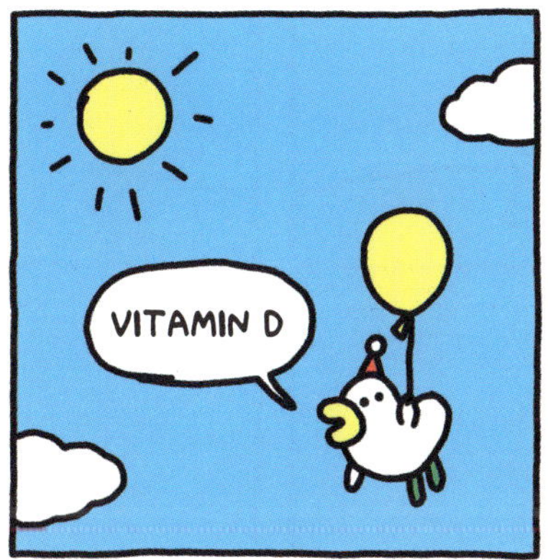

#잊지말고 광합성을 해요

새해 편지

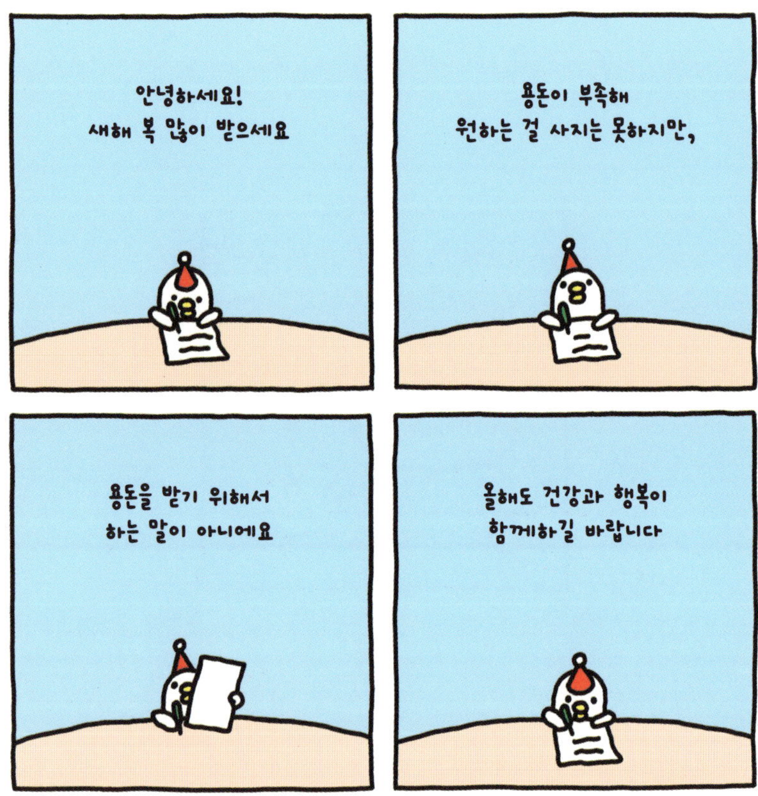

안녕하세요!
새해 복 많이 받으세요
용돈이 부족해
원하는 걸 사지는 못하지만,
용돈을 받기 위해서
하는 말이 아니에요
올해도 건강과 행복이
함께하길 바랍니다

#용돈은 필요 없어, 진짜야…

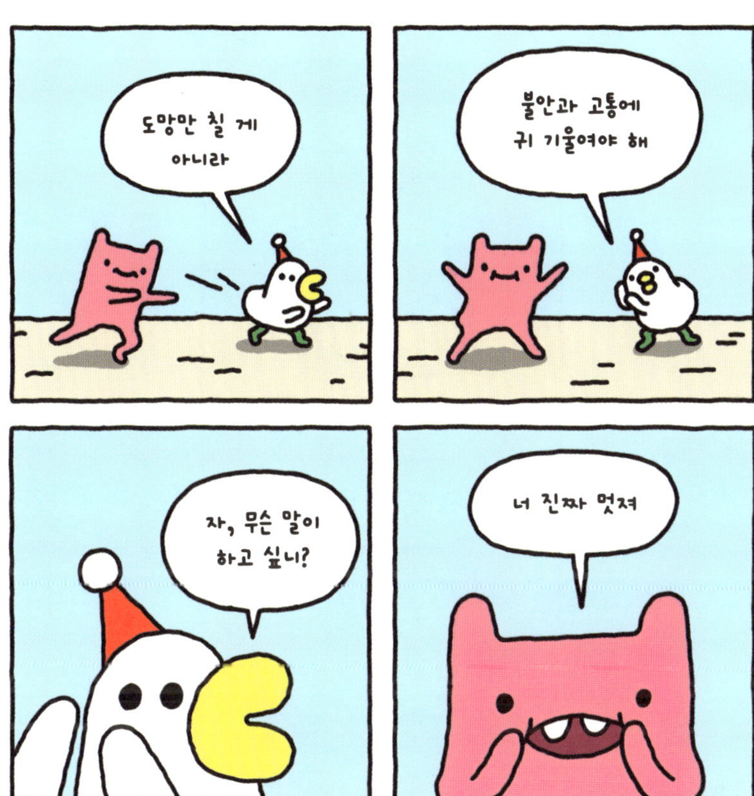
도망만 칠 게 아니라
불안과 고통에 귀 기울여야 해
자, 무슨 말이 하고 싶니?
너 진짜 멋져

나도 알아

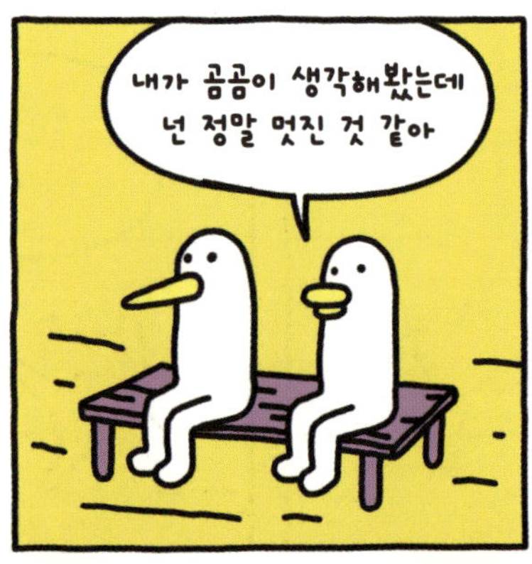

내가 곰곰이 생각해봤는데
넌 정말 멋진 것 같아

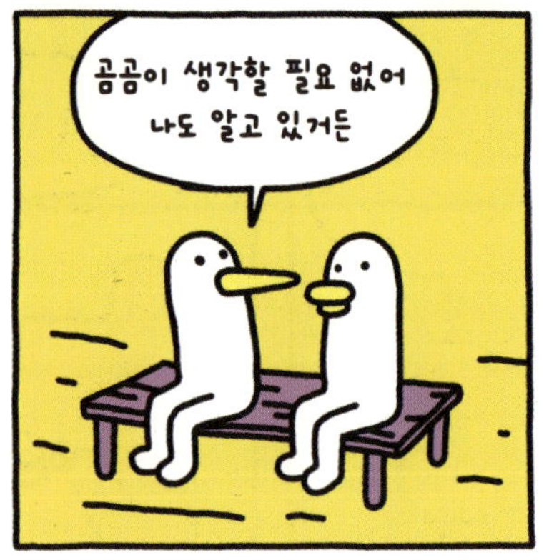

곰곰이 생각할 필요 없어
나도 알고 있거든

#내가 멋지다는 건 당연한 거잖아

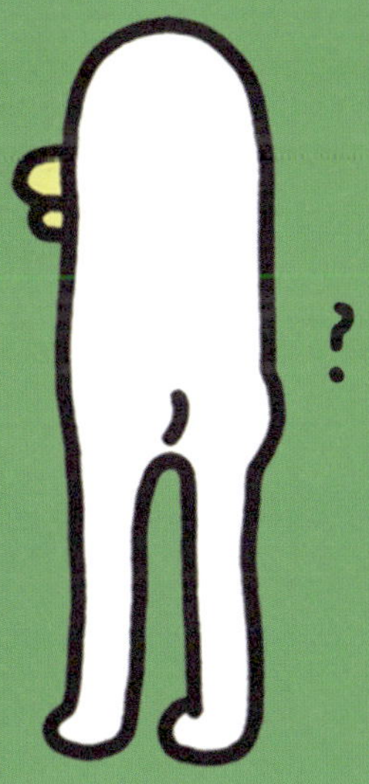

잘하고 있어

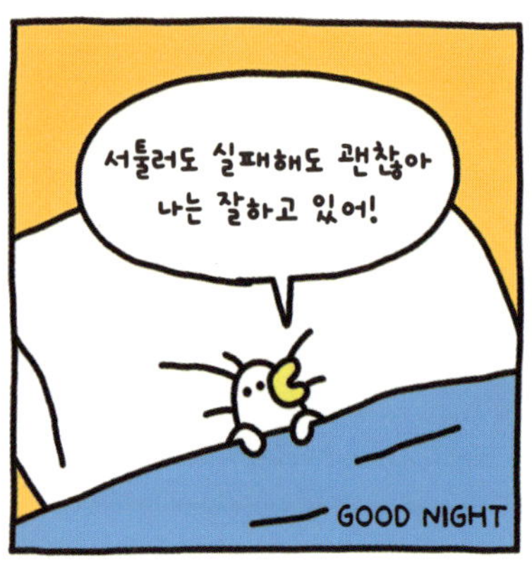

서툴러도 실패해도 괜찮아
나는 잘하고 있어!
GOOD NIGHT

#그러니 푹 자고 좋은 꿈 꿔

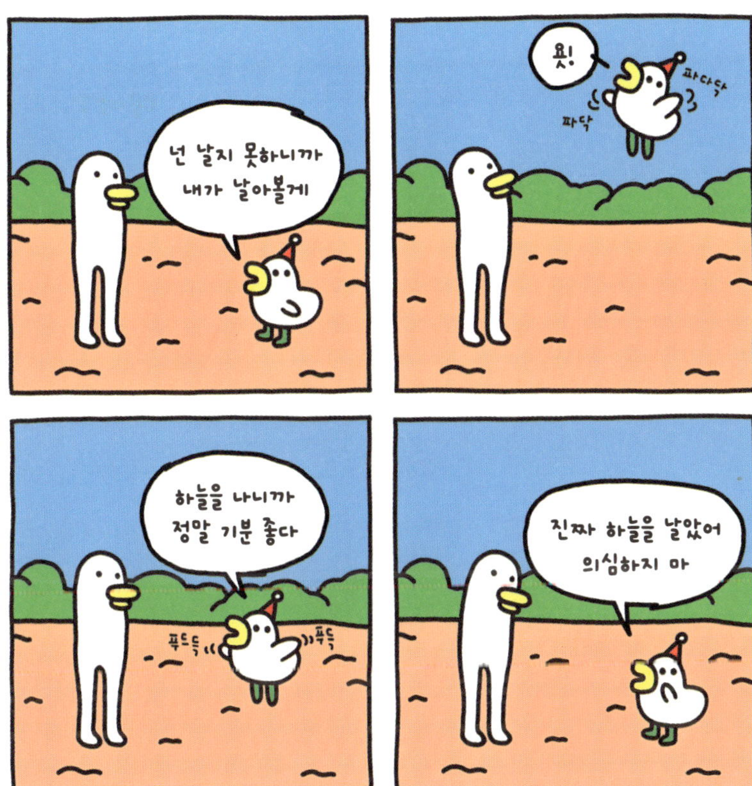

넌 날지 못하니까
내가 날아볼게

욋!
파다다
파닥

하늘을 나니까
정말 기분 좋다
푸득
푸득

진짜 하늘을 날았어
의심하지 마

#그렇구나, 하늘을 나는 거란 그런 거구나

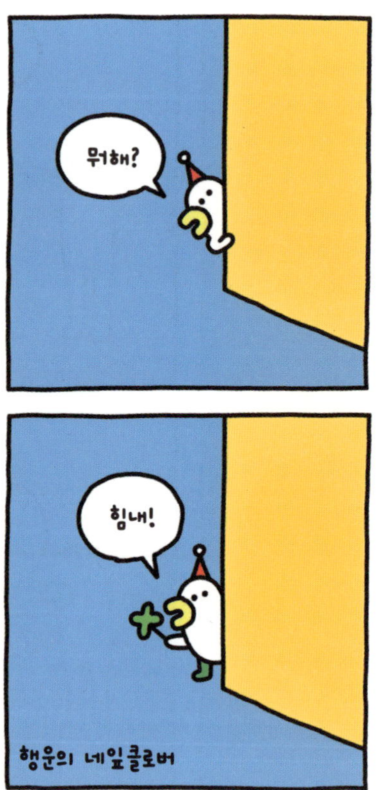
무해?
힘내!
행운의 네잎클로버

무해?

#너의 뒤에서 언제나 응원할게!

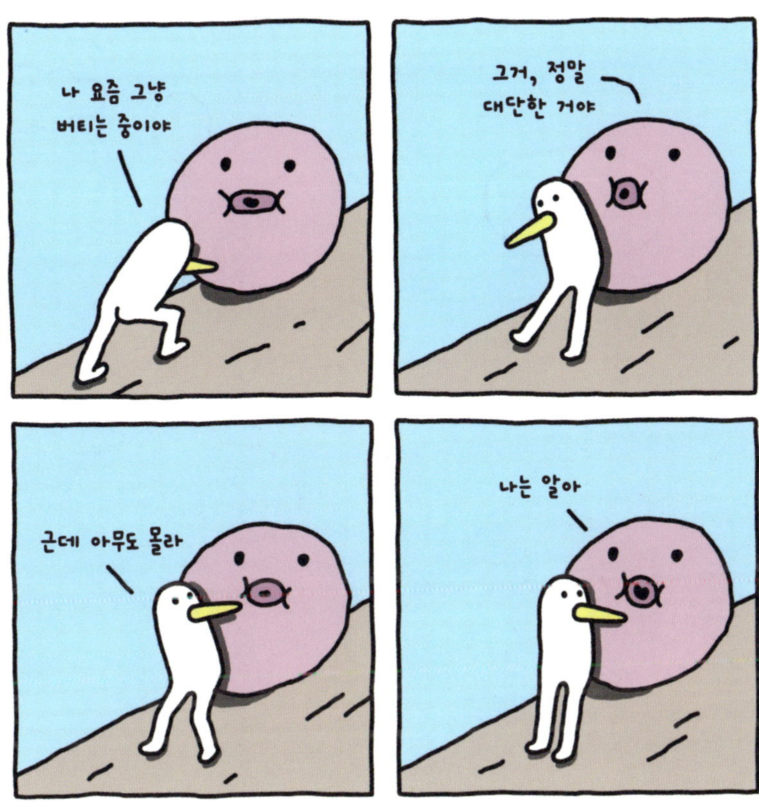
나 요즘 그냥 버티는 중이야
그거, 정말 대단한 거야
근데 아무도 몰라
나는 알아

#내가 알아주면 되는 거야

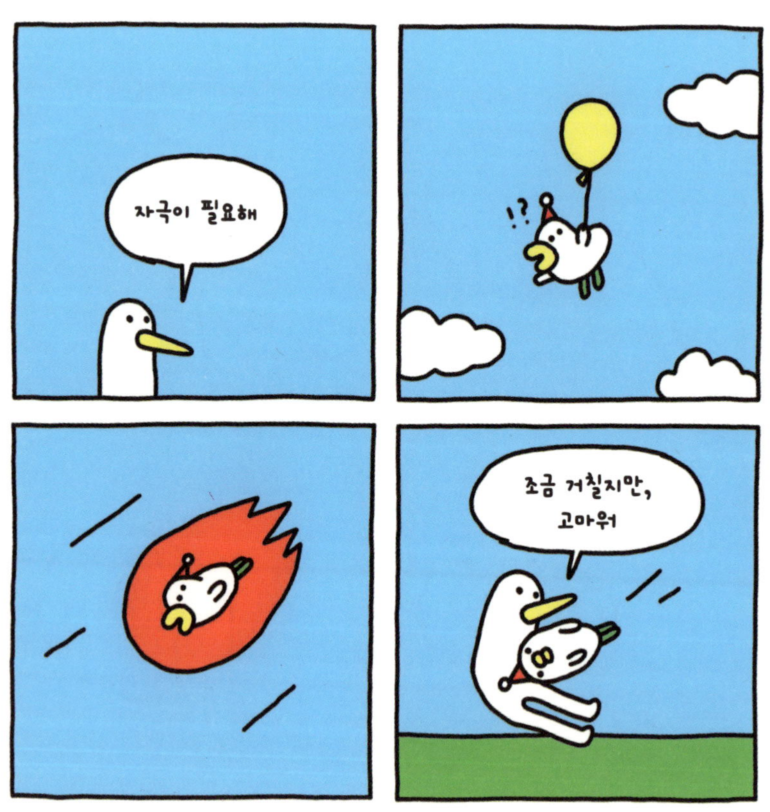

자극이 필요해
!?
조금 거칠지만,
고마워

#이제 더 이상 자극은 없어도 될 것 같아

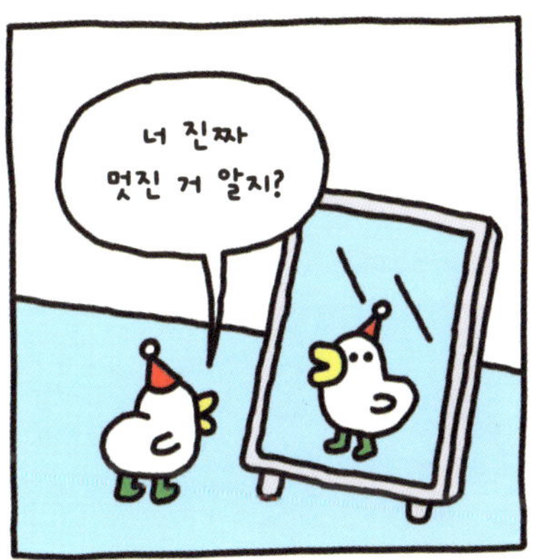

너 진짜
멋진 거 알지?

#매일 아침 거울 보며 말하기 거울아— 거울아—

하늘을 날다

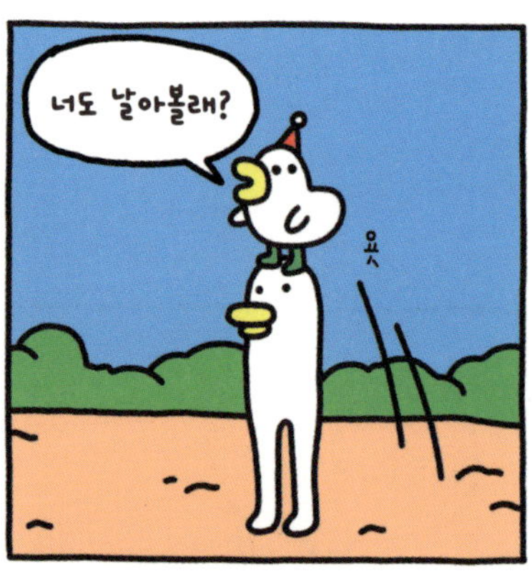

너도 날아볼래?
요옷

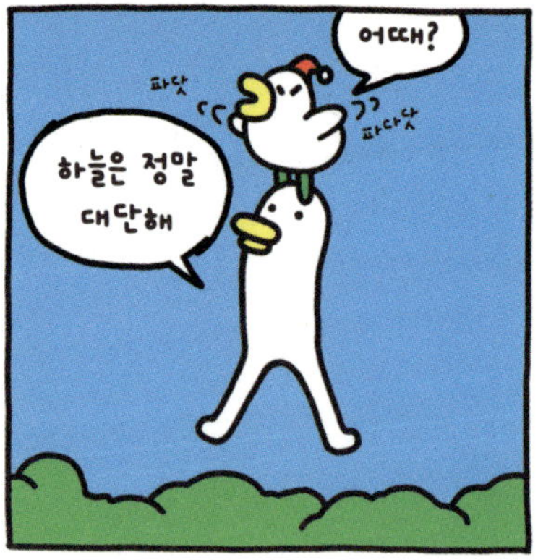

어때?
파닷
파다닷
하늘은 정말
대단해

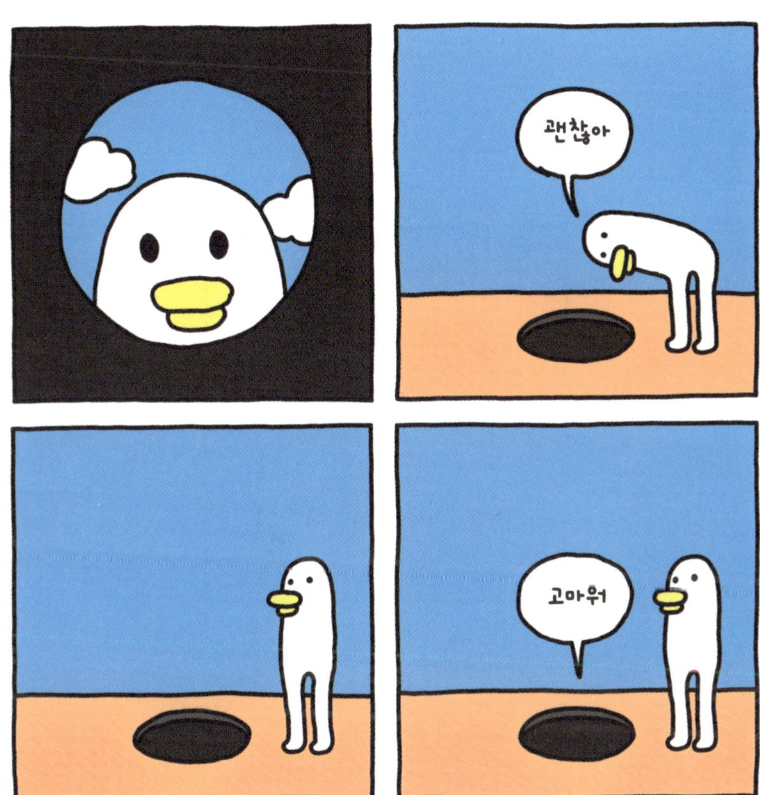
괜찮아
고마워

절약

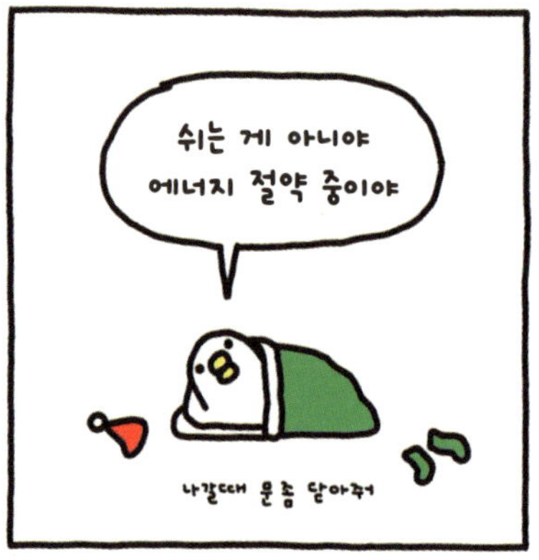

쉬는 게 아니야
에너지 절약 중이야
나갈때 문 좀 닫아줘

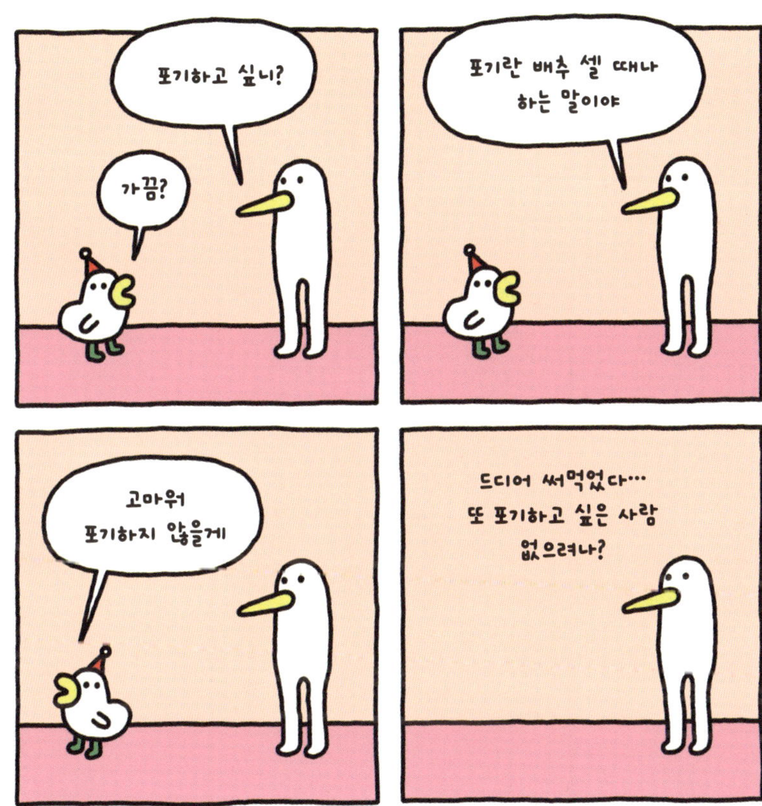
포기하고 싶니?
가끔?
포기란 배추 셀 때나
하는 말이야
고마워
포기하지 않을게
드디어 써먹었다···
또 포기하고 싶은 사람
없으려나?

#배추를 세는 단위는?

응원

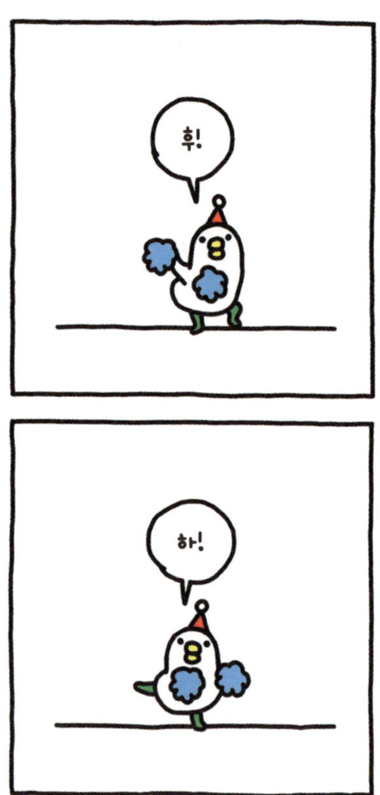

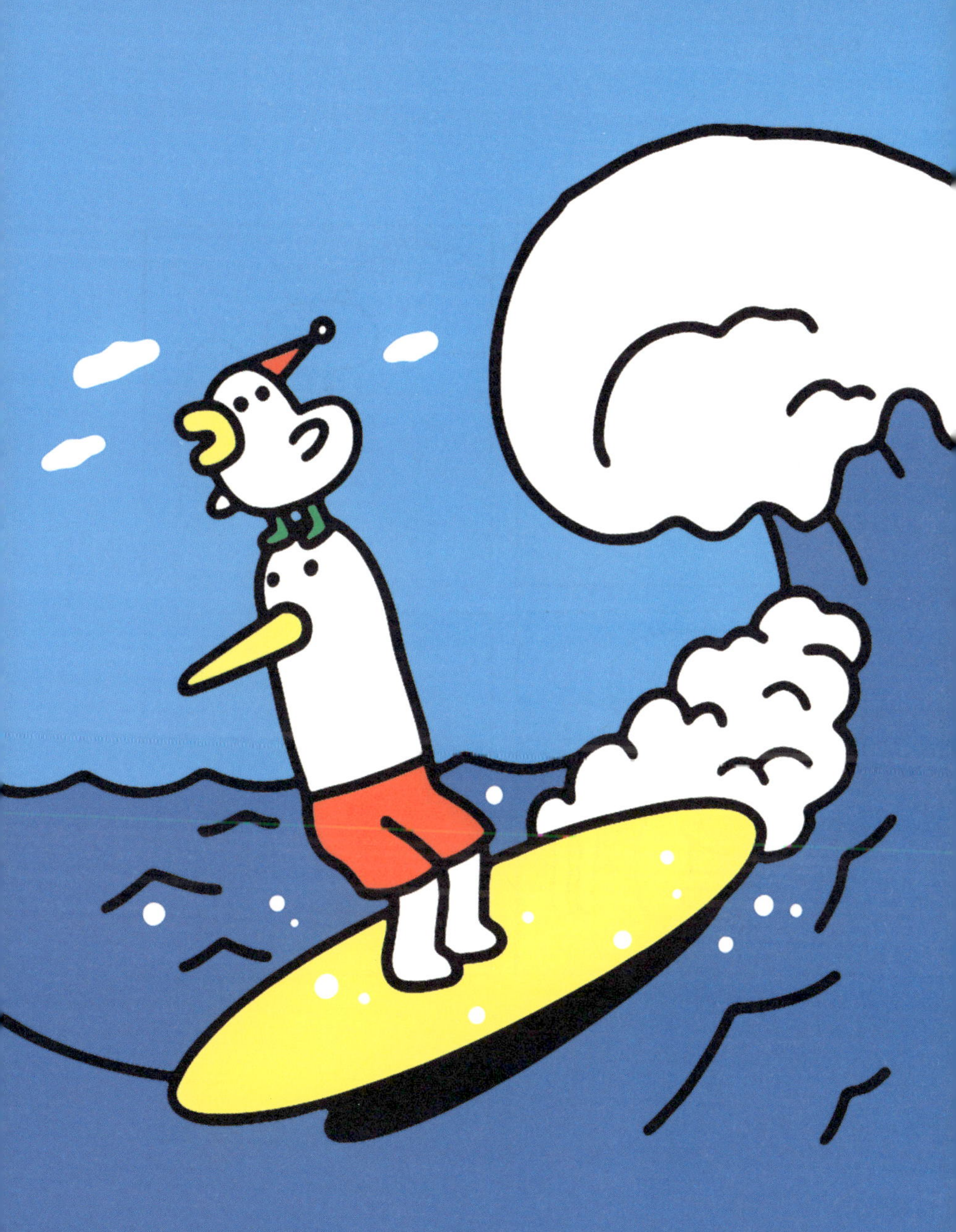

모래성

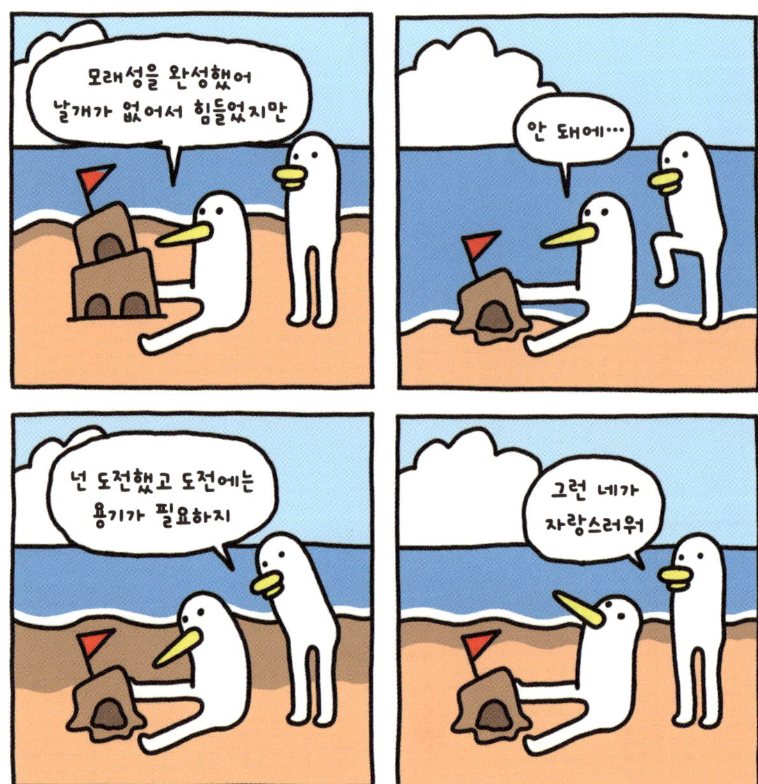

모래성을 완성했어
날개가 없어서 힘들었지만
안 돼에…
넌 도전했고 도전에는
용기가 필요하지
그런 네가
자랑스러워

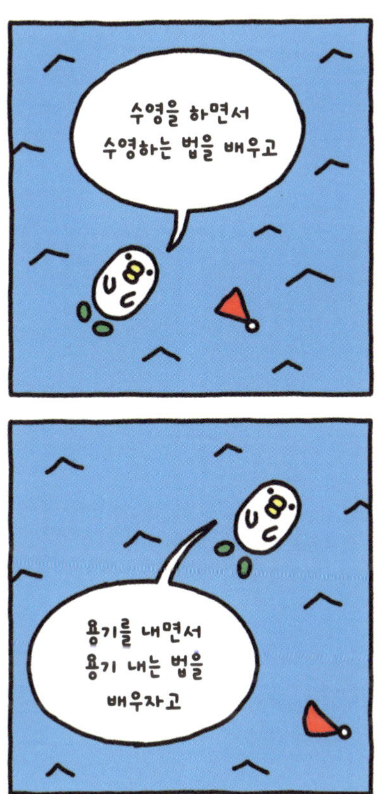

수영을 하면서
수영하는 법을 배우고

용기를 내면서
용기 내는 법을
배우자고

#준비될 때까지 기다리지 말고 부족해도 일단 시작하고 채워나가자

너에게 쓰는 편지

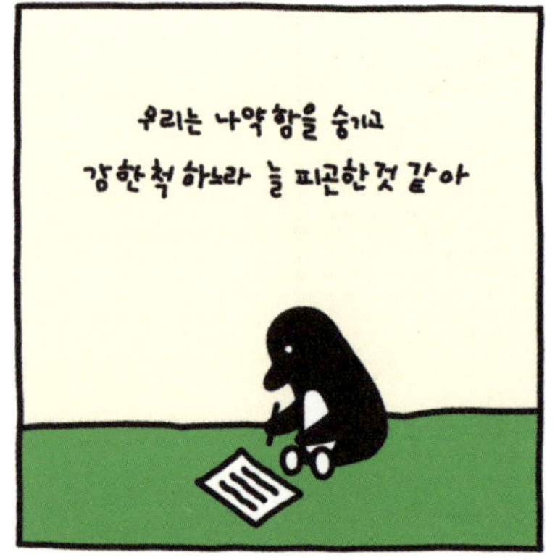

우리는 나약함을 숨기고
강한 척 하느라 늘 피곤한 것 같아

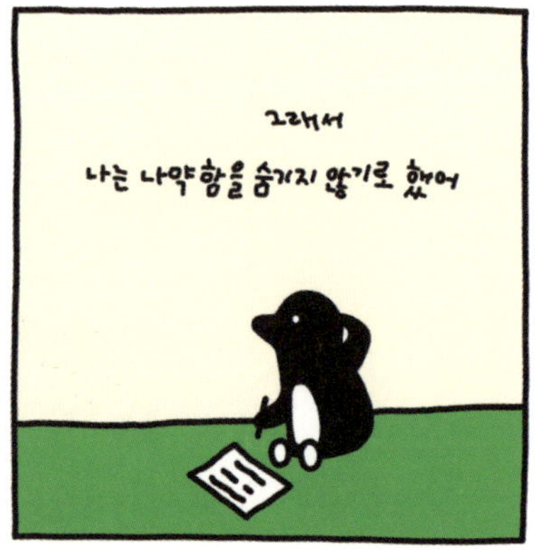

그래서
나는 나약함을 숨기지 않기로 했어

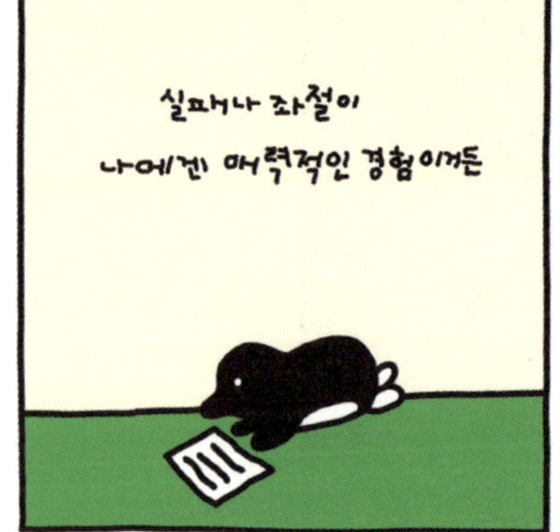

실패나 좌절이
나에겐 매력적인 경험이거든

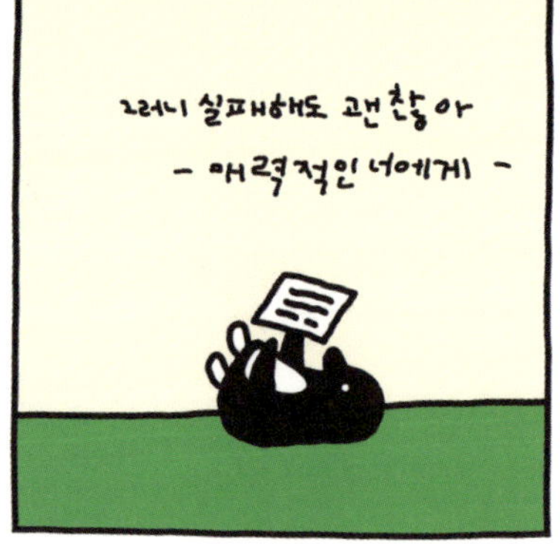

그러니 실패해도 괜찮아
- 매력적인 너에게 -

#매력적인 너에게 꾹꾹 눌러 쓴 편지

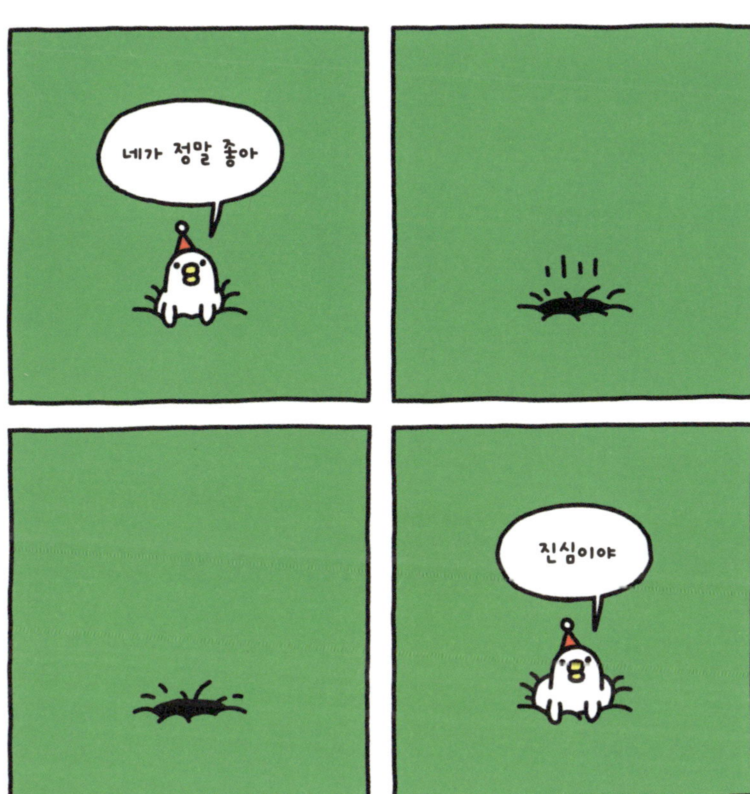

네가 정말 좋아

진심이야

오늘두 잘 살았습니두

Part4

오늘은
뭐 하고 놀까?

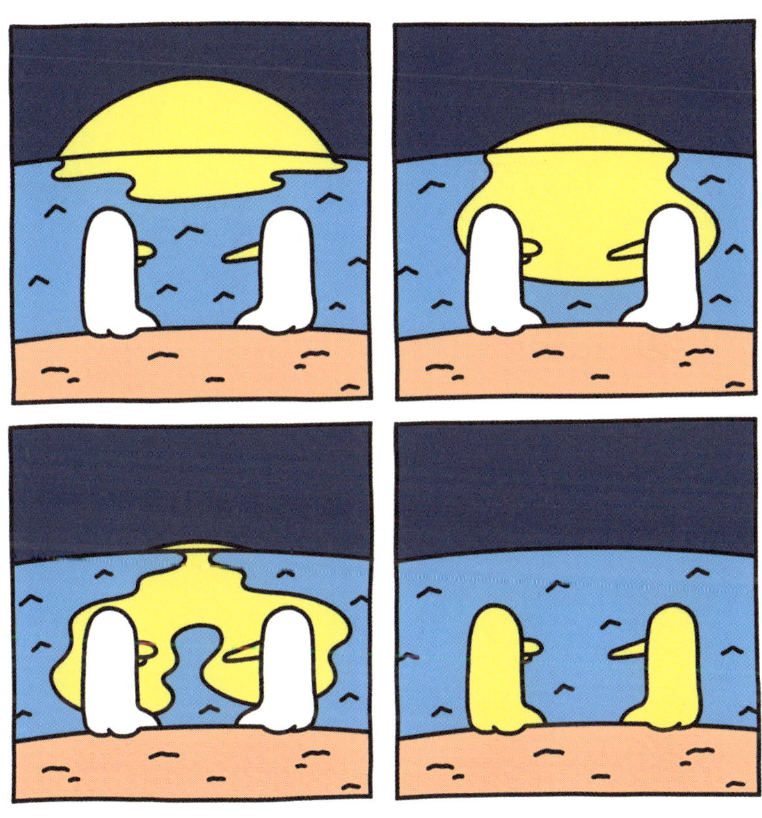

#물들어가는 우리의 소중한 시간들

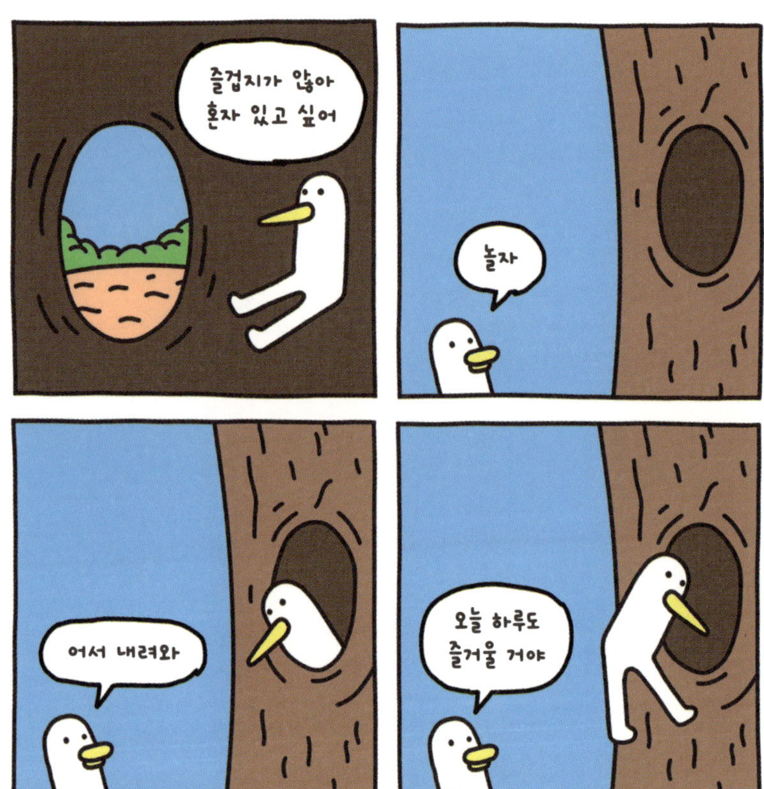
즐겁지가 않아
혼자 있고 싶어
놀자
어서 내려와
오늘 하루도
즐거울 거야

#오늘도 내일도 분명 즐거울 거야

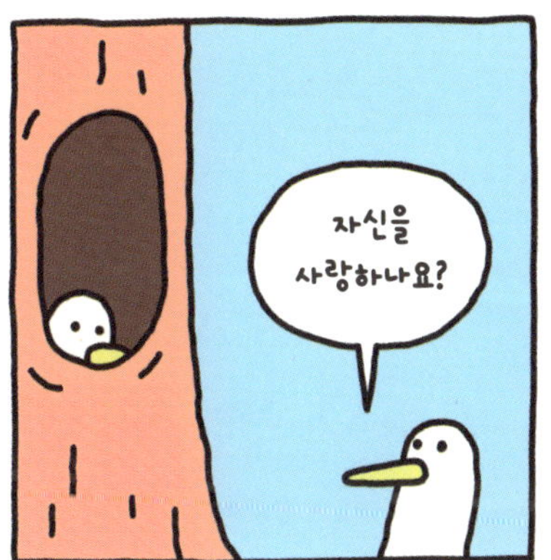
자신을
사랑하나요?

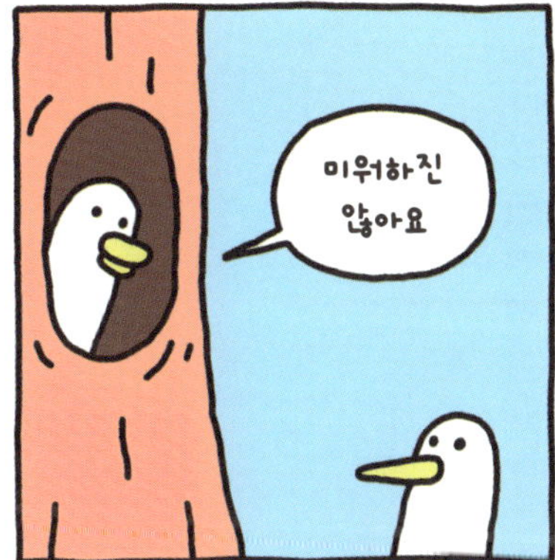
미워하진
않아요

\#딱 그 정도면 돼요

REPEAT

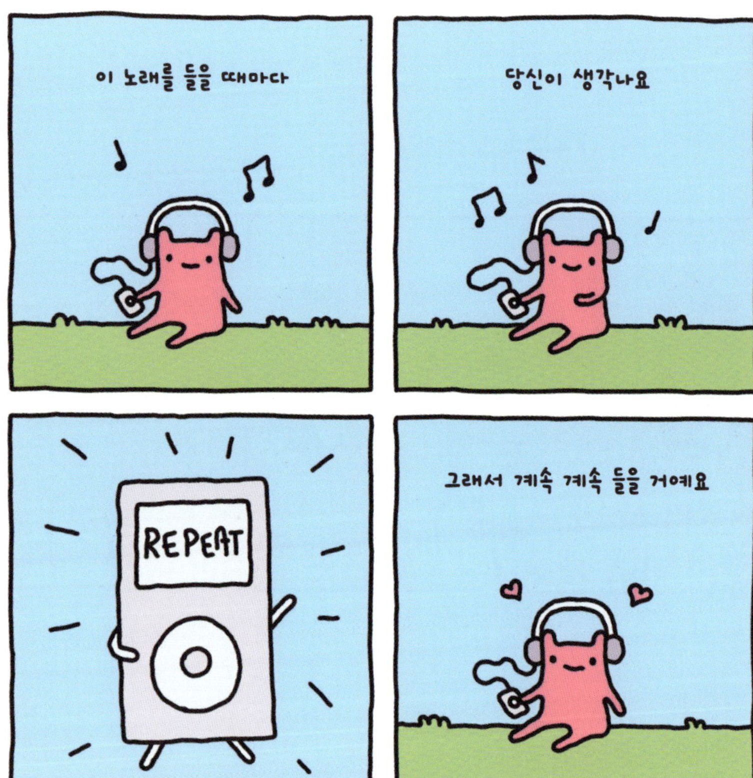

이 노래를 들을 때마다
당신이 생각나요
REPEAT
그래서 계속 계속 들을 거예요

#너를 생각나게 하는 그 노래

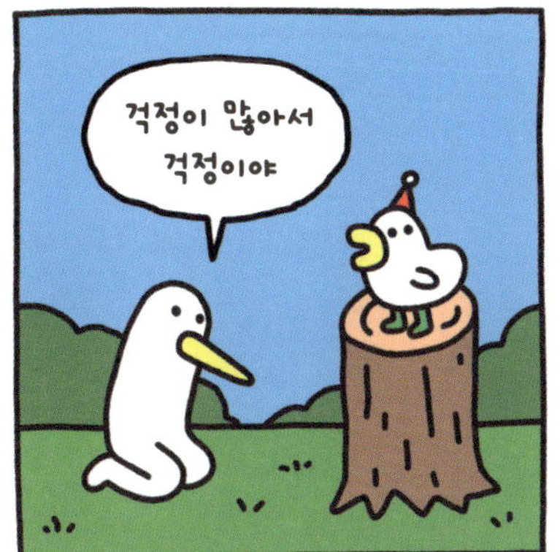

걱정이 많아서
걱정이야

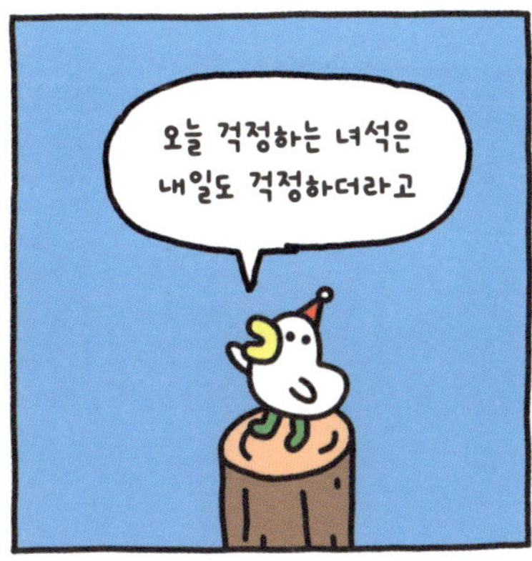

오늘 걱정하는 녀석은
내일도 걱정하더라고

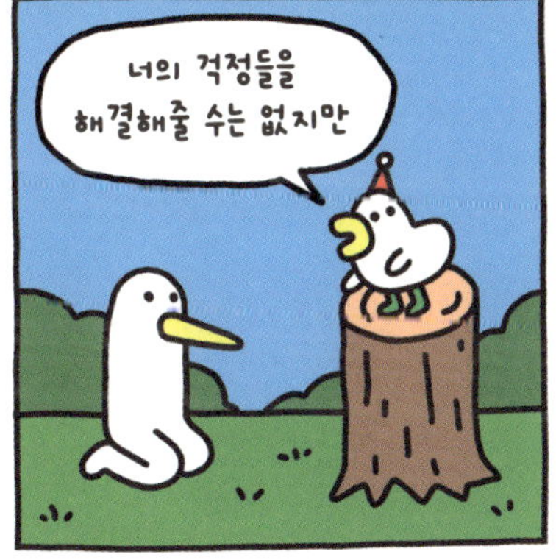

너의 걱정들을
해결해줄 수는 없지만

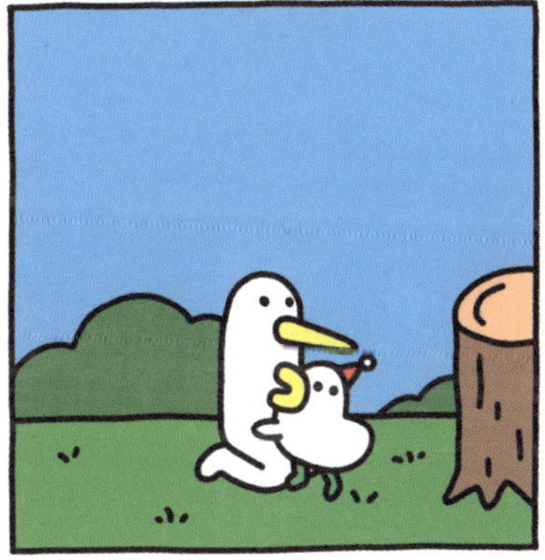

#그걸로 충분해

A HOUND DOG

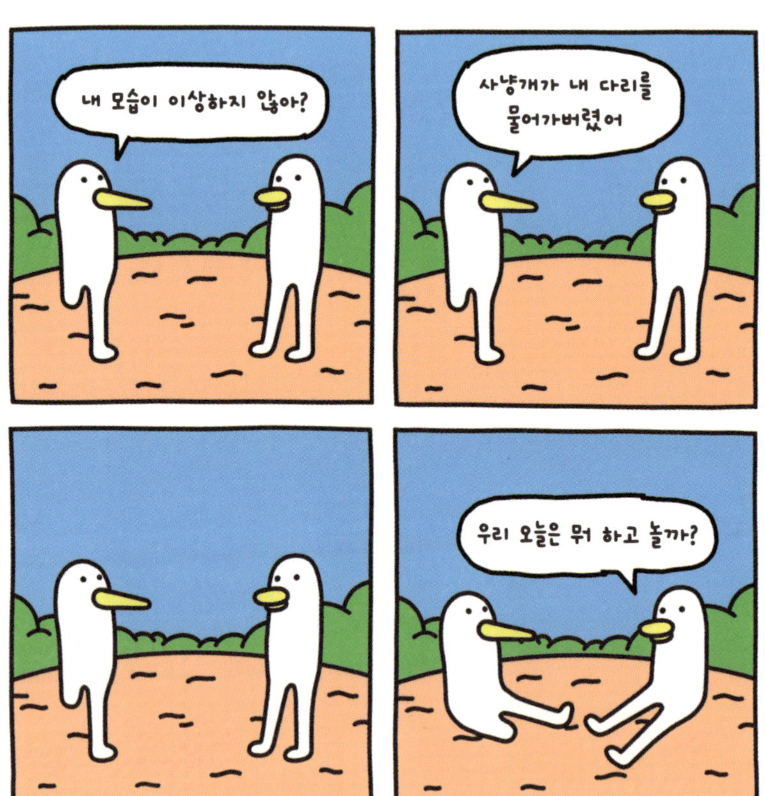

내 모습이 이상하지 않아?
사냥개가 내 다리를 물어가버렸어
우리 오늘은 뭐 하고 놀까?

#두렵고 어려운 일 한가득이지만 너의 옆에선 언제나 평범한 오늘

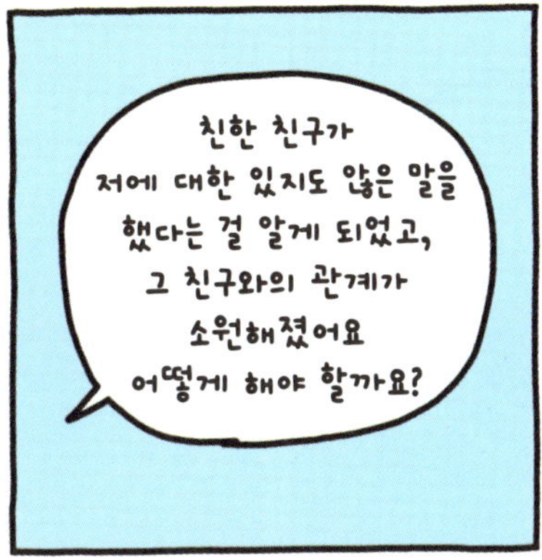
친한 친구가
저에 대한 있지도 않은 말을
했다는 걸 알게 되었고,
그 친구와의 관계가
소원해졌어요
어떻게 해야 할까요?

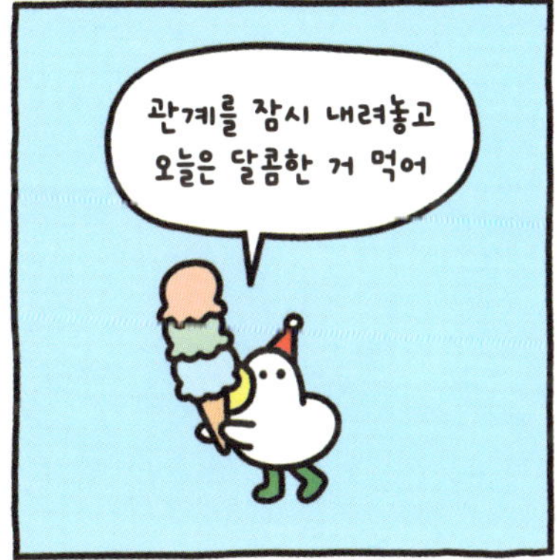
관계를 잠시 내려놓고
오늘은 달콤한 거 먹어

#그 친구보다 상처받은 너를 돌보는 게 중요해

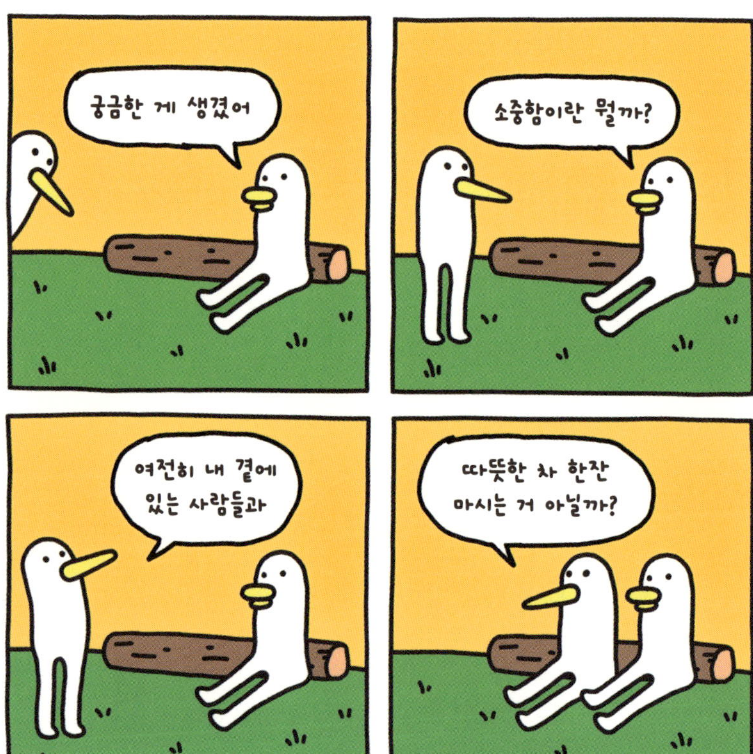
궁금한 게 생겼어
소중함이란 뭘까?
여전히 내 곁에
있는 사람들과
따뜻한 차 한잔
마시는 거 아닐까?

소중함

#도란도란 너랑 이야기꽃 피우는 지금 이 순간

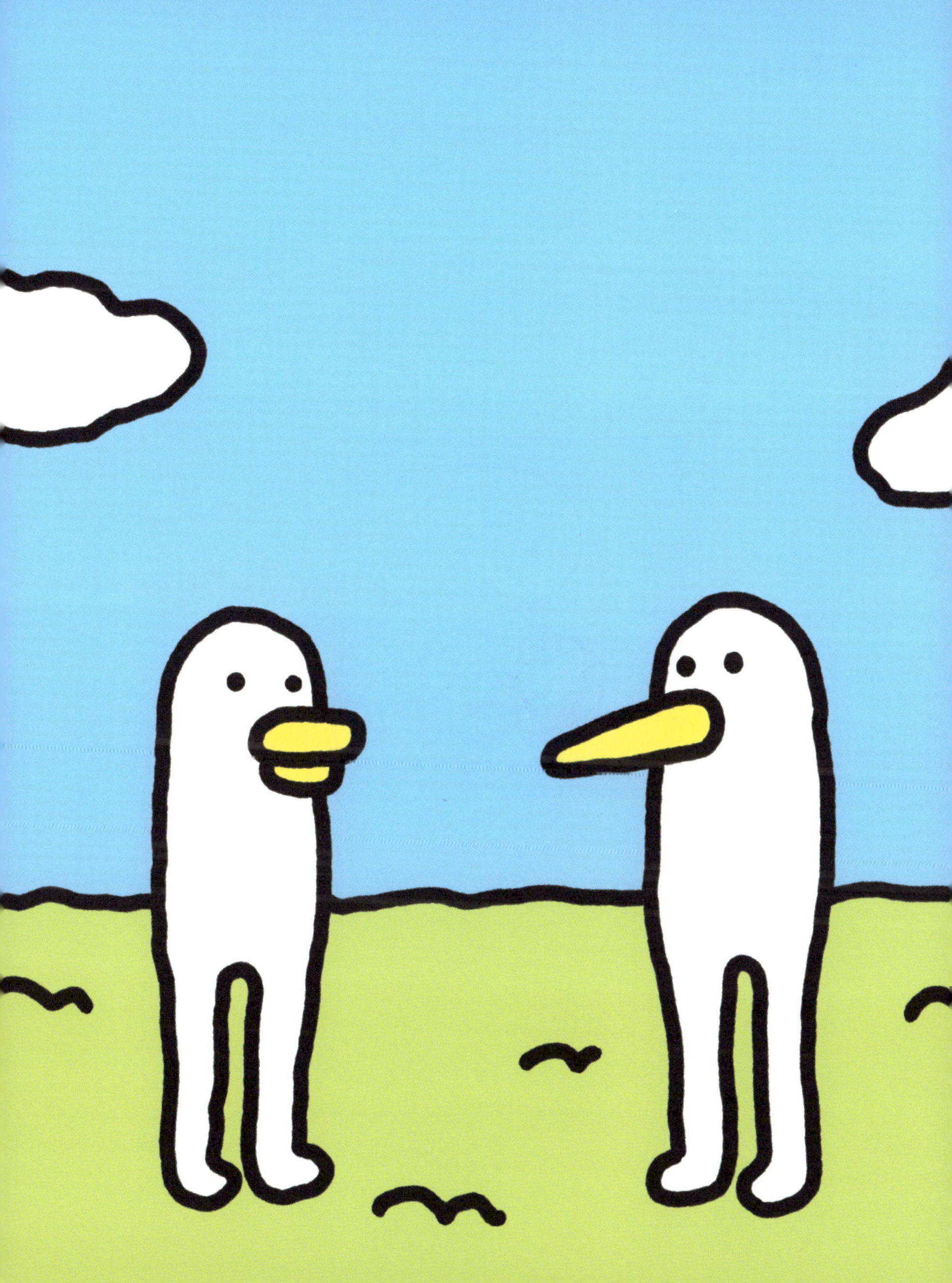

날 좋아하는 사람들

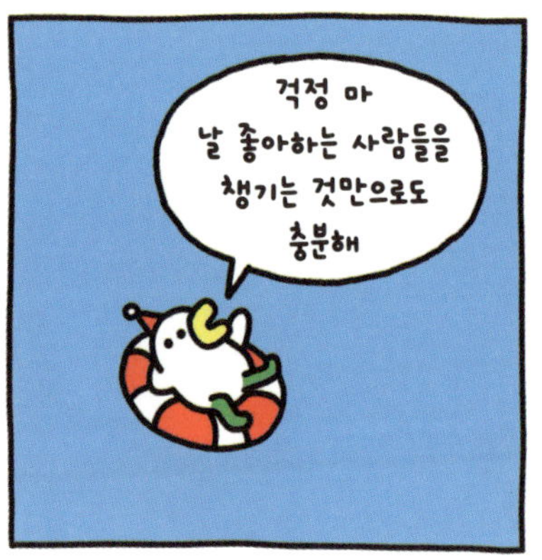

걱정 마
날 좋아하는 사람들을
챙기는 것만으로도
충분해

날 좋아하는 사람들

선물 도착

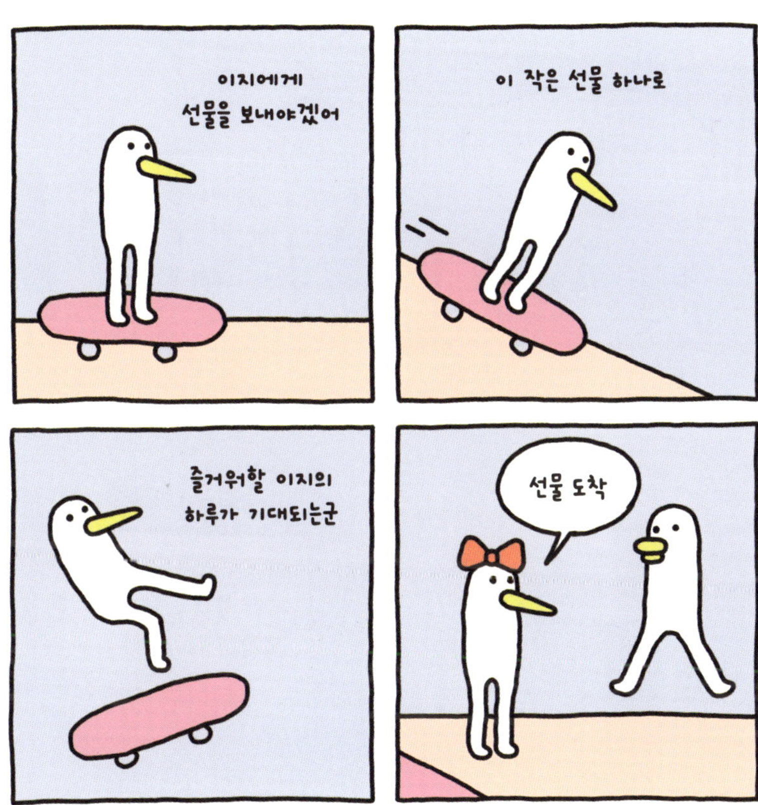

이지에게
선물을 보내야겠어
이 작은 선물 하나로
즐거워할 이지의
하루가 기대되는군
선물 도착

#선물을 주는 기쁨이란

편지

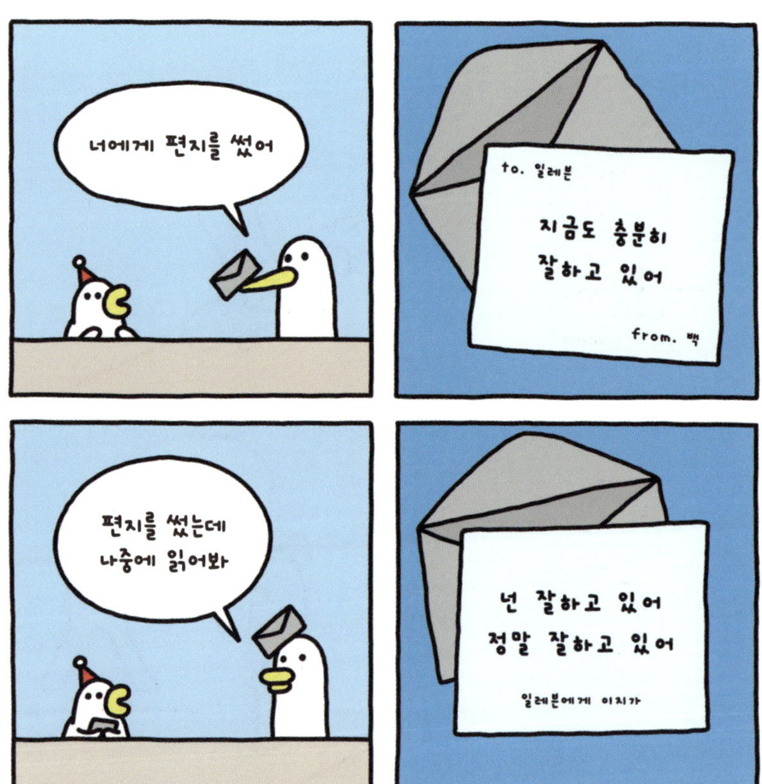

너에게 편지를 썼어
to. 일레븐
지금도 충분히
잘하고 있어
from. 백
편지를 썼는데
나중에 읽어봐
넌 잘하고 있어
정말 잘하고 있어
일레븐에게 이지가

#마음을 담아

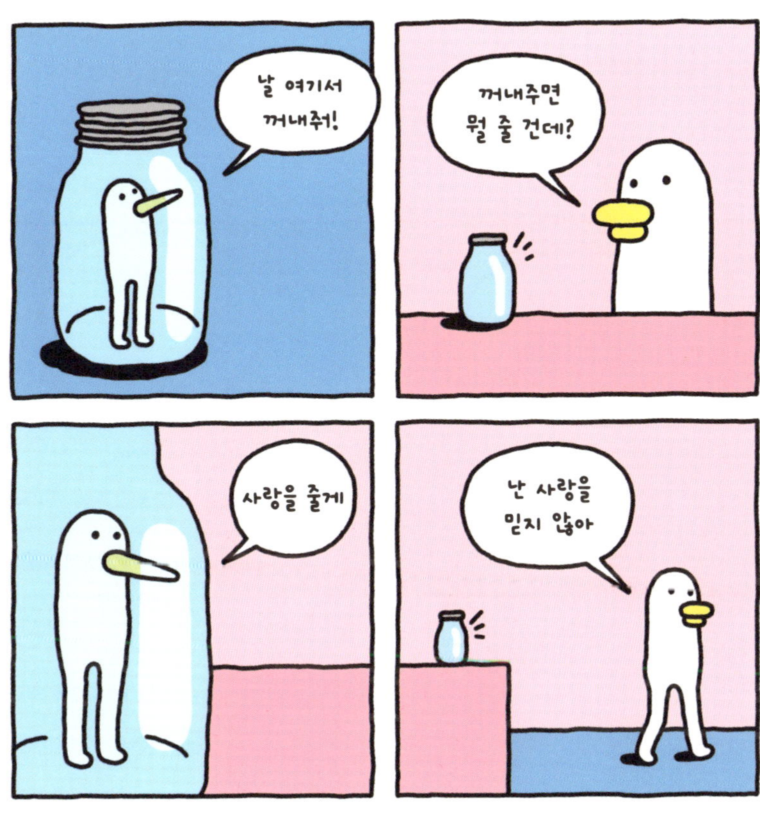
날 여기서
꺼내줘!
꺼내주면
뭘 줄 건데?
사랑을 줄게
난 사랑을
믿지 않아

#사랑이란 뭘까?

치아와 사랑

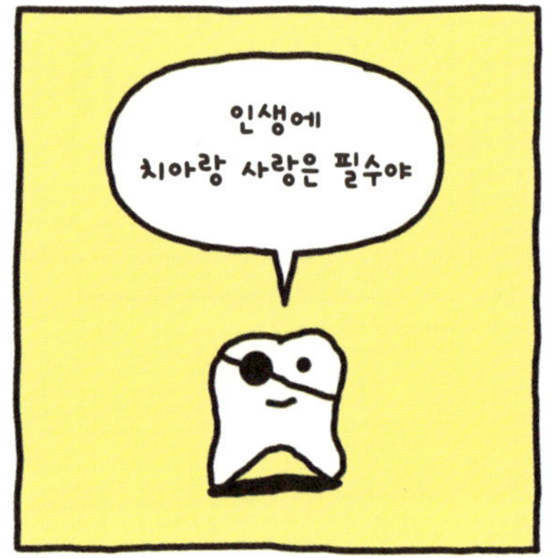

인생에
치아랑 사랑은 필수야

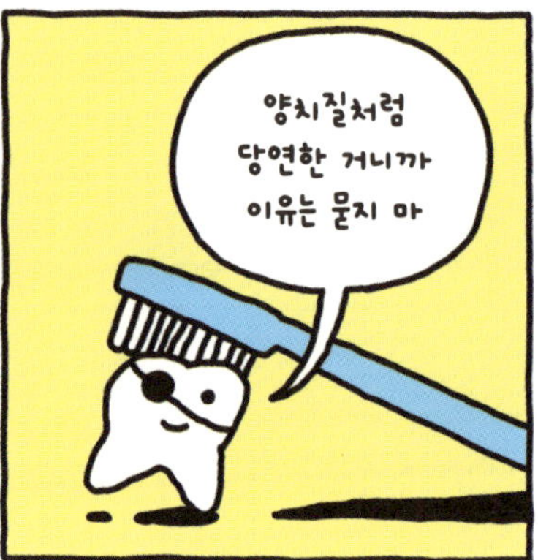

양치질처럼
당연한 거니까
이유는 묻지 마

#근데 없어도 죽진 않아…

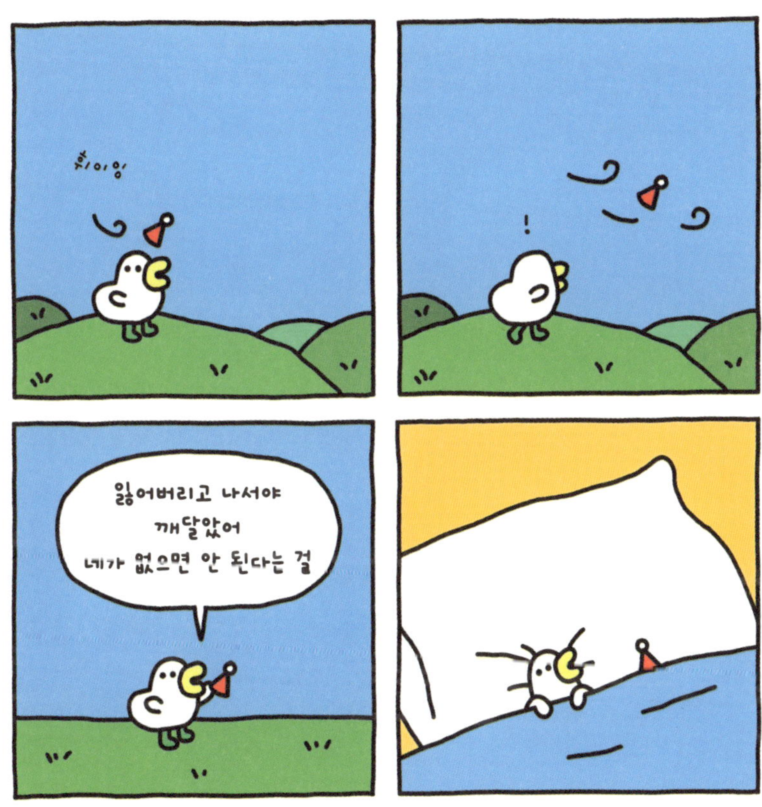
뿌이잉
!
잃어버리고 나서야
깨달았어
네가 없으면 안 된다는 걸

#왜 항상 잃어버린 뒤에 소중함을 깨달을까?

바나나 모자

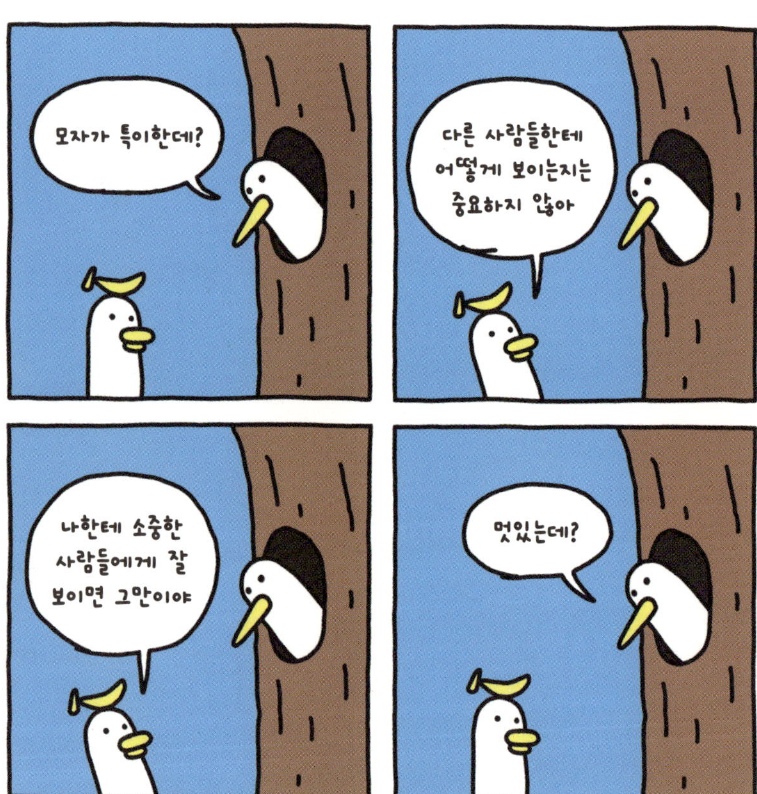

모자가 특이한데?
다른 사람들한테 어떻게 보이는지는 중요하지 않아
나한테 소중한 사람들에게 잘 보이면 그만이야
멋있는데?

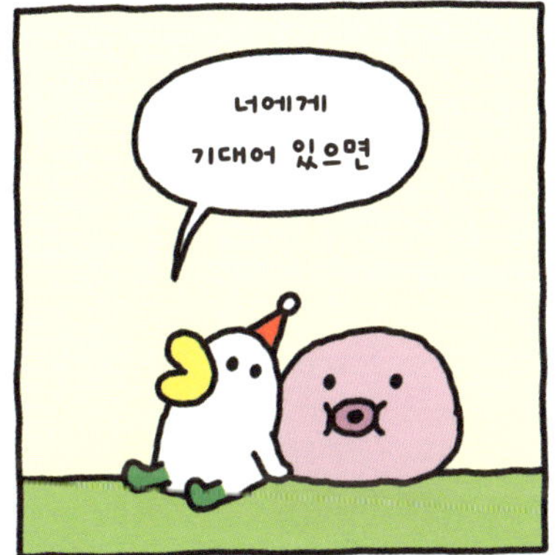
너에게
기대어 있으면

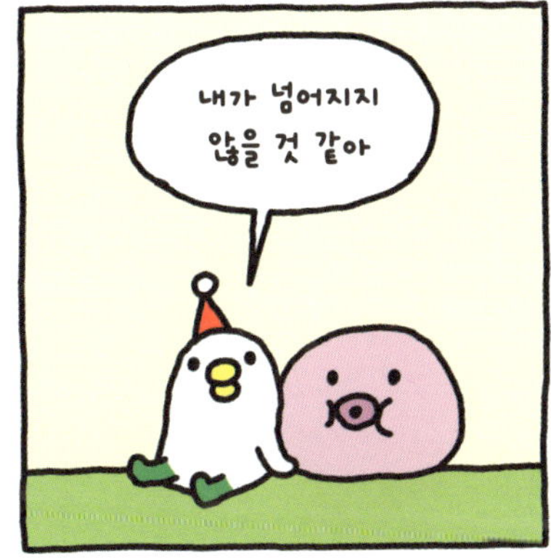
내가 넘어지지
않을 것 같아

#든든한 돌멩이가 되어줘서 고마워

저주에 걸린 왕자

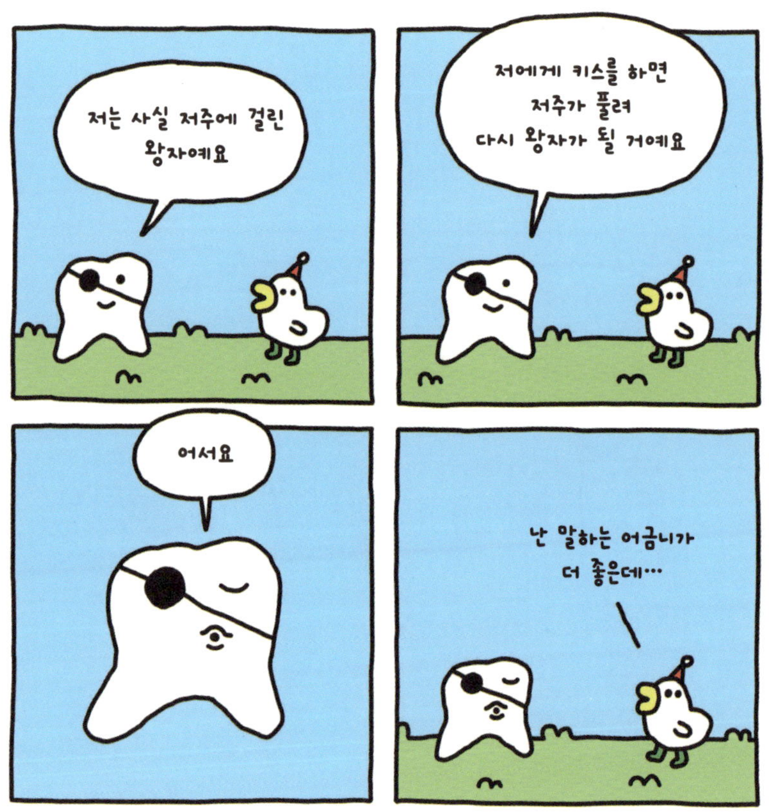

저는 사실 저주에 걸린 왕자예요
저에게 키스를 하면 저주가 풀려 다시 왕자가 될 거예요
어서요
난 말하는 어금니가 더 좋은데…

#지금 모습도 충분히 사랑스러운걸

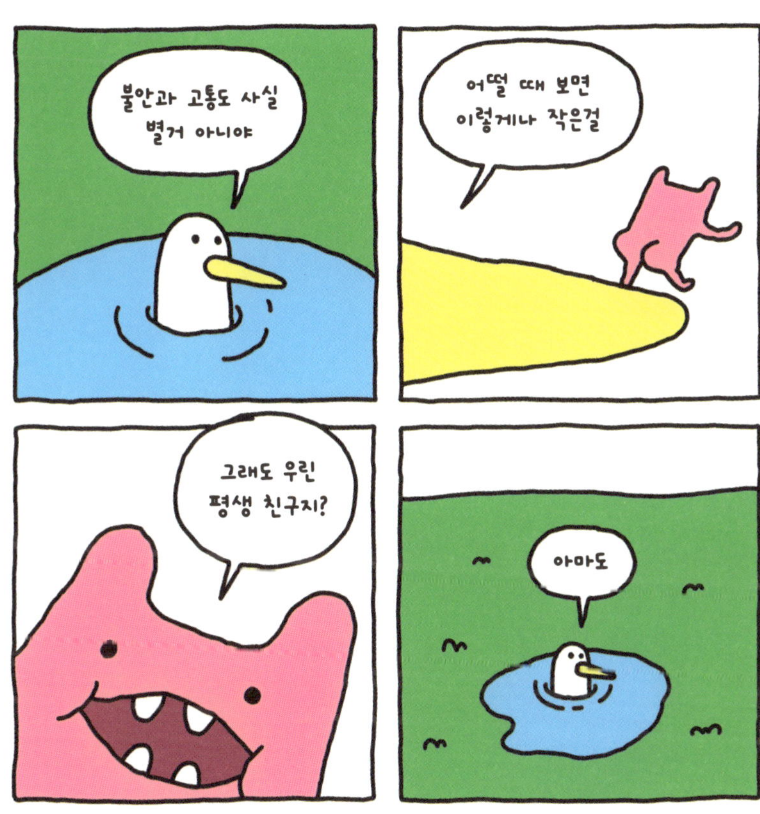
불안과 고통도 사실
별거 아니야
어떨 때 보면
이렇게나 작은걸
그래도 우린
평생 친구지?
아마도

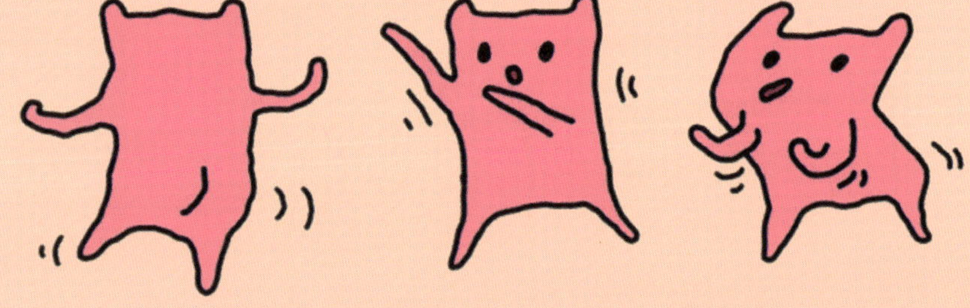

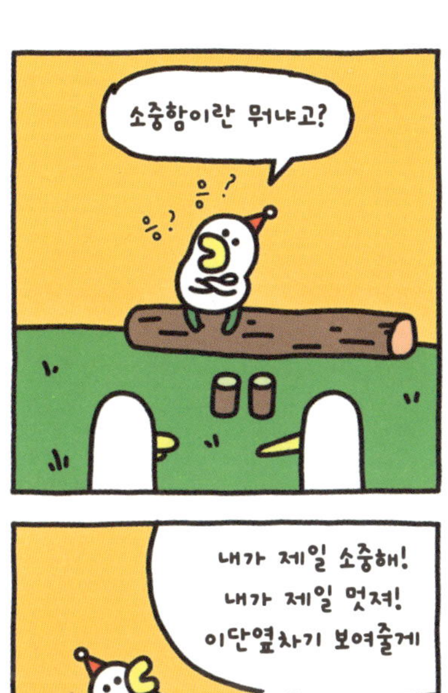
소중함이란 뭐냐고?
응?
응?
내가 제일 소중해!
내가 제일 멋져!
이단옆차기 보여줄게
와다
요스
그건 옆차기...

네가 좋아

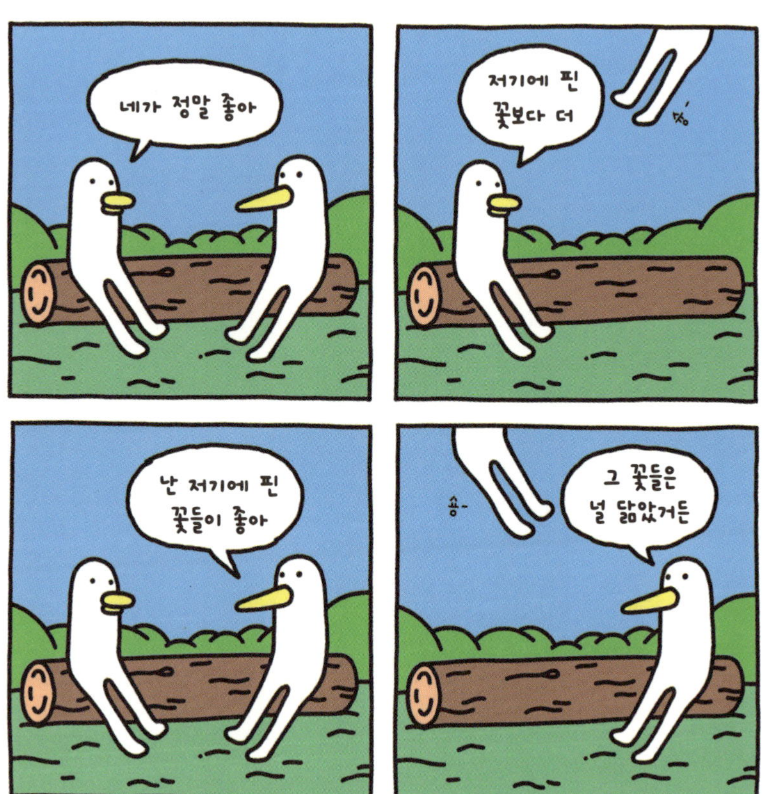

네가 정말 좋아
저기에 핀 꽃보다 더
난 저기에 핀 꽃들이 좋아
그 꽃들은 널 닮았거든
쏭-

#살랑살랑 몽글몽글

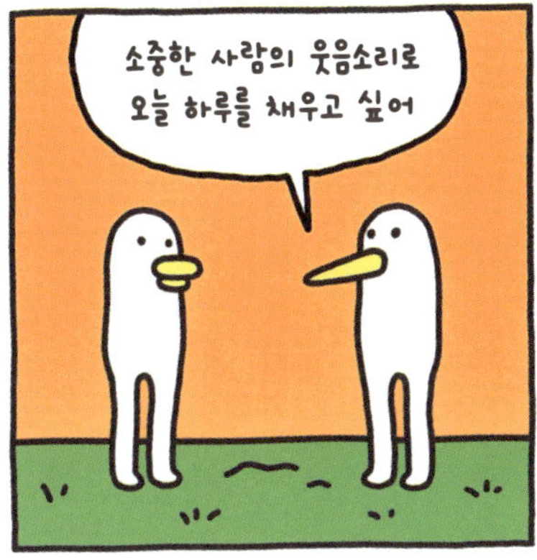

소중한 사람의 웃음소리로
오늘 하루를 채우고 싶어

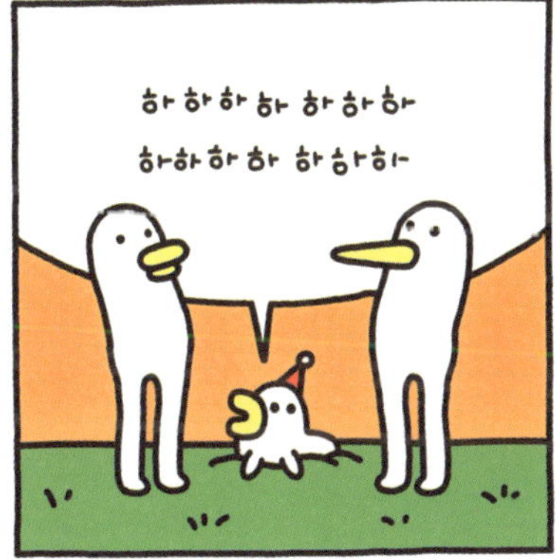

하하하 하 하하하
하하하하 하하하

#모두들 하하하하하하하

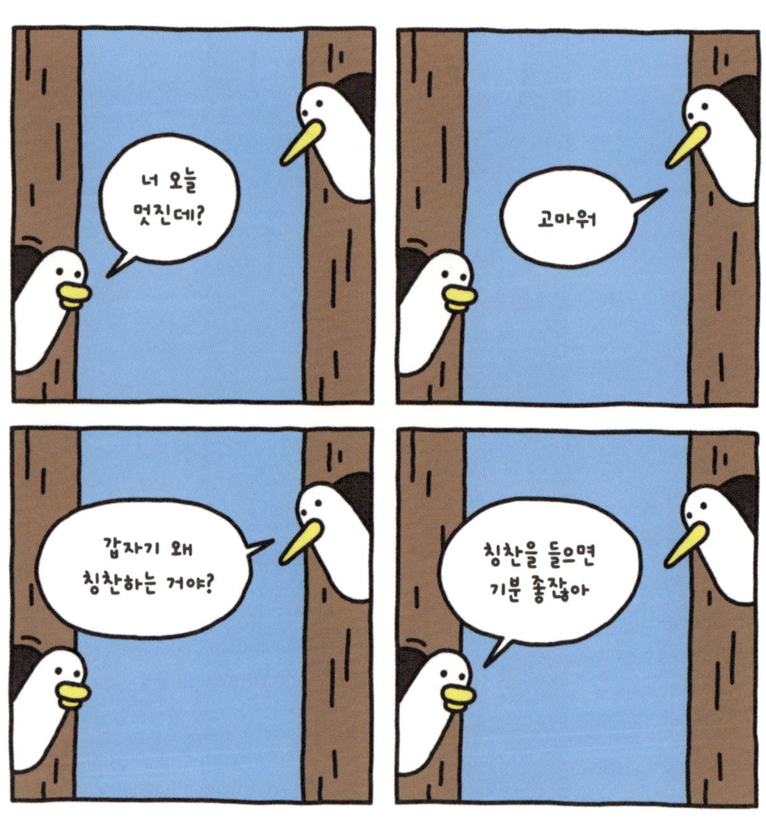
너 오늘 멋진데?
고마워
갑자기 왜 칭찬하는 거야?
칭찬을 들으면 기분 좋잖아

칭찬

#칭찬을 마구마구 해주자!

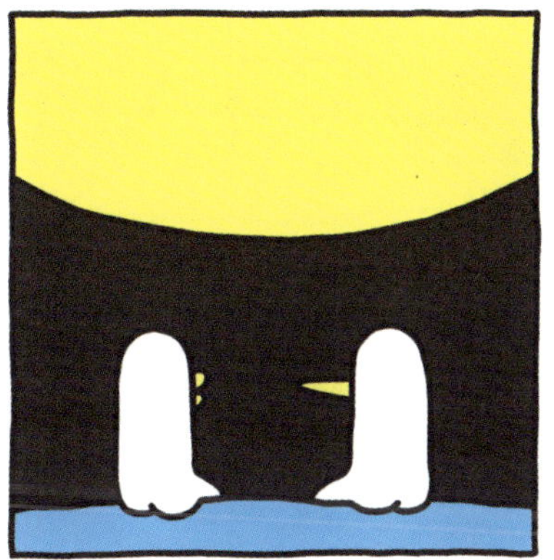

#모두의 소중한 소원들이 이루어지기를

캠핑

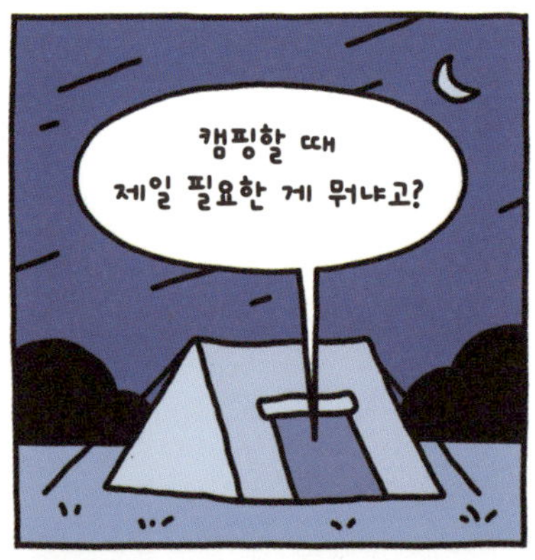

캠핑할 때
제일 필요한 게 뭐냐고?

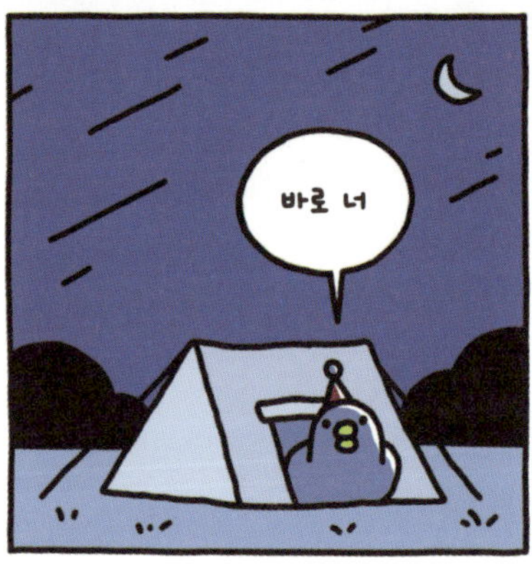

바로 너

#어두운 밤도 너와 함께라면 충분

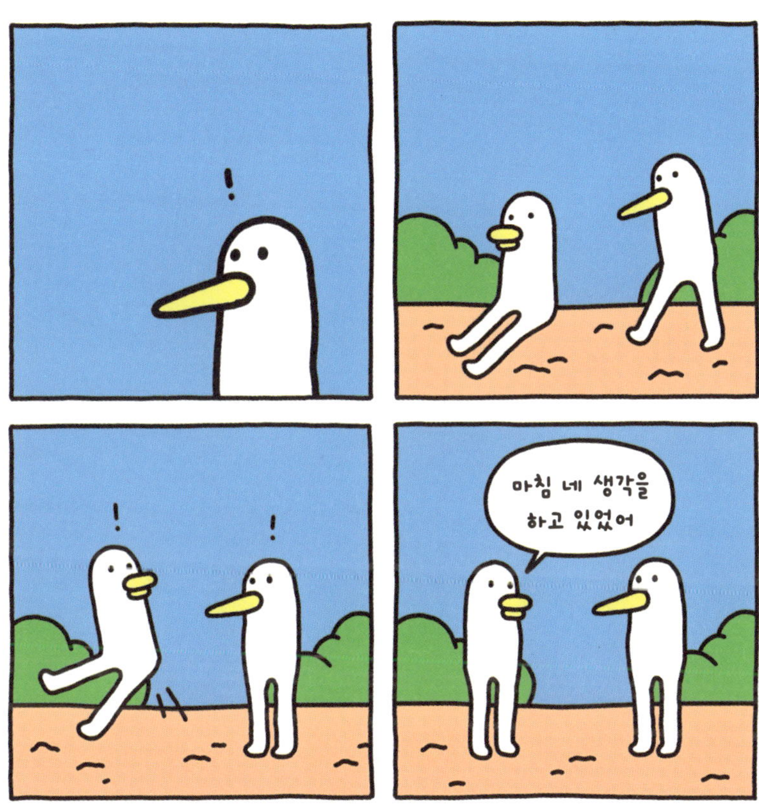
마침 네 생각을
하고 있었어

\#우리 통했네

똑똑똑

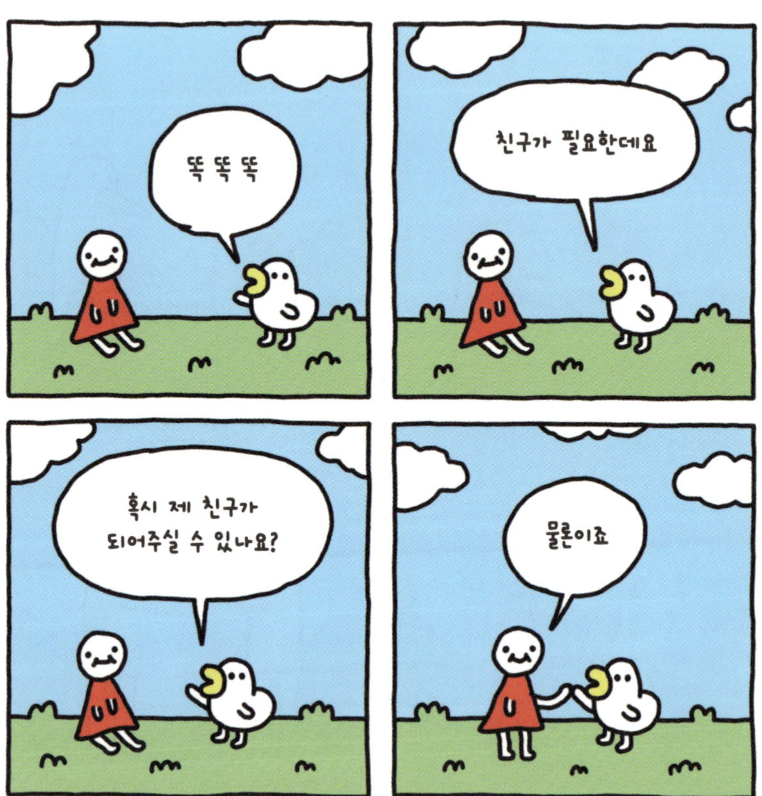

똑 똑 똑
친구가 필요한데요
혹시 제 친구가
되어주실 수 있나요?
물론이죠

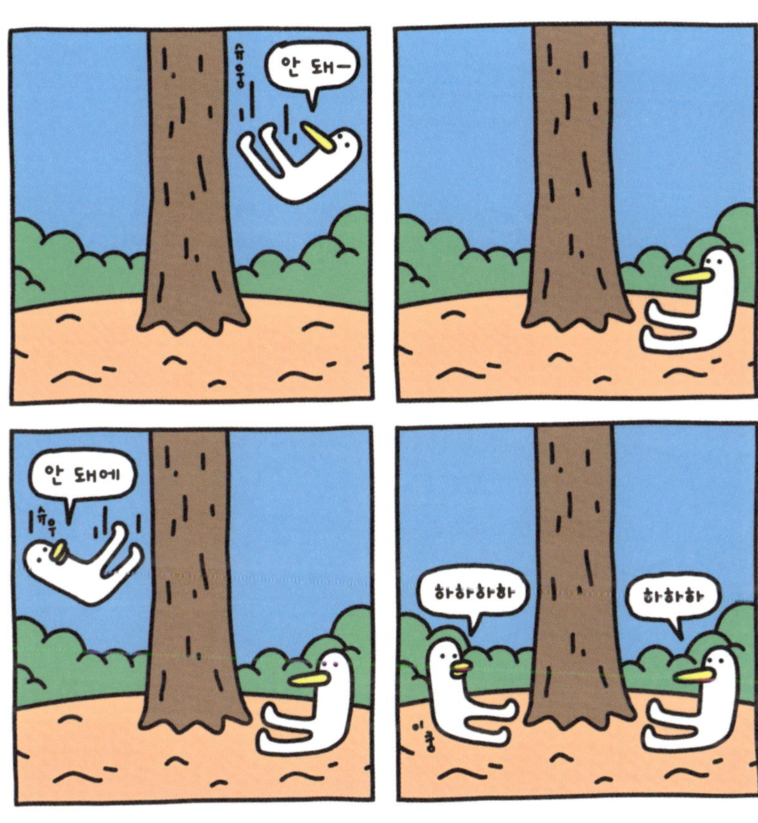
슈웅
안 돼—
안 돼에
슈웅
이쿵
하하하하하
하하하

#하하항 네가 웃으면 나도 웃지

오늘의 일기

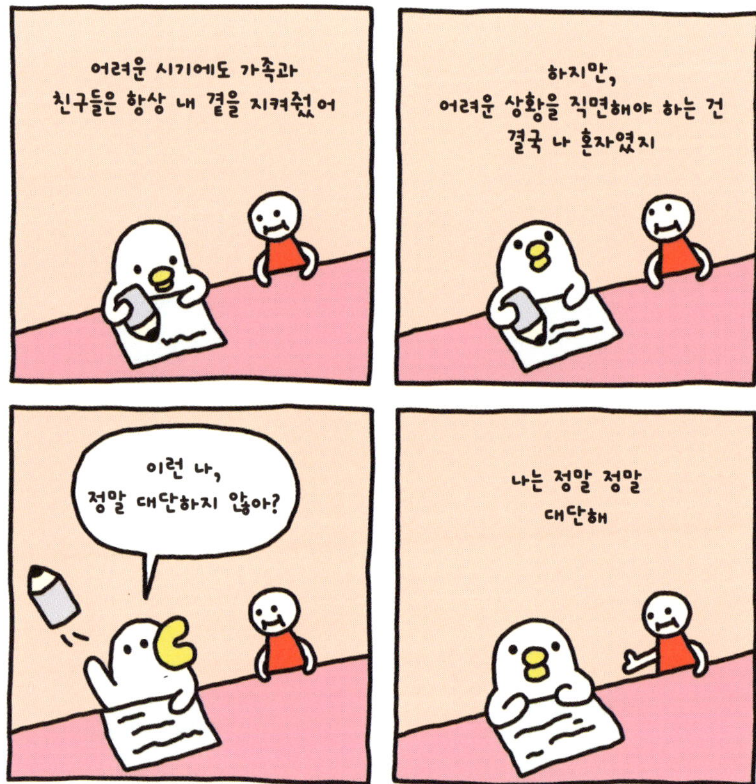

어려운 시기에도 가족과
친구들은 항상 내 곁을 지켜줬어

하지만,
어려운 상황을 직면해야 하는 건
결국 나 혼자였지

이런 나,
정말 대단하지 않아?

나는 정말 정말
대단해

#오늘도 대단한 하루를 보냈구나!

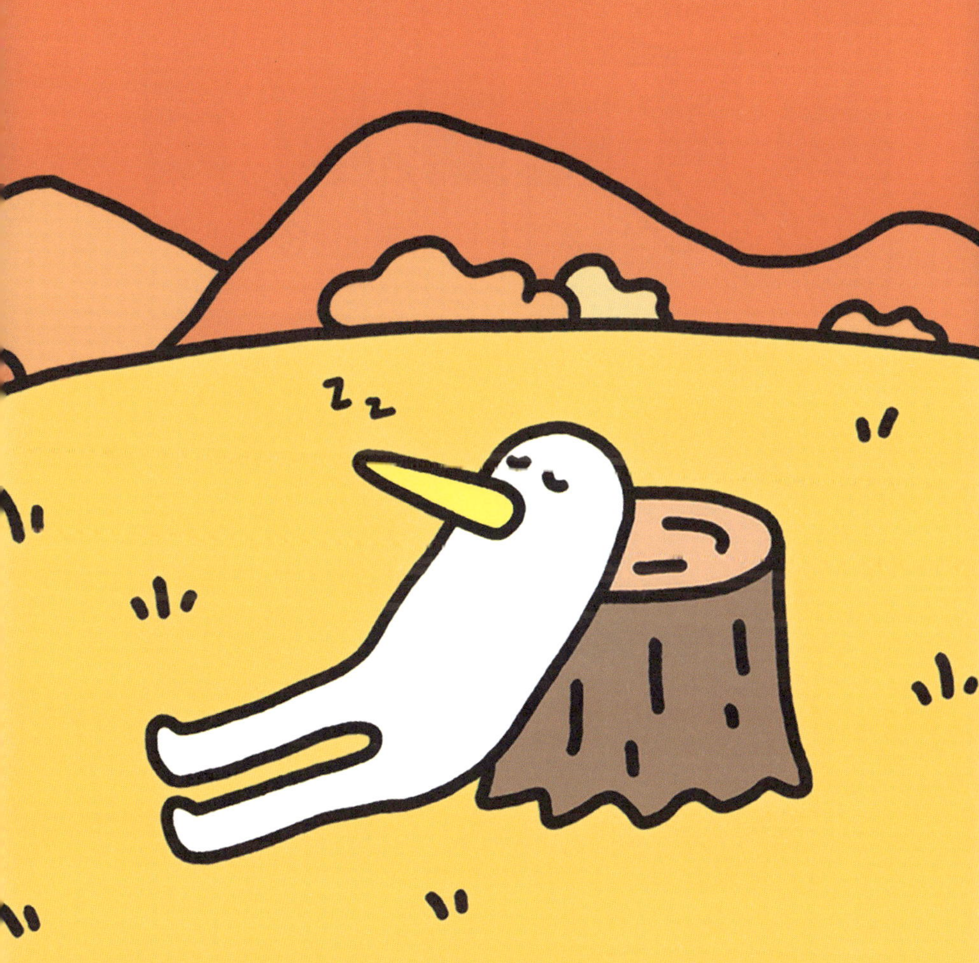

뭐라고?

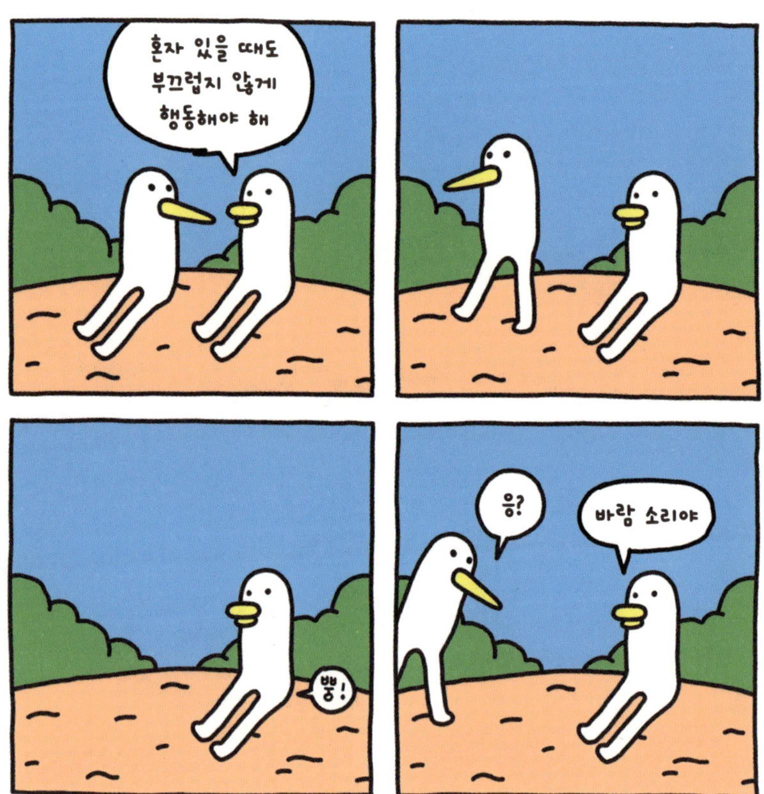

혼자 있을 때도 부끄럽지 않게 행동해야 해
뿡!
응?
바람 소리야

#그럴 땐 모른 척하는 거야

192

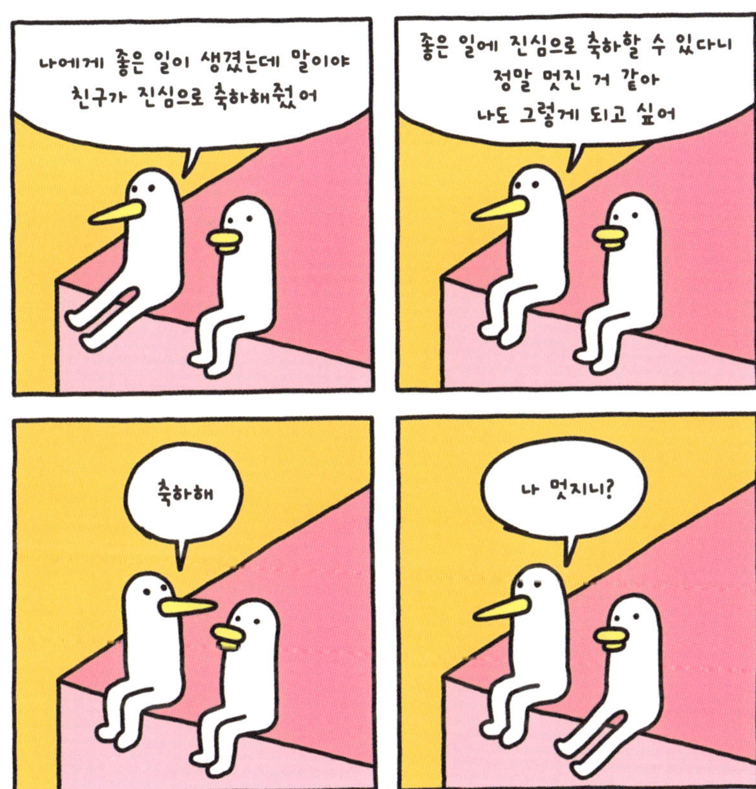
나에게 좋은 일이 생겼는데 말이야
친구가 진심으로 축하해줬어
좋은 일에 진심으로 축하할 수 있다니
정말 멋진 거 같아
나도 그렇게 되고 싶어
축하해
나 멋지니?

또 넘어졌어

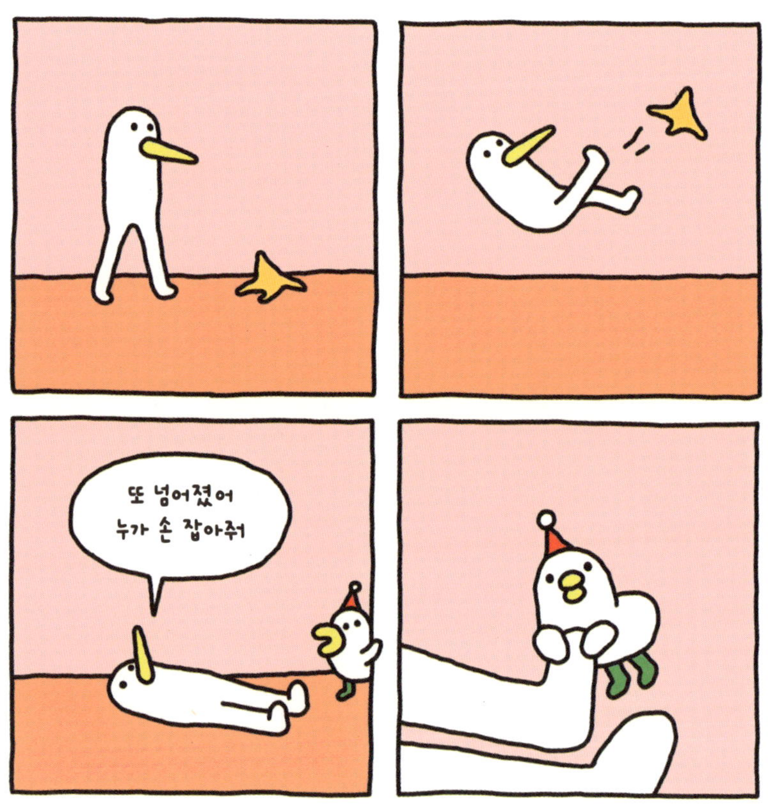

또 넘어졌어
누가 손 잡아줘

#그래도 따뜻해

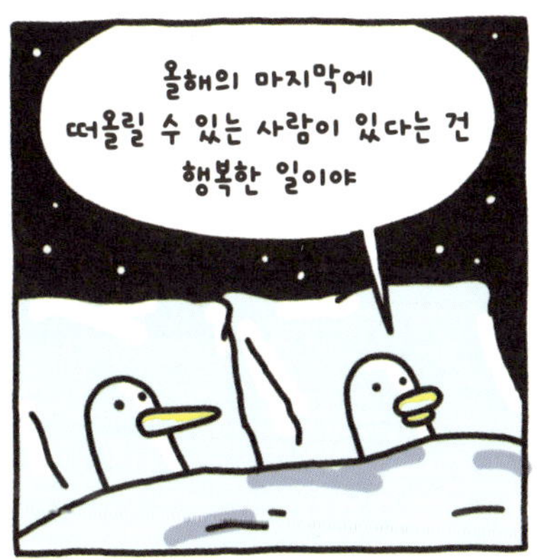

올해의 마지막에
떠올릴 수 있는 사람이 있다는 건
행복한 일이야

#나와 함께 행복을 만들어준 많은 사람들에게

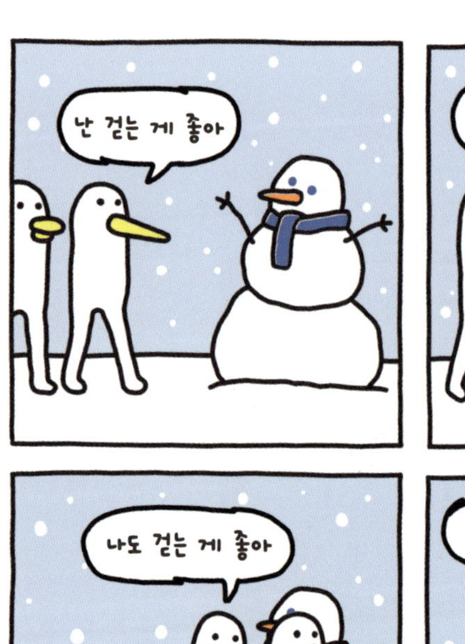
난 걷는 게 좋아

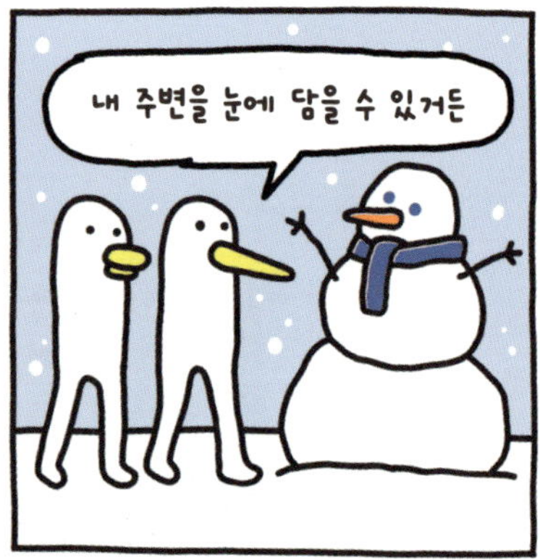
내 주변을 눈에 담을 수 있거든

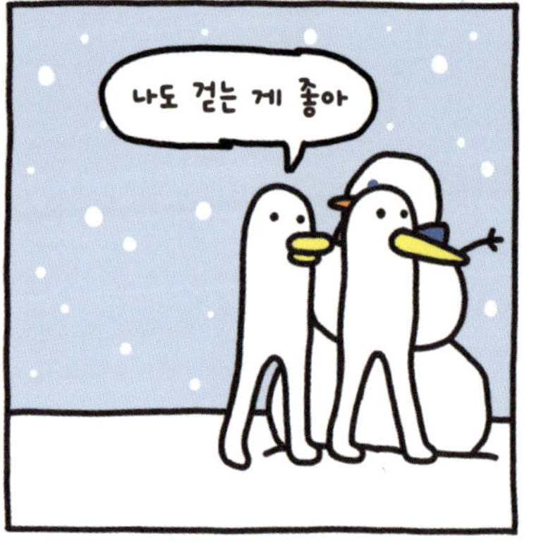
나도 걷는 게 좋아

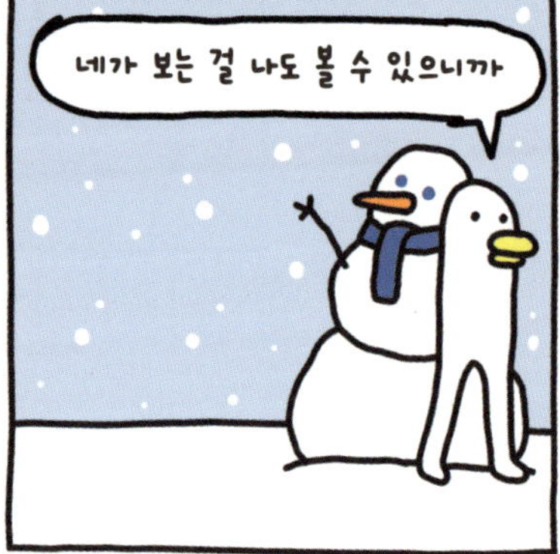
네가 보는 걸 나도 볼 수 있으니까

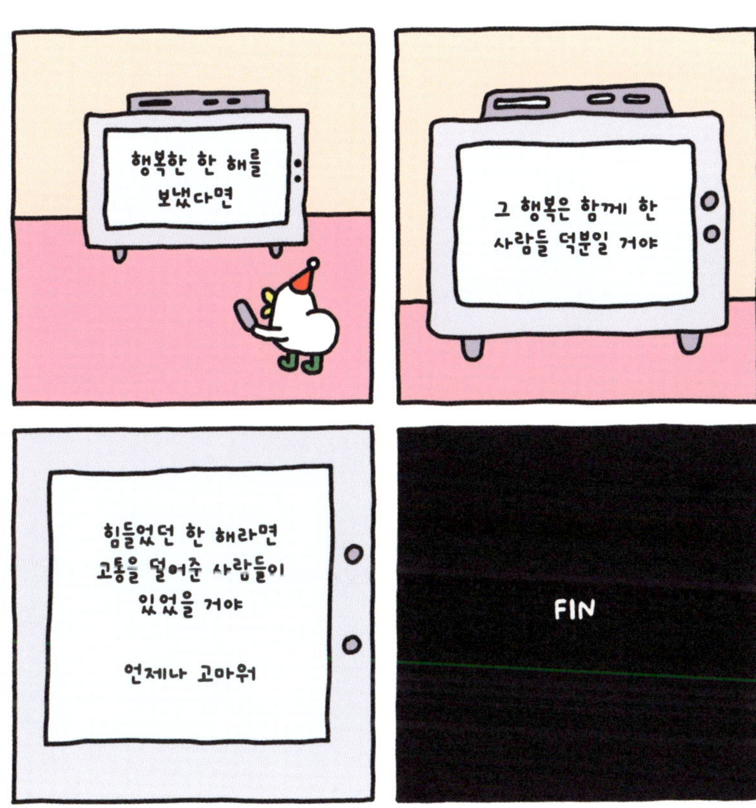

행복한 한 해를
보냈다면

그 행복은 함께 한
사람들 덕분일 거야

힘들었던 한 해라면
고통을 덜어준 사람들이
있었을 거야

언제나 고마워

FIN

오늘두 잘 살았습니두

아무 일도 일어나지 않아서 행복해

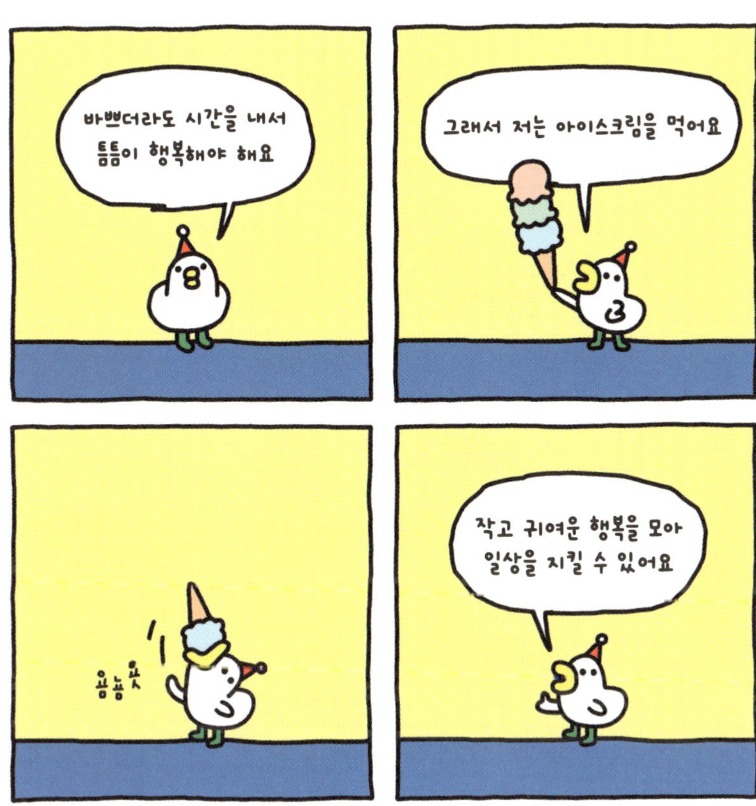
바쁘더라도 시간을 내서 틈틈이 행복해야 해요
그래서 저는 아이스크림을 먹어요
욤뇸욧
작고 귀여운 행복을 모아 일상을 지킬 수 있어요

#너의 일상을 지켜주는 건 뭐야?

양말 모자 커피

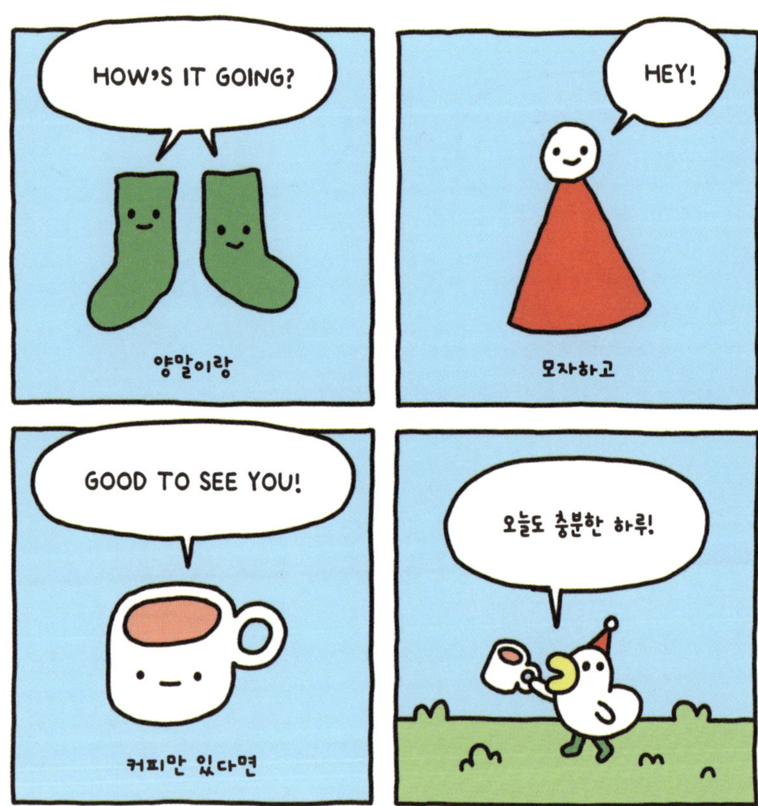

HOW'S IT GOING?
양말이랑
HEY!
모자하고
GOOD TO SEE YOU!
커피만 있다면
오늘도 충분한 하루!

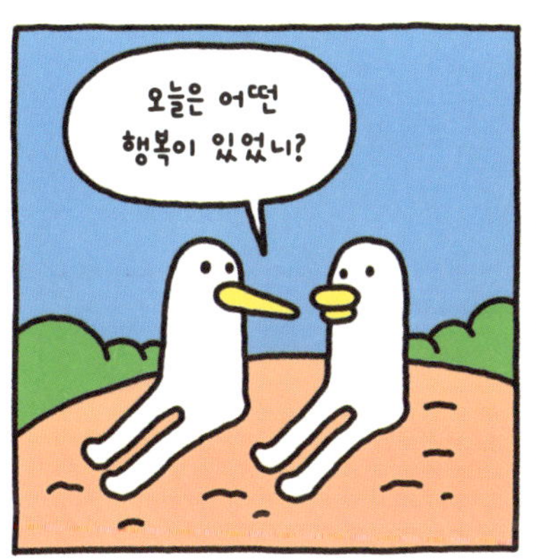

오늘은 어떤 행복이 있었니?

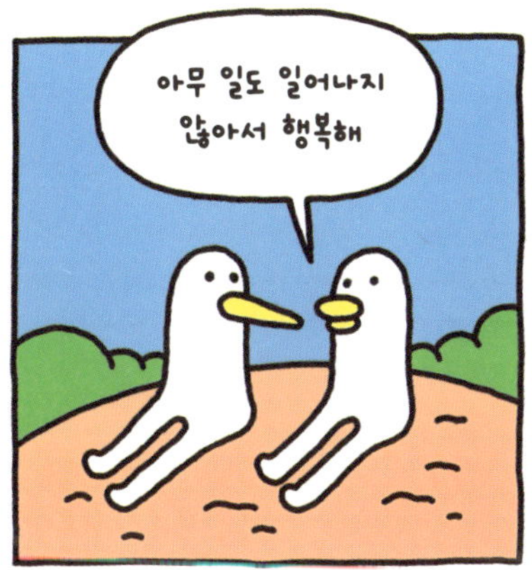

아무 일도 일어나지 않아서 행복해

궁디

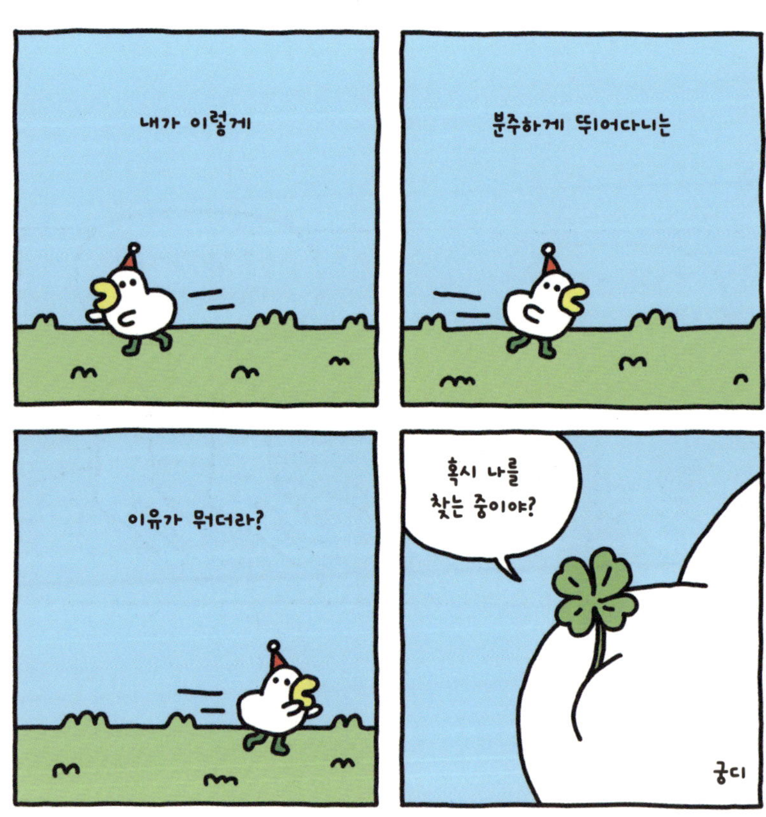

내가 이렇게
분주하게 뛰어다니는
이유가 뭐더라?
혹시 나를 찾는 중이야?
궁디

#바로 뒤에 행운이 있는 줄도 모르고 앞만 보고 뛰었잖아

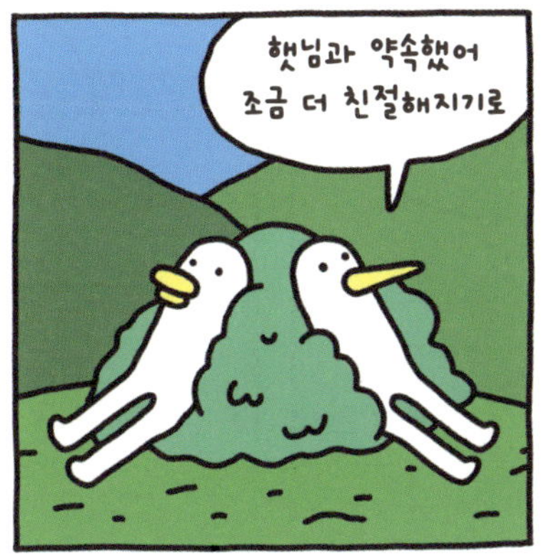

햇님과 약속했어
조금 더 친절해지기로

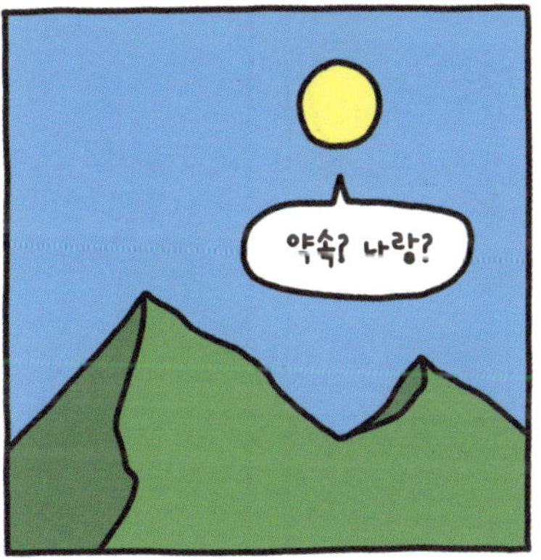

약속? 나랑?

돈돈돈

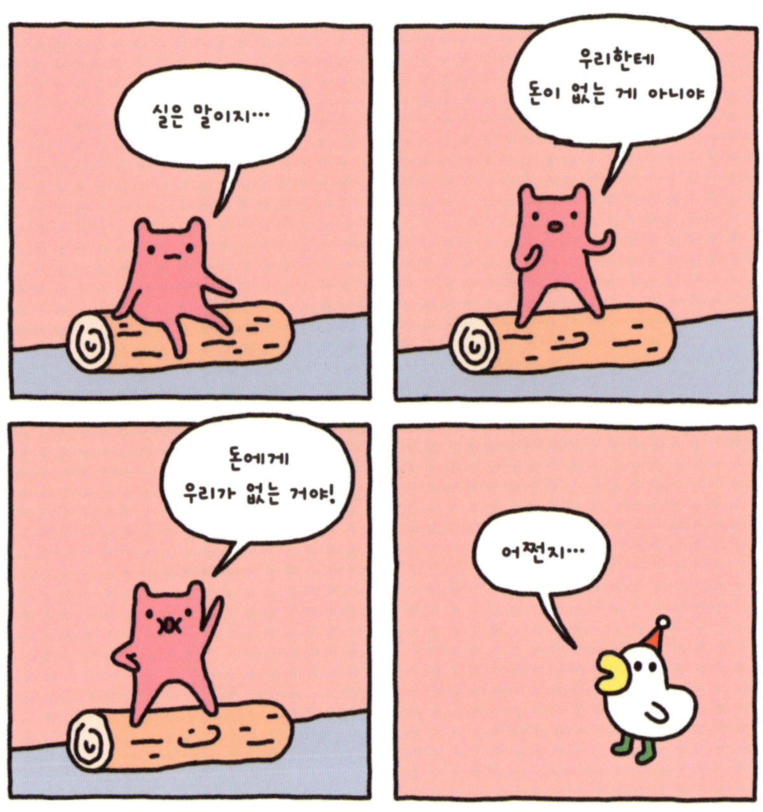

실은 말이지…
우리한테 돈이 없는 게 아니야
돈에게 우리가 없는 거야!
어쩐지…

#그게 아니면 설명이 안 돼

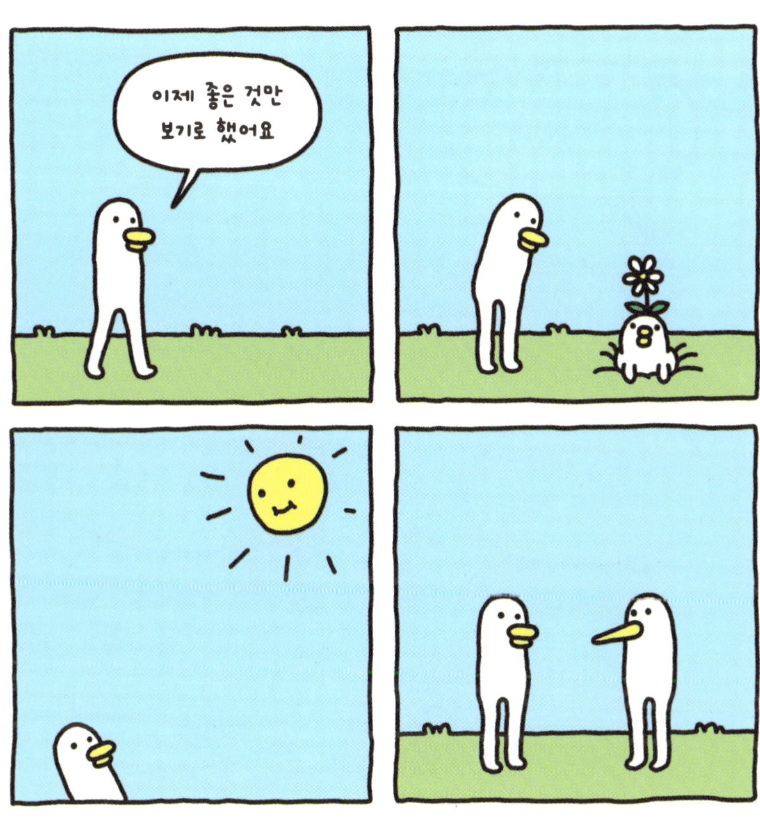
이제 좋은 것만
보기로 했어요

#예쁜 꽃과 봄날의 햇살 그리고 너

곱하기

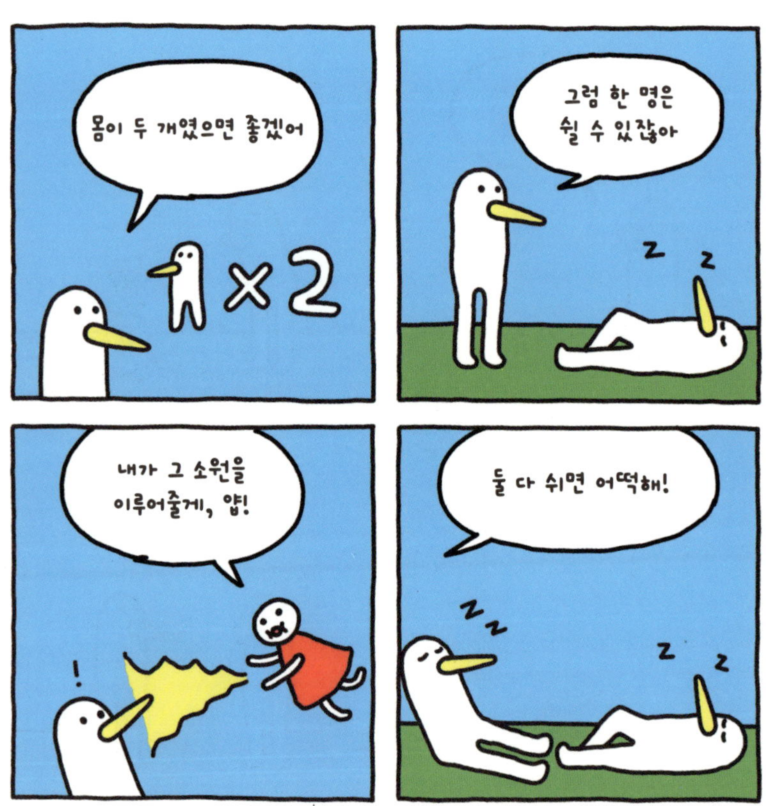

몸이 두 개였으면 좋겠어
×2
그럼 한 명은 쉴 수 있잖아
내가 그 소원을 이루어줄게, 얍!
둘 다 쉬면 어떡해!

#둘 다 일해줘, 내가 쉴 거야

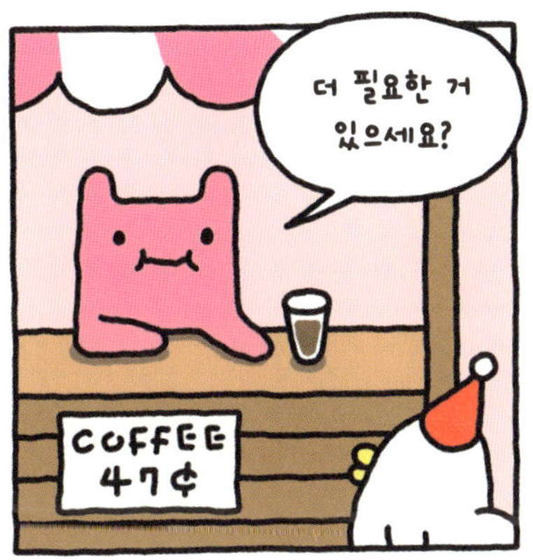

더 필요한 거
있으세요?
COFFEE
47¢

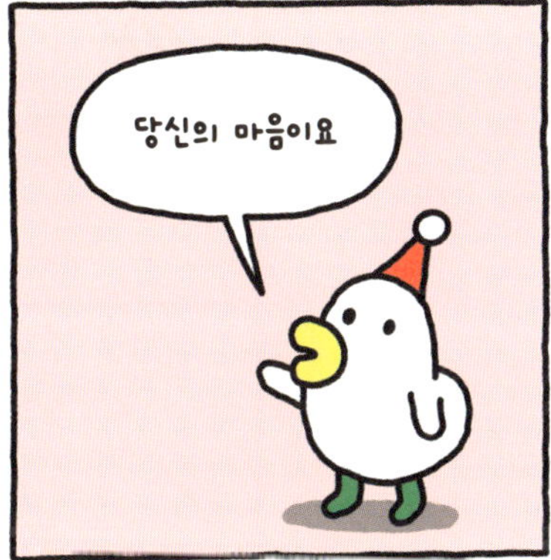

당신의 마음이요

#빨리 주세요!

마음

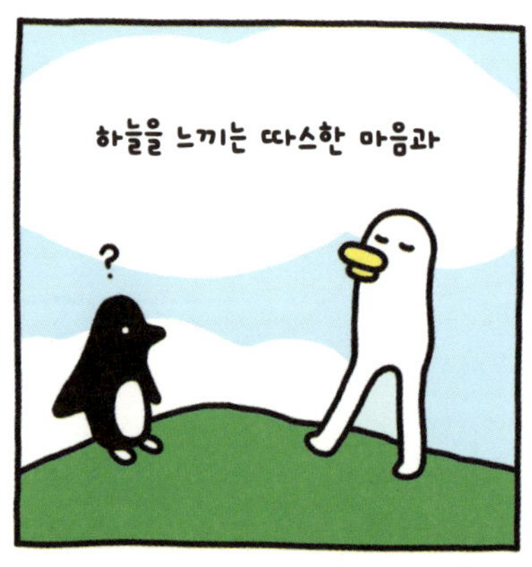
하늘을 느끼는 따스한 마음과
?

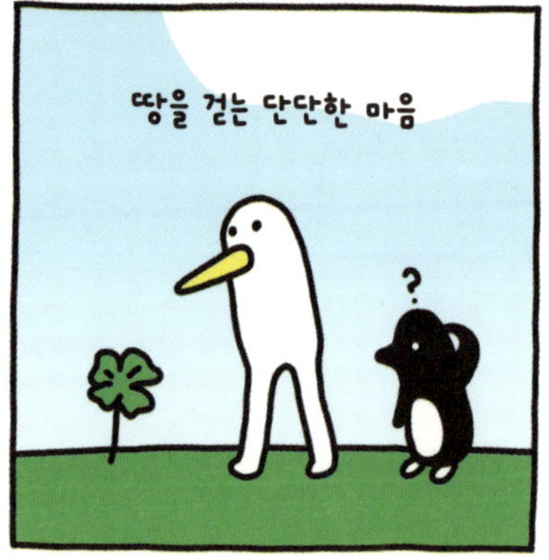
땅을 걷는 단단한 마음
?

마음

#하루를 보내는 마음

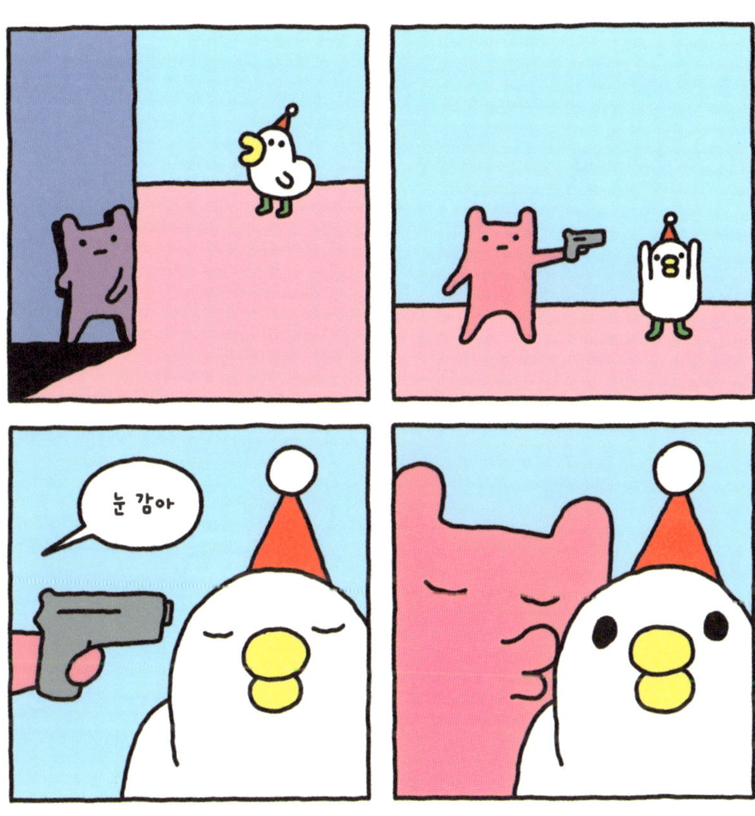

#어머낫

용서

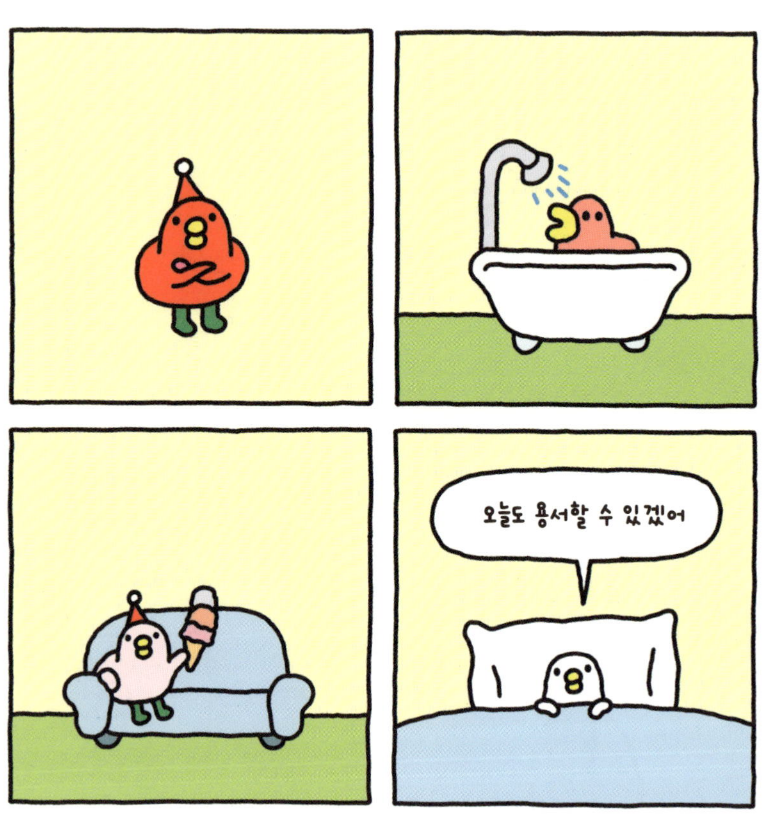

오늘도 용서할 수 있겠어

#온수 샤워와 아이스크림이면 오늘도 용서됩니두

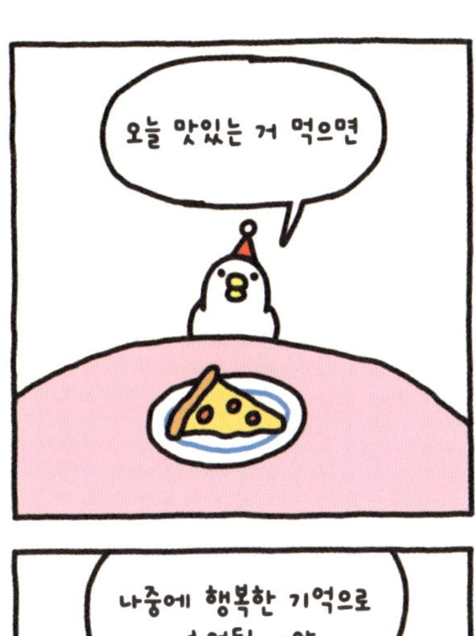
오늘 맛있는 거 먹으면

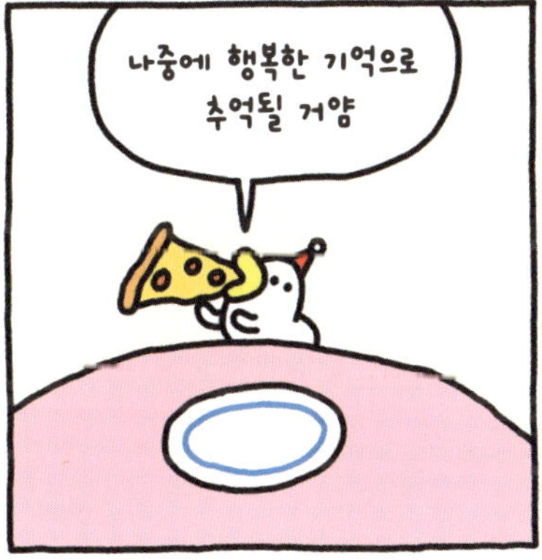
나중에 행복한 기억으로
추억될 거얌

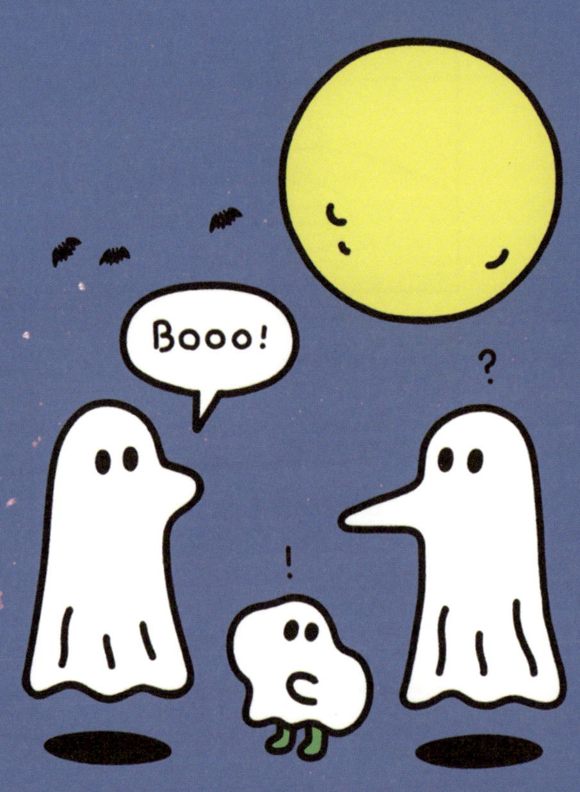

Booo!
?
!

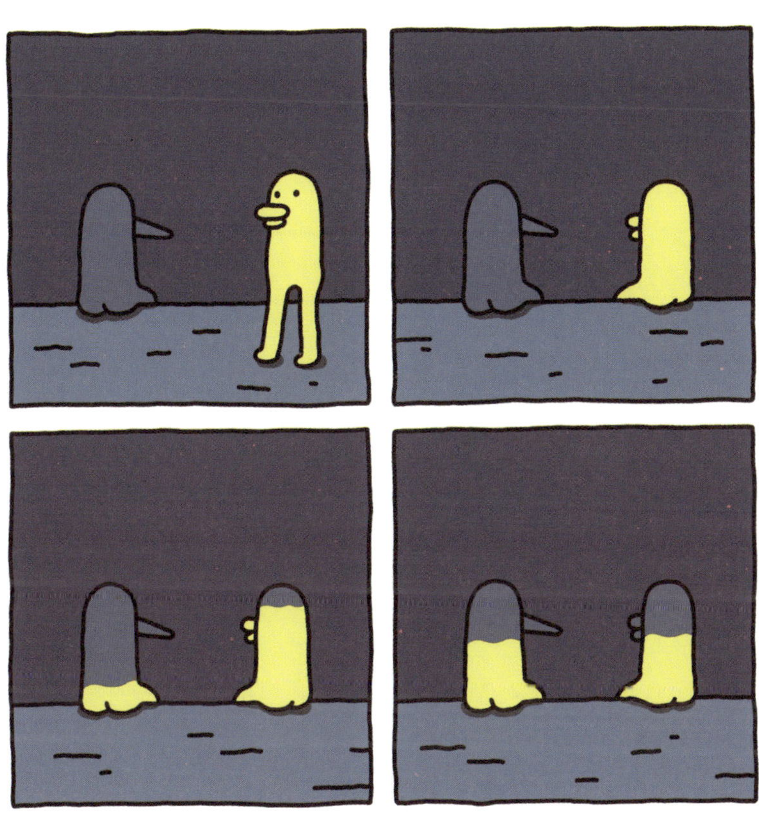

행복해지는 법

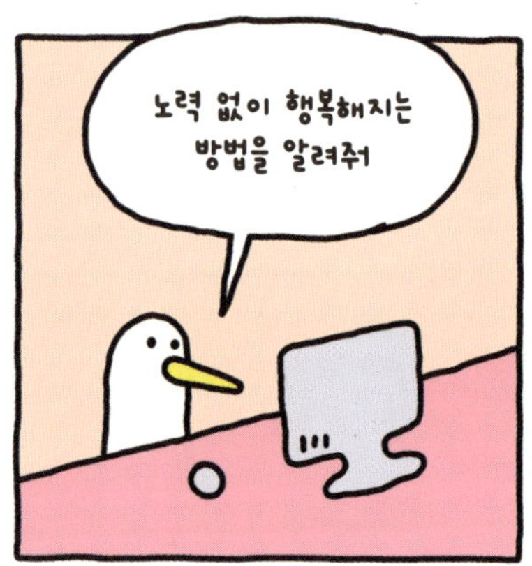
노력 없이 행복해지는
방법을 알려줘

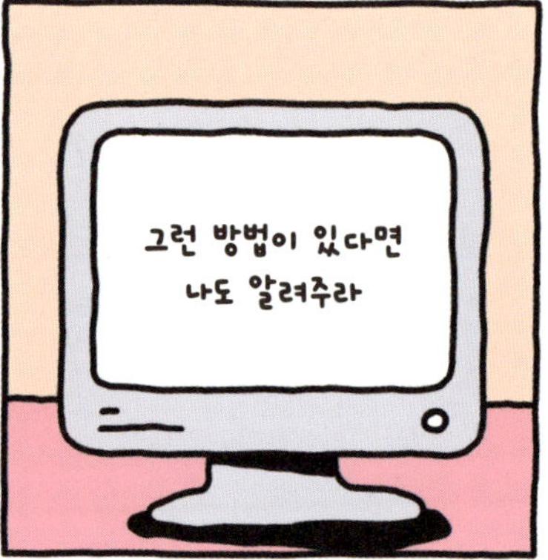
그런 방법이 있다면
나도 알려주라

#나두

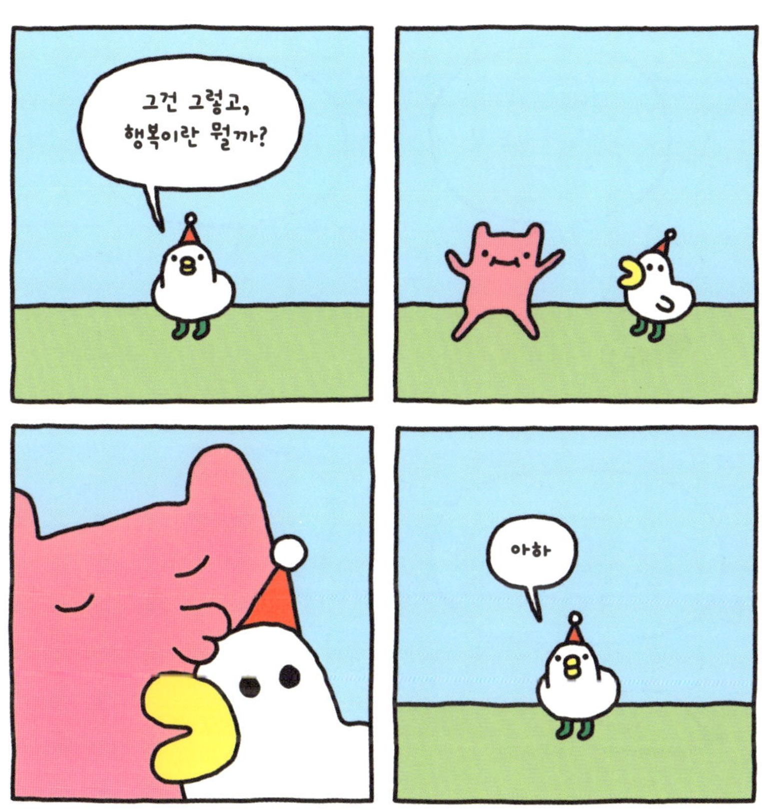

그건 그렇고,
행복이란 뭘까?
아하

#걱정 마, 행복은 생각보다 가까이 있어 :)

다리 심장 뇌

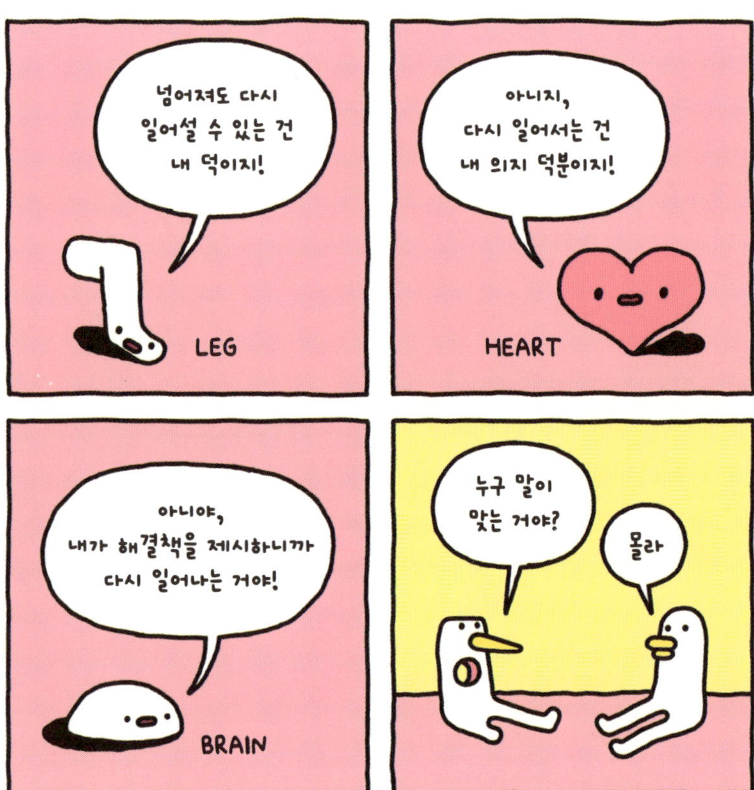

넘어져도 다시 일어설 수 있는 건 내 덕이지!
LEG
아니지, 다시 일어서는 건 내 의지 덕분이지!
HEART
아니야, 내가 해결책을 제시하니까 다시 일어나는 거야!
BRAIN
누구 말이 맞는 거야?
몰라

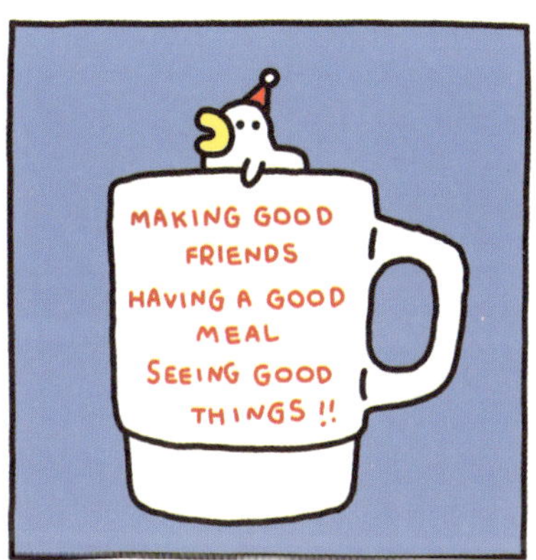
MAKING GOOD
FRIENDS
HAVING A GOOD
MEAL
SEEING GOOD
THINGS !!

#친구 사귀기! 맛있는 식사하기! 좋은 것 보기!

자기소개서

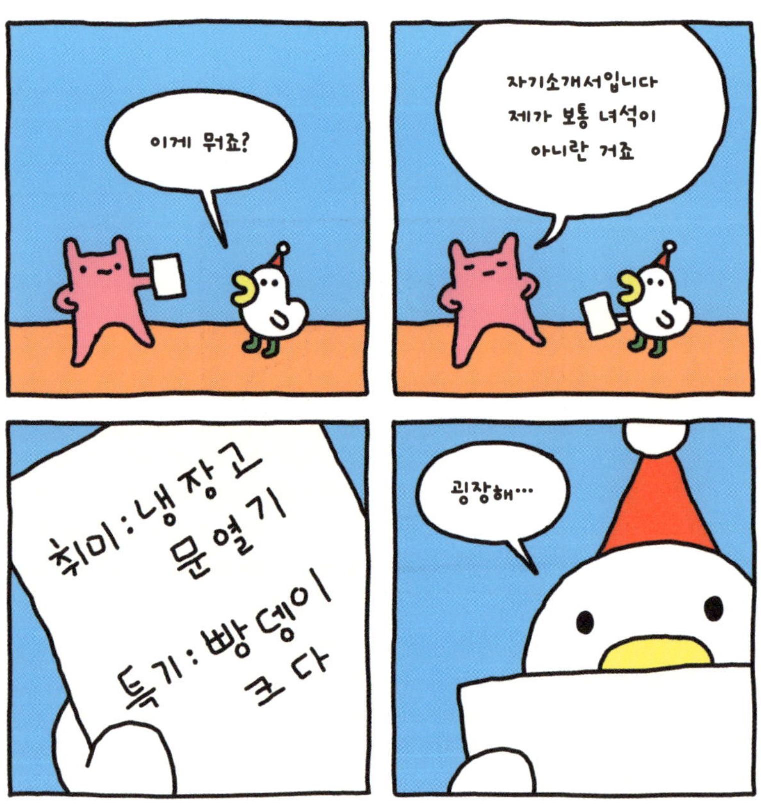

이게 뭐죠?
자기소개서입니다
제가 보통 녀석이
아니란 거죠
취미 : 냉장고
문 열기
특기 : 빵 뎅이
크다
굉장해…

#살짝 내 타입인데…?

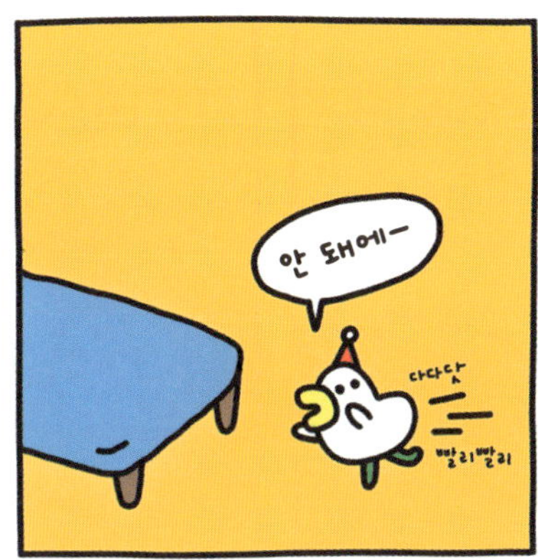
안 돼에—
다다닷
빨리빨리

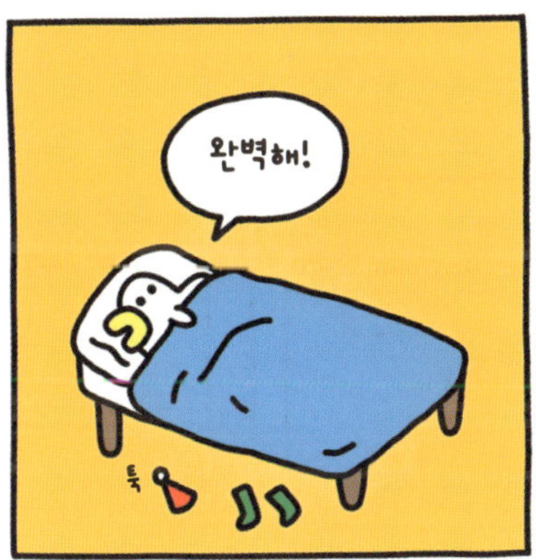
완벽해!
툭

퀴즈

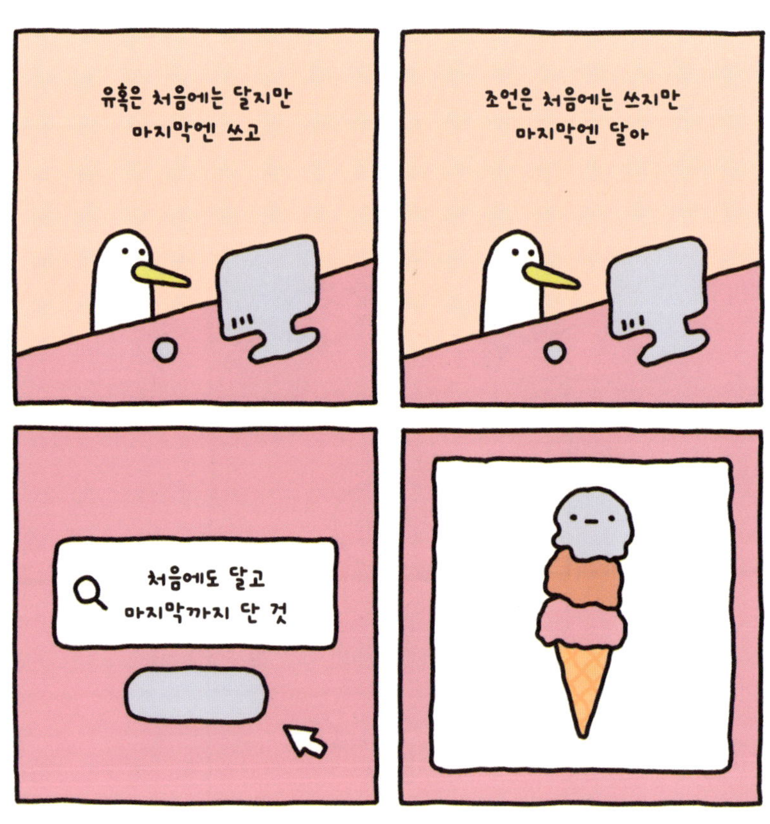

유혹은 처음에는 달지만
마지막엔 쓰고
조언은 처음에는 쓰지만
마지막엔 달아
처음에도 달고
마지막까지 단 것

#결국 아이스크림이 최고라는 이야기잖아?

대단한 주스

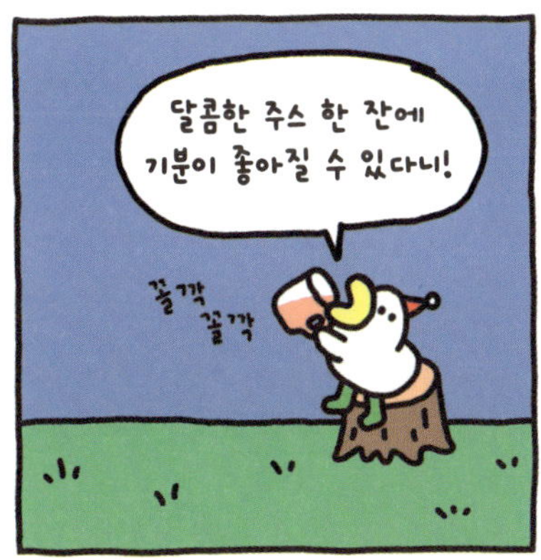

달콤한 주스 한 잔에
기분이 좋아질 수 있다니!
꿀꺽 꿀꺽

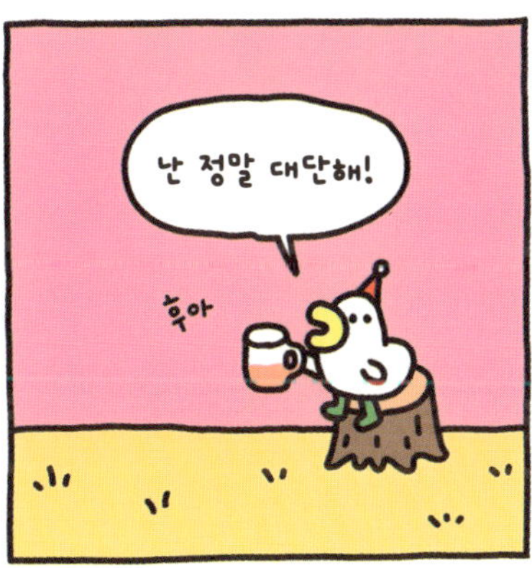

난 정말 대단해!
후아

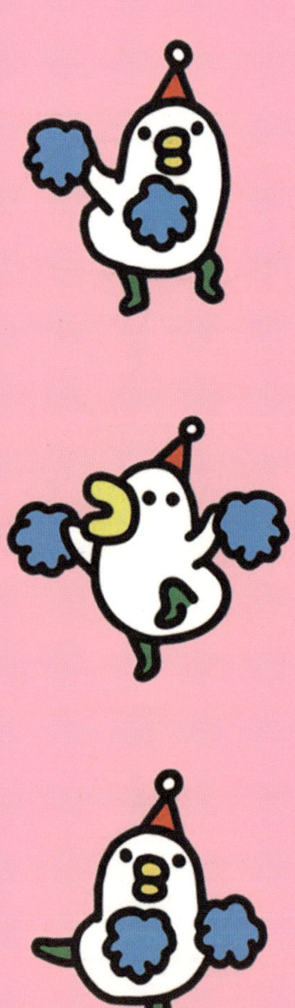

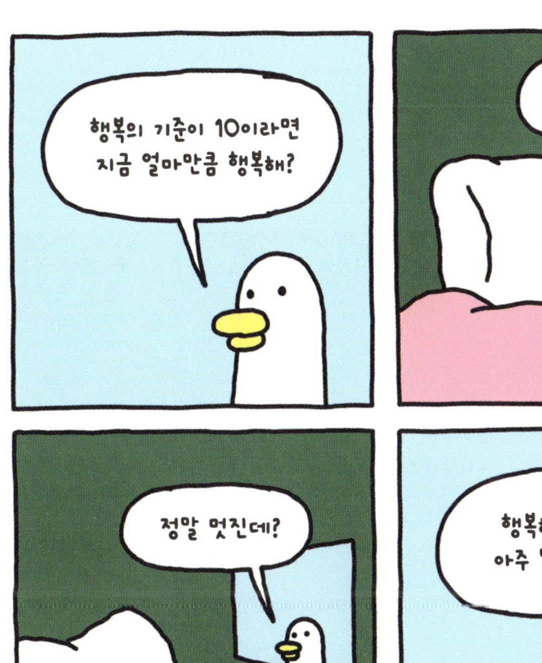

행복의 기준이 10이라면 지금 얼마만큼 행복해?
2~3?
정말 멋진데?
행복해질 가능성이 아주 많다는 거잖아

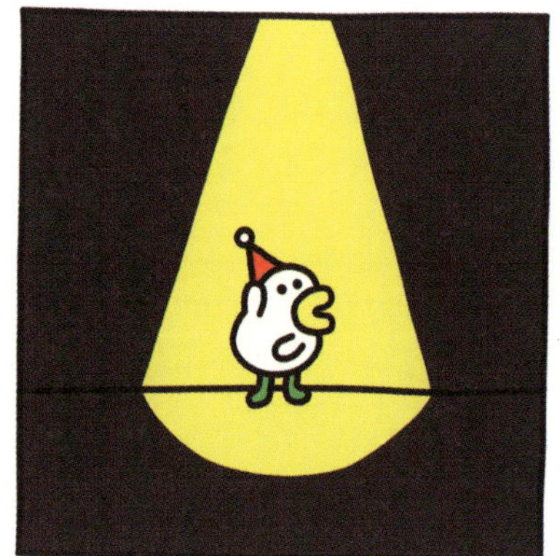

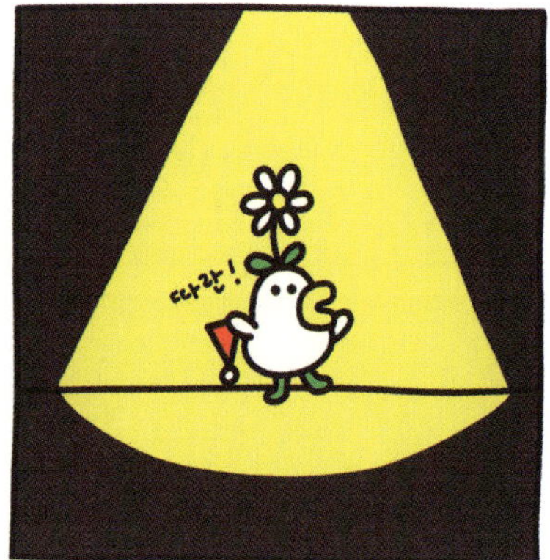

#언제나 꽃 한 송이 품은 마음으로

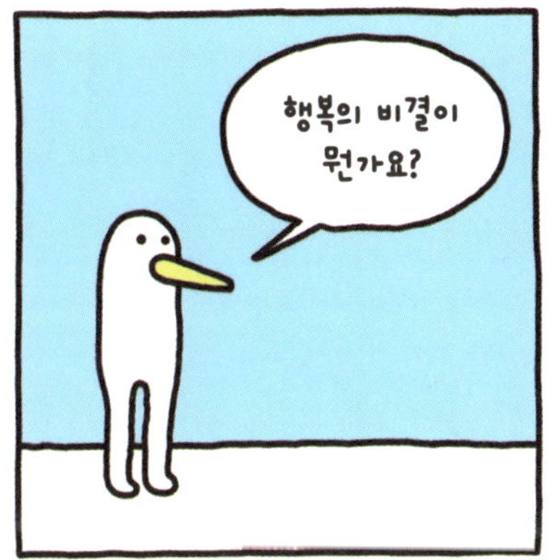
행복의 비결이
뭔가요?

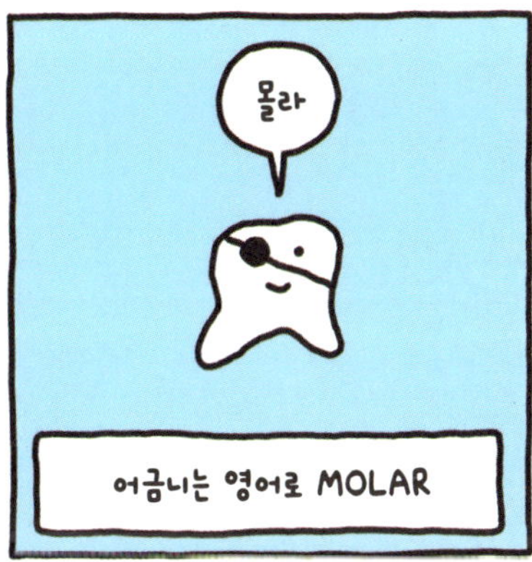
몰라
어금니는 영어로 MOLAR

#어금니 씨의 행복해지는 비결

산과 바다

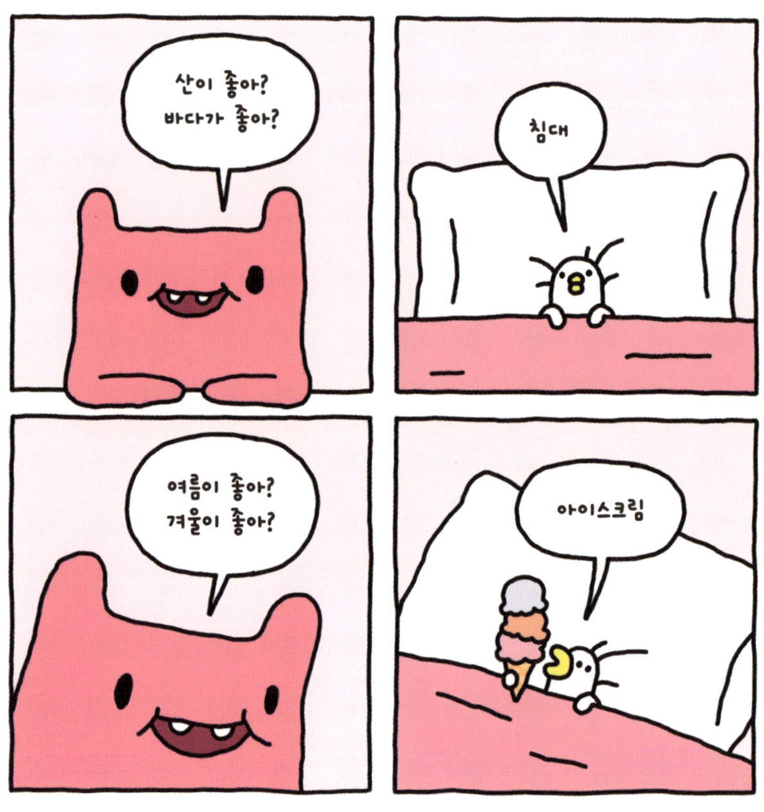

산이 좋아?
바다가 좋아?
침대
여름이 좋아?
겨울이 좋아?
아이스크림

#그런 건 모르겠고 침대 위가 최고야 :)

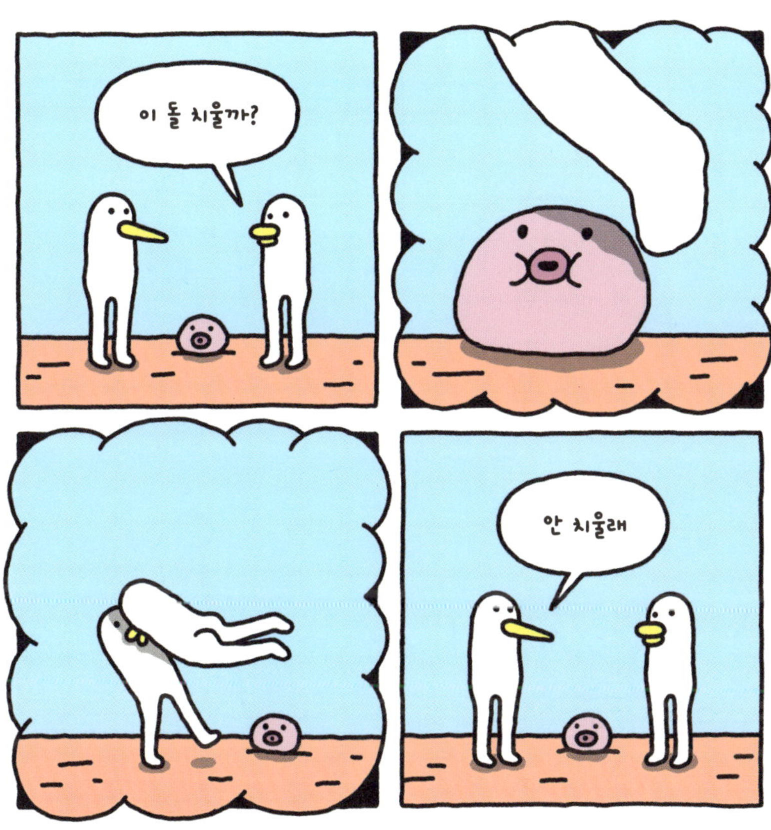
이 돌 치울까?
안 치울래

비상 깜빡이

MAGIC LIGHTS
LOV2
비상 깜빡이

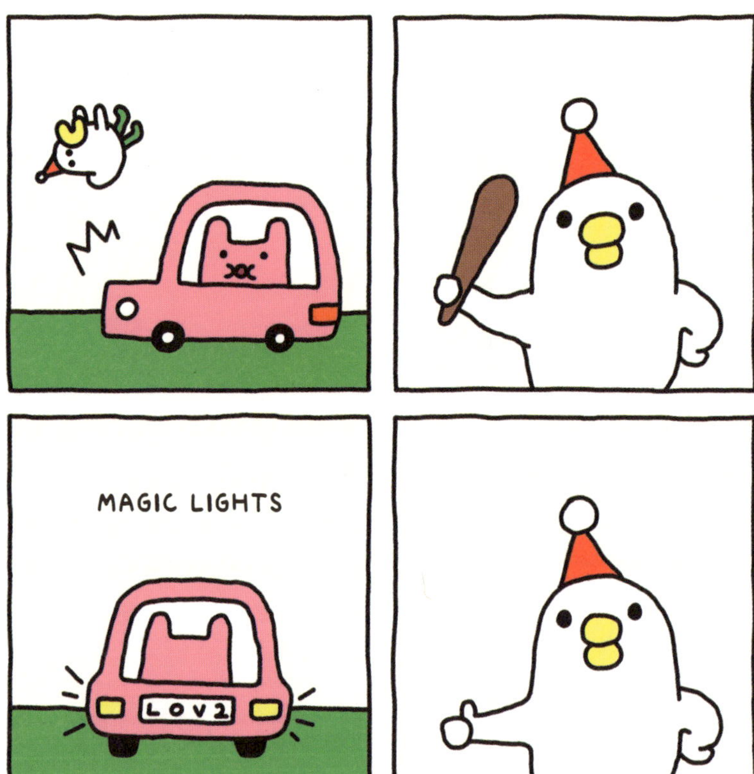

#미묘한 친절

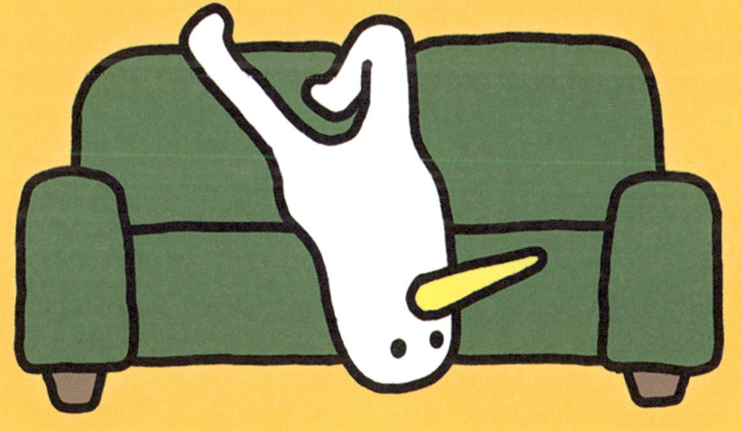

자몽주스

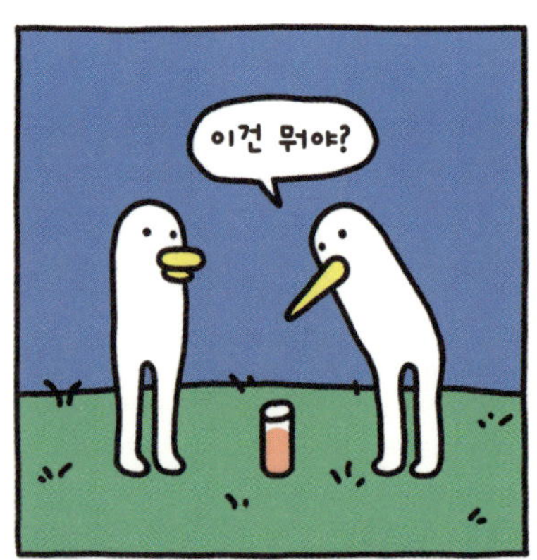
이건 뭐야?

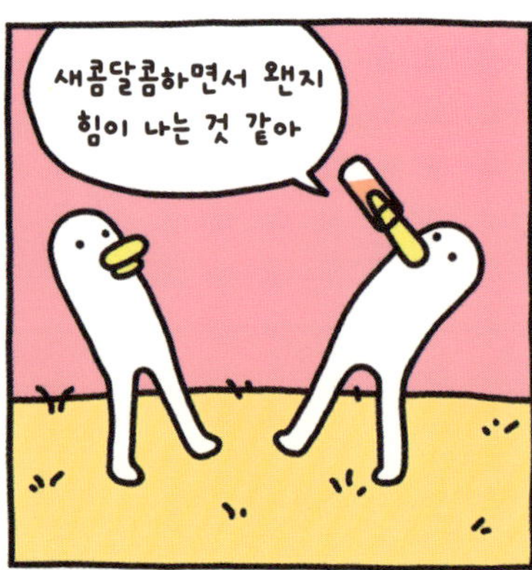
새콤달콤하면서 왠지
힘이 나는 것 같아

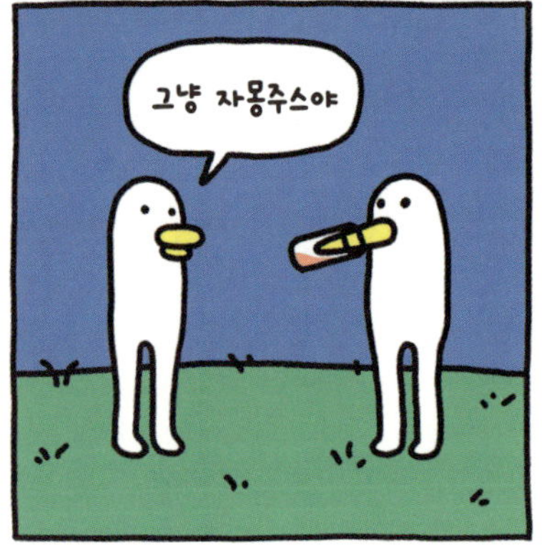
그냥 자몽주스야

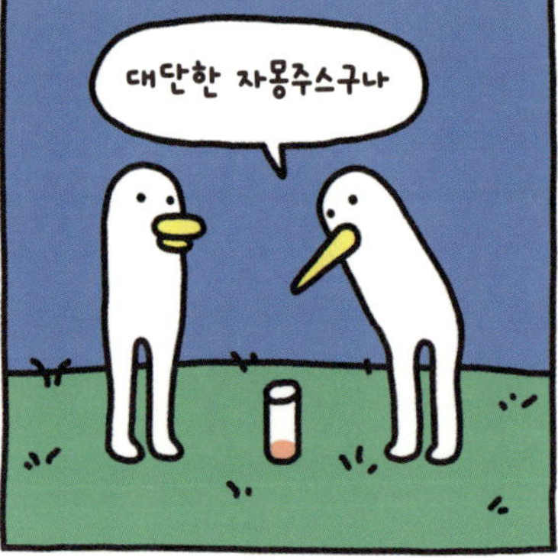
대단한 자몽주스구나

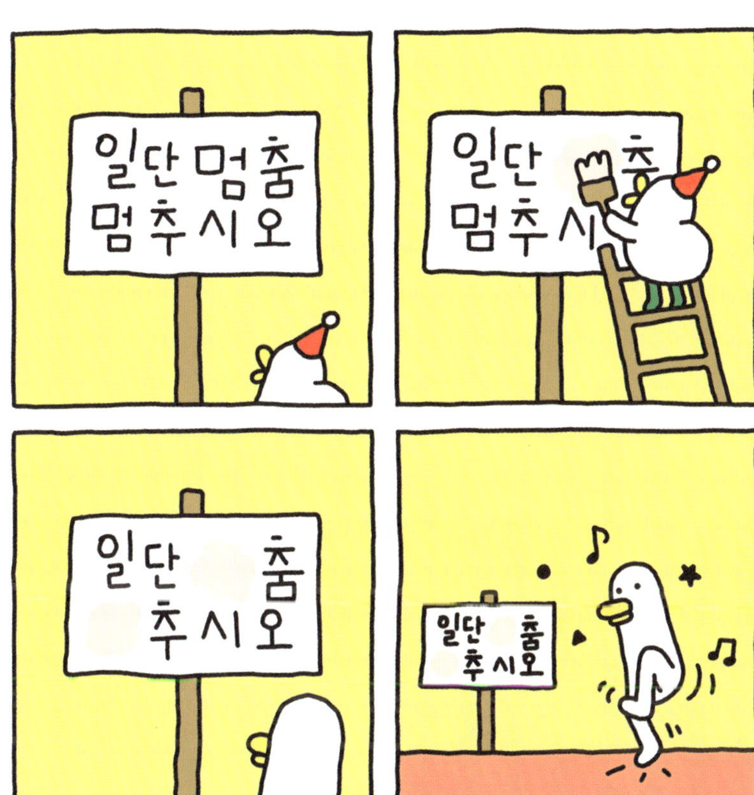
일단 멈춤
멈추시오

일단 춤
멈추시

일단 춤
추시오

일단 춤
추시오

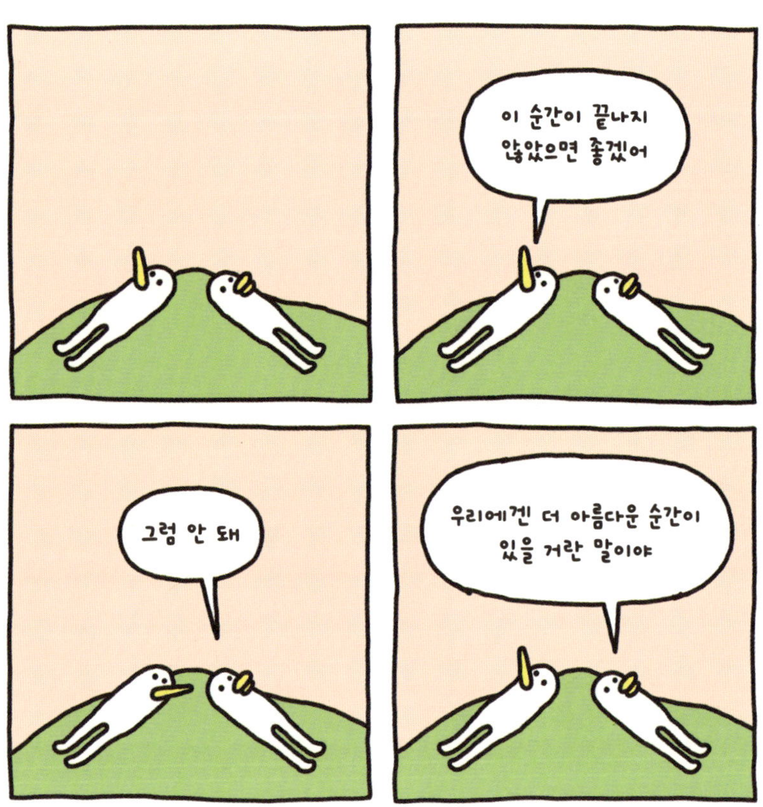
이 순간이 끝나지
않았으면 좋겠어
그럼 안 돼
우리에겐 더 아름다운 순간이
있을 거란 말이야

#내일은 또 어떤 멋진 일들이 일어날지 기대돼

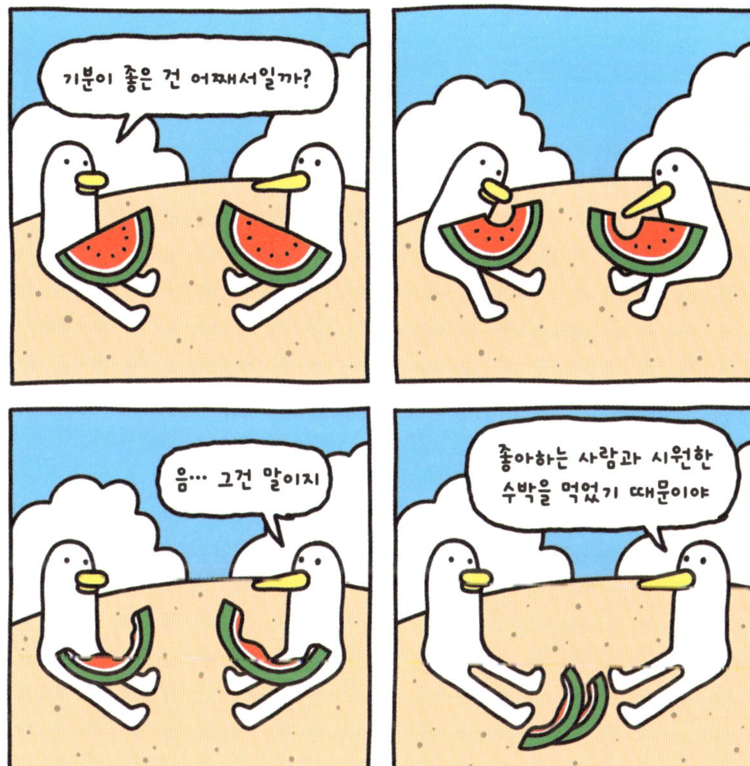
기분이 좋은 건 어째서일까?
음… 그건 말이지
좋아하는 사람과 시원한
수박을 먹었기 때문이야

#함께 먹을 때 더 맛있어

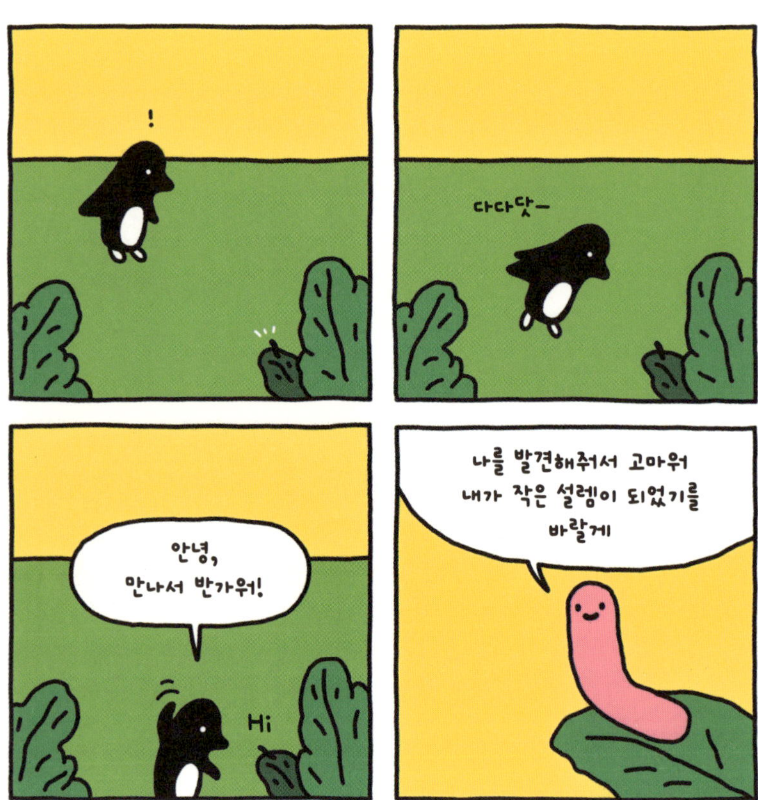
!
다다닷—
안녕,
만나서 반가워!
Hi
나를 발견해줘서 고마워
내가 작은 설렘이 되었기를
바랄게

#작은 설렘이 모이면 큰 행복이 될지도?

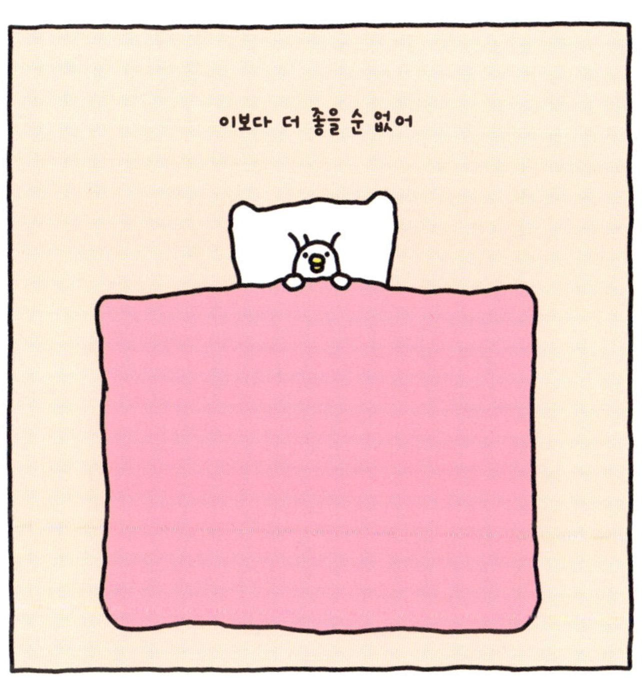
이보다 더 좋을 순 없어

#언제나 완벽한 나만의 장소

오늘두 잘 살았습니두

너무 싱거워

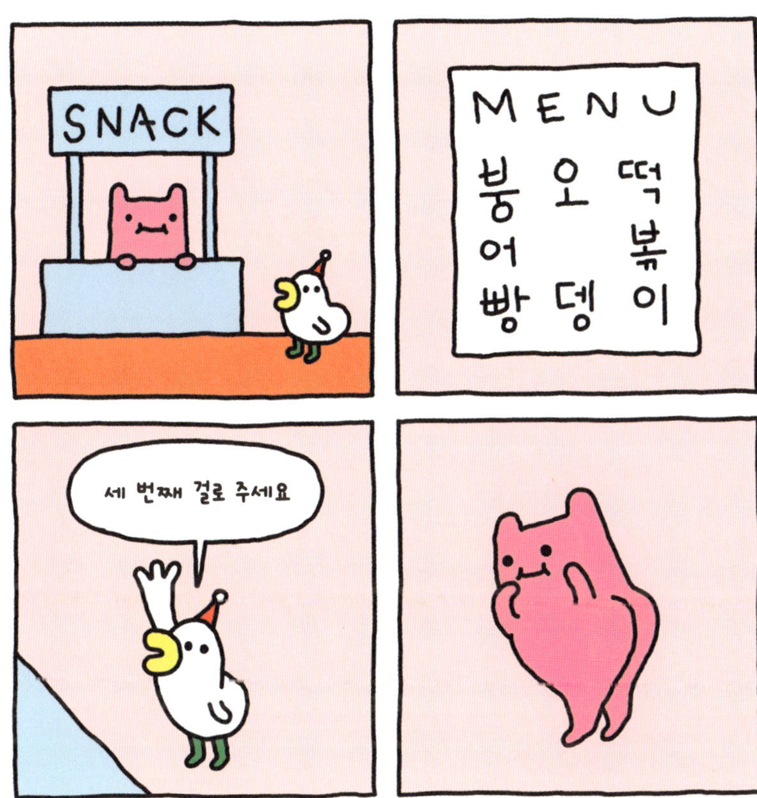
SNACK
MENU
떡볶이
오뎅
붕어빵
세 번째 걸로 주세요

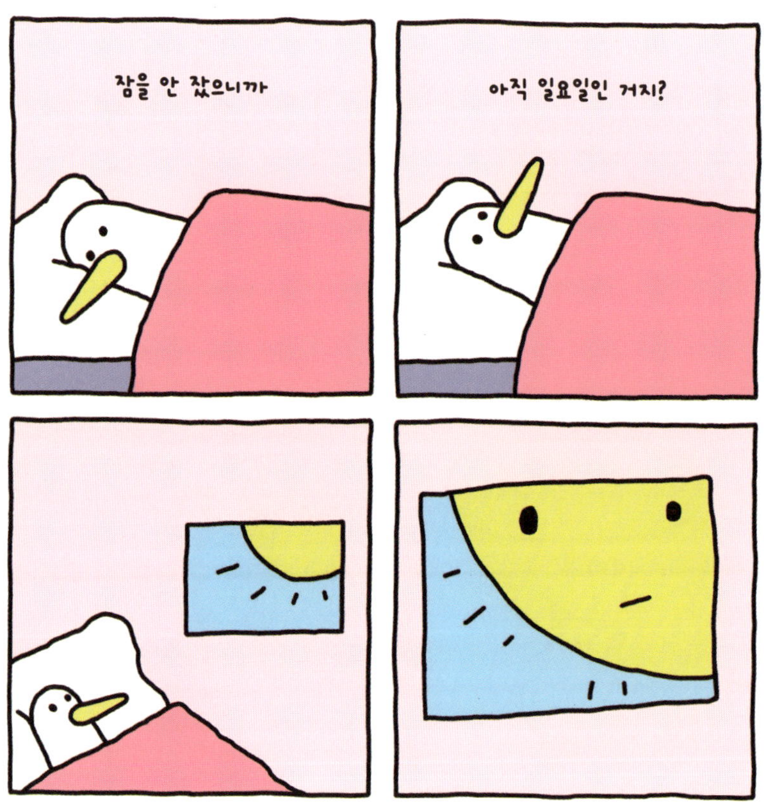
잠을 안 잤으니까
아직 일요일인 거지?

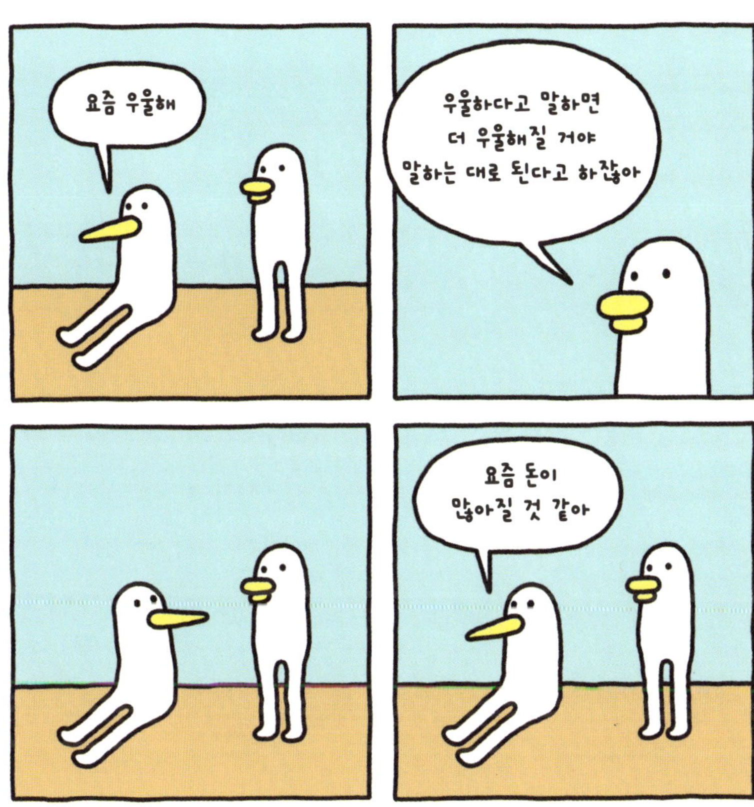
요즘 우울해
우울하다고 말하면
더 우울해질 거야
말하는 대로 된다고 하잖아
요즘 돈이
많아질 것 같아

말하는 대로

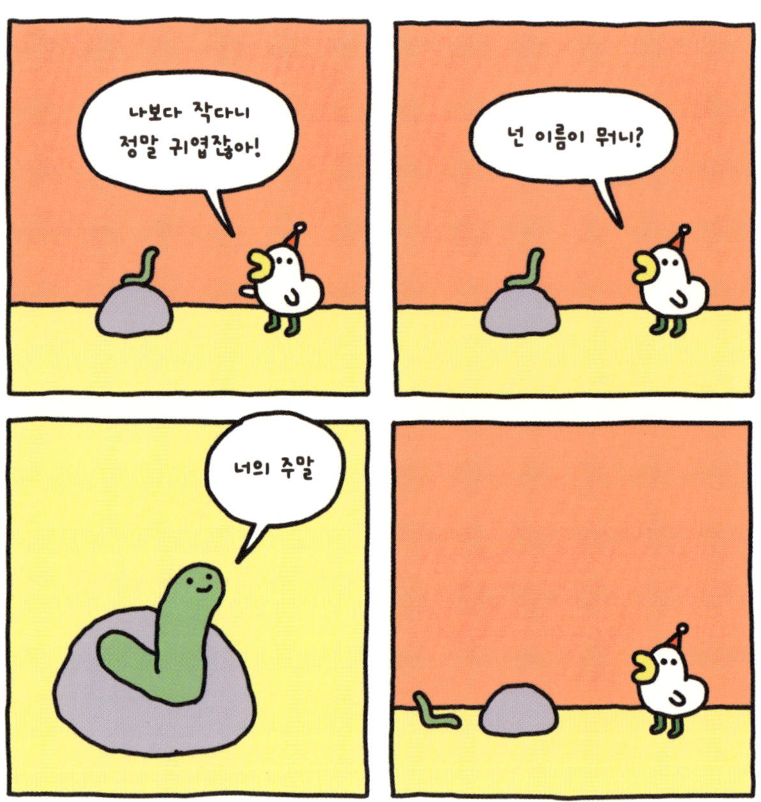
나보다 작다니
정말 귀엽잖아!
넌 이름이 뭐니?
너의 주말

#잠깐 멈춰봐, 나랑 얘기 좀 해

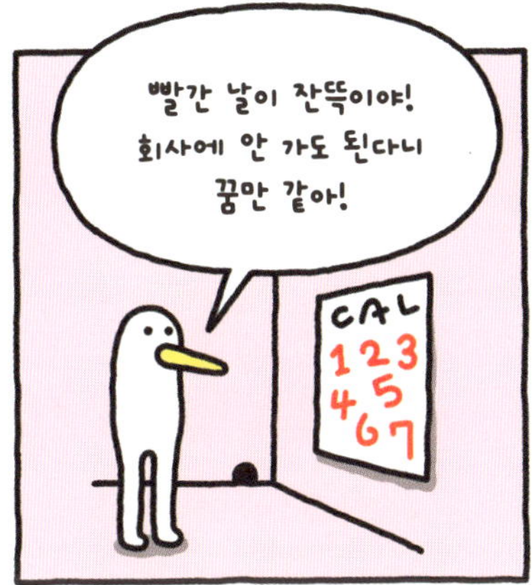

빨간 날이 잔뜩이야!
회사에 안 가도 된다니
꿈만 같아!

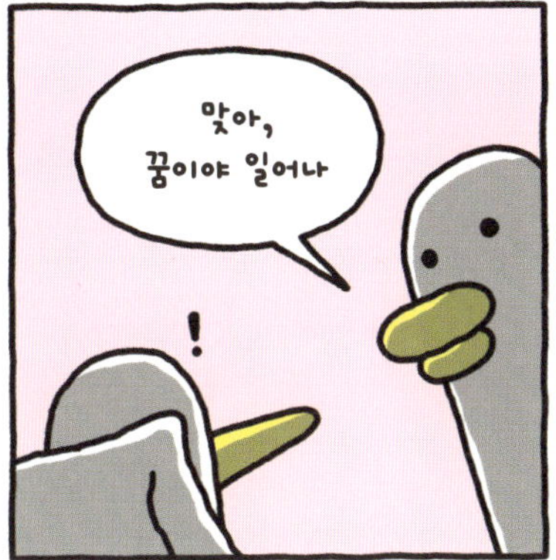

맞아,
꿈이야 일어나

#아, 이런, 꿈

출근

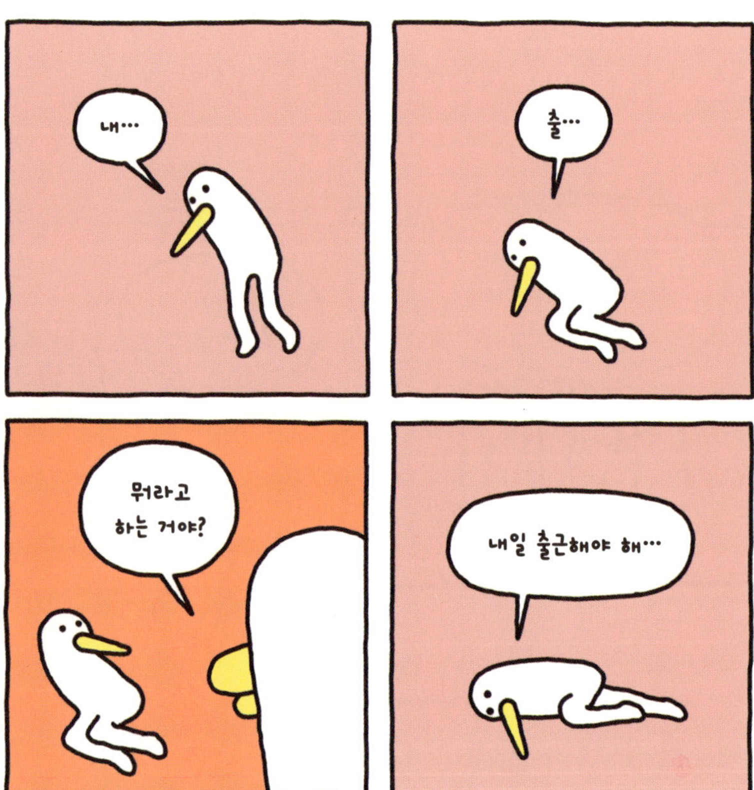

내⋯

출⋯

무라고
하는 거야?

내일 출근해야 해⋯

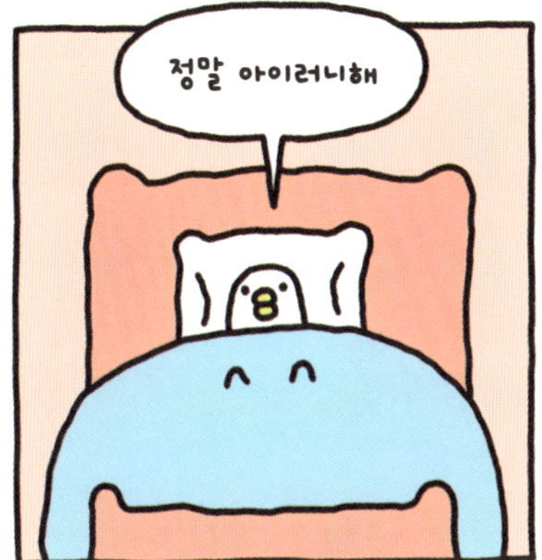
정말 아이러니해

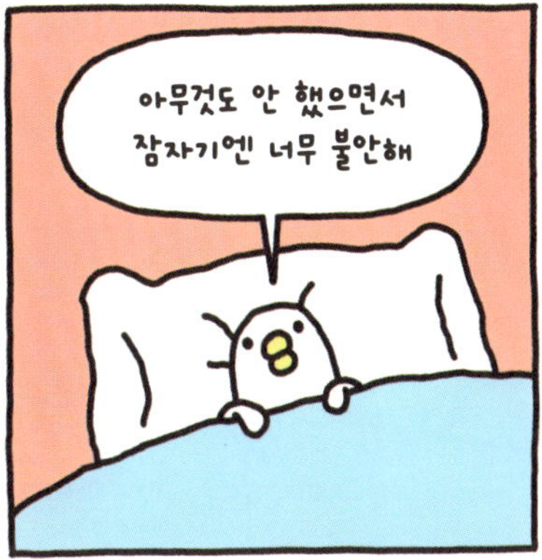
아무것도 안 했으면서
잠자기엔 너무 불안해

#불안을 떨치기 위해 넷플릭스를 봐야겠어

월요일

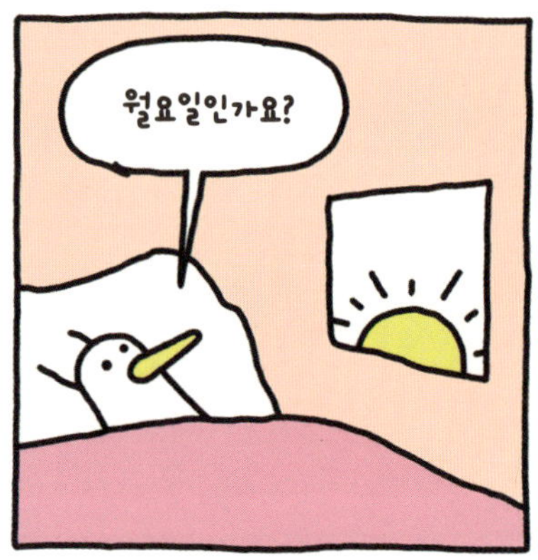
월요일인가요?

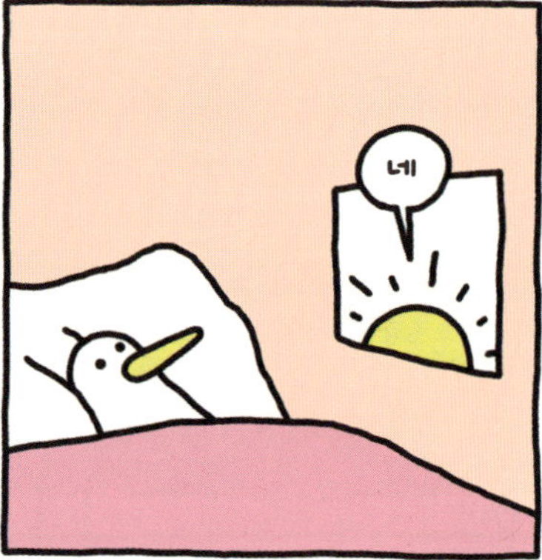
네

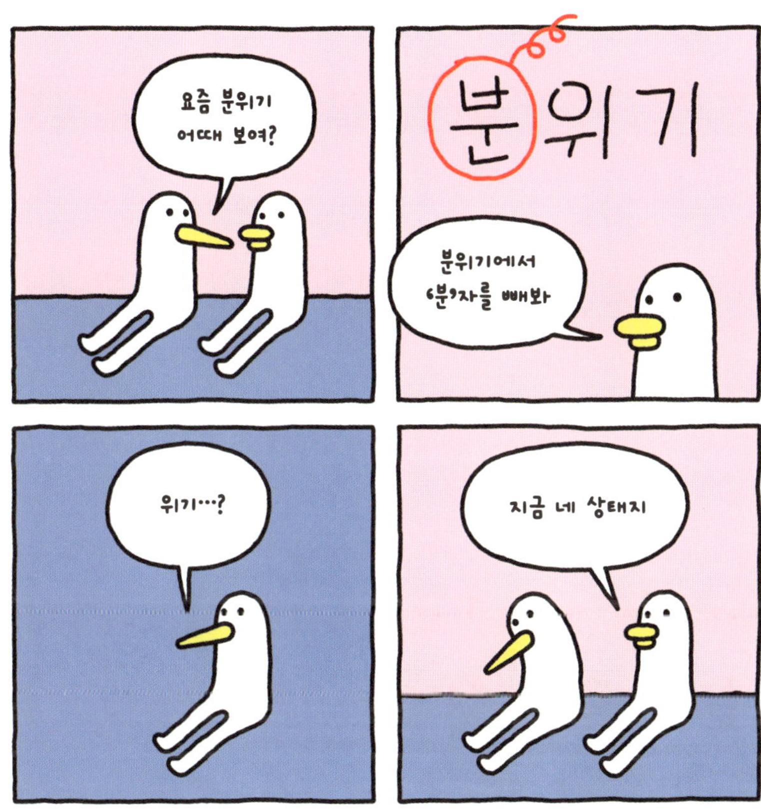
요즘 분위기 어때 보여?
분위기
분위기에서 '분'자를 빼봐
위기…?
지금 네 상태지

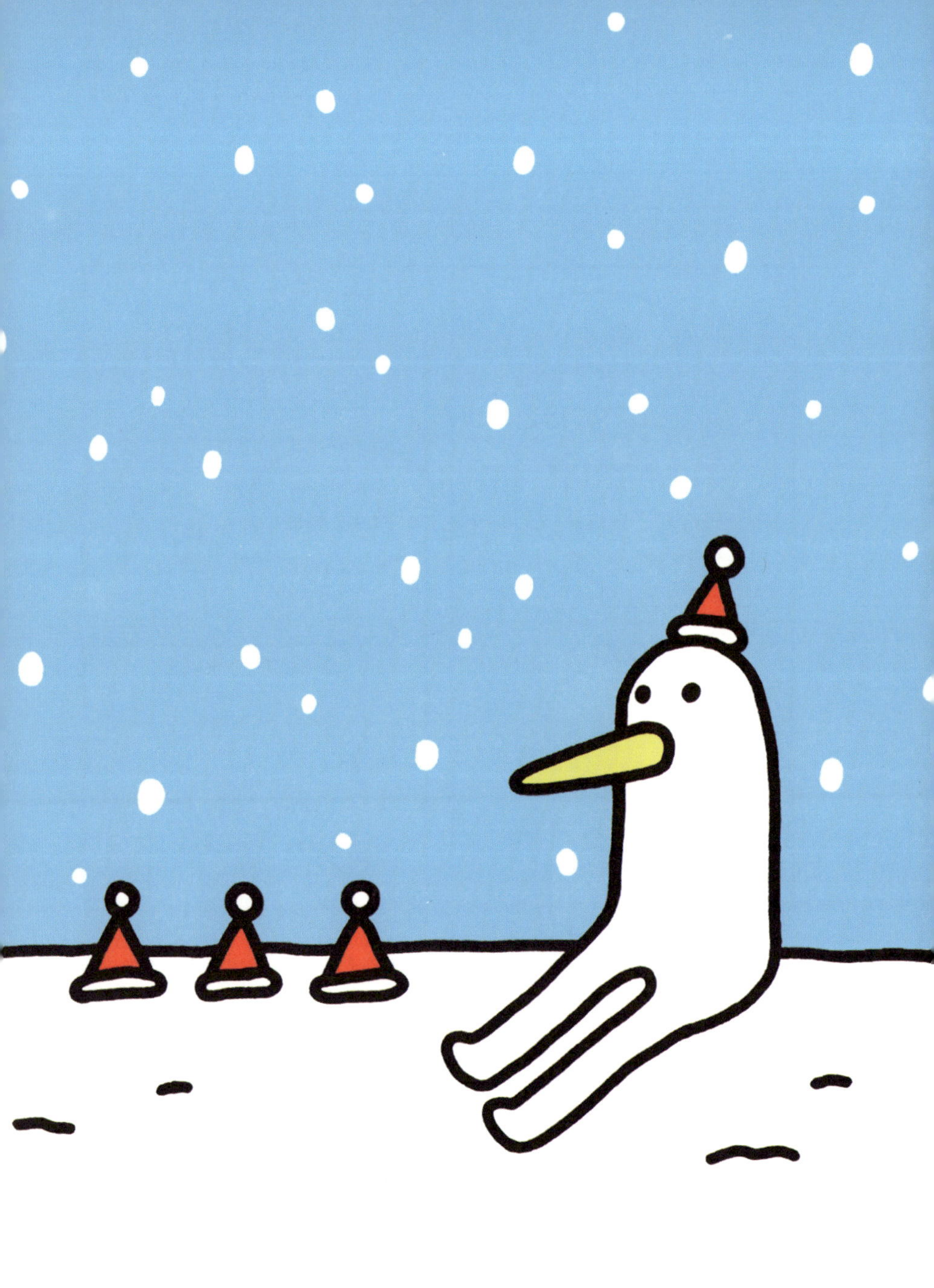

작고 소중한 주머니

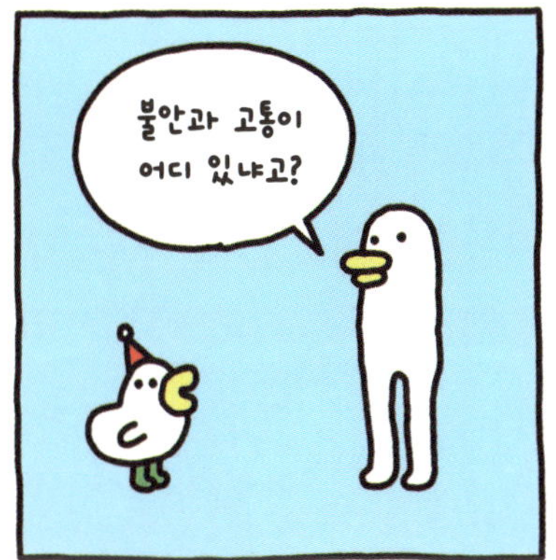

불안과 고통이
어디 있냐고?

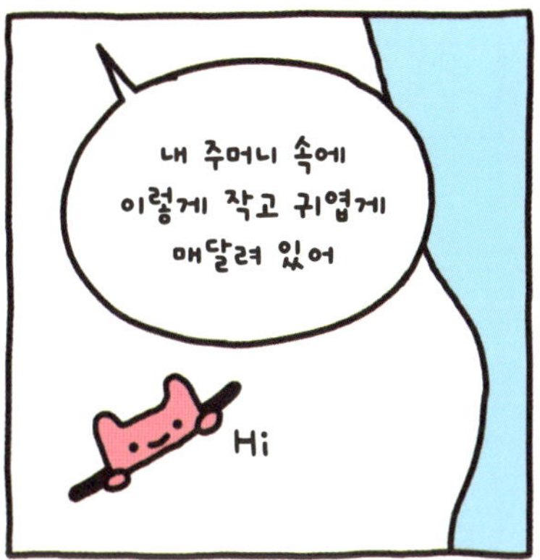

내 주머니 속에
이렇게 작고 귀엽게
매달려 있어
Hi

#생각보다 작고 귀엽잖아?

하고 싶은 거

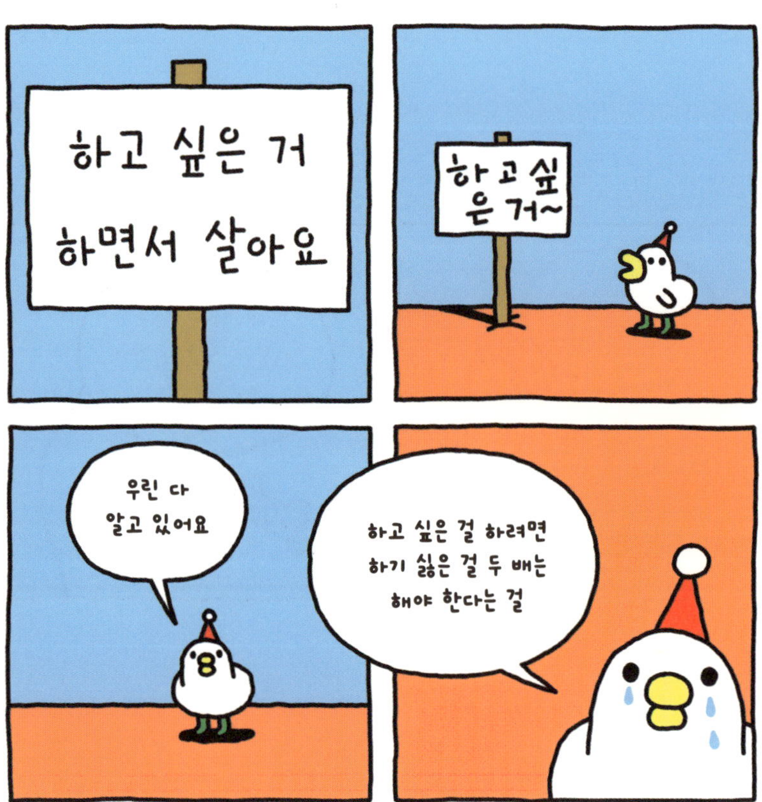

하고 싶은 거
하면서 살아요
하고싶은 거~
우린 다
알고 있어요
하고 싶은 걸 하려면
하기 싫은 걸 두 배는
해야 한다는 걸

웃으면 복이 와요

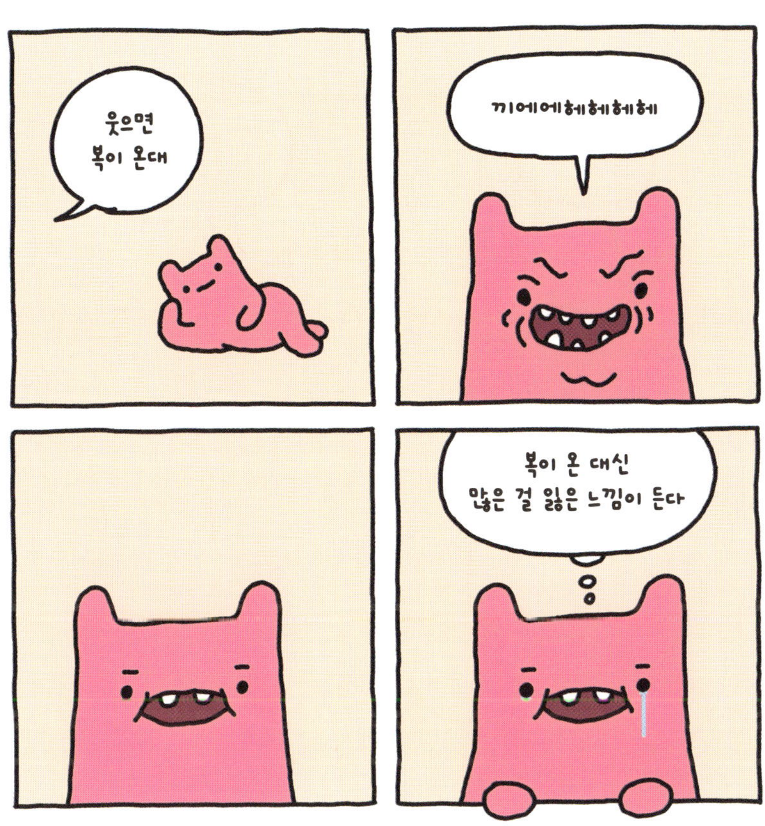
웃으면
복이 온대
끼에에헤헤헤헤
복이 온 대신
많은 걸 잃은 느낌이 든다
응

#나답게 웃으면 되는 거 맞겠지…?

못난이 돌멩이

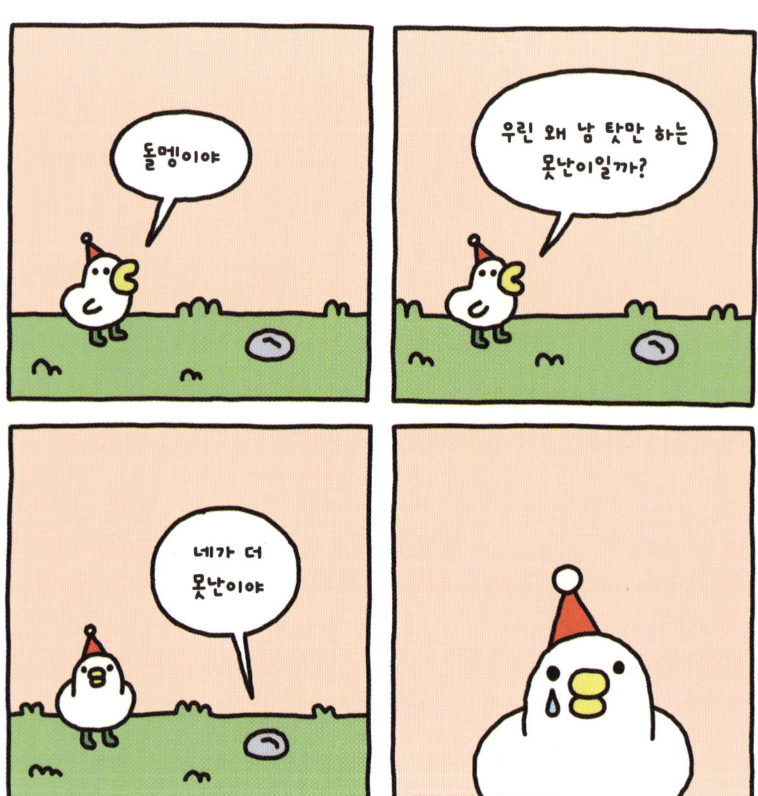
돌멩이야

우린 왜 남 탓만 하는
못난이일까?

네가 더
못난이야

못난이 돌멩이

#훌쩍

254

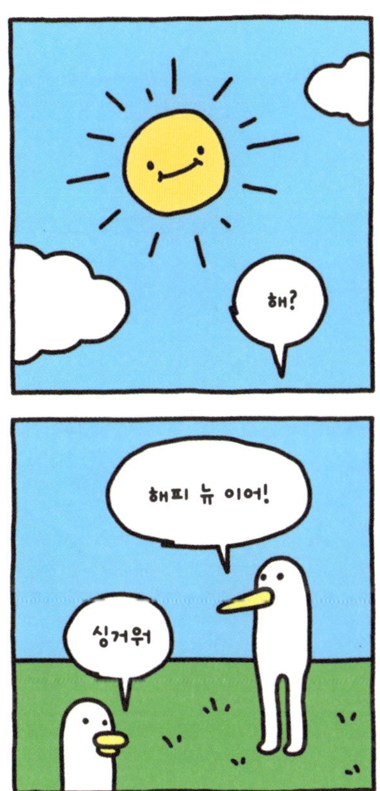
해?
해피 뉴 이어!
싱거워

벌써?

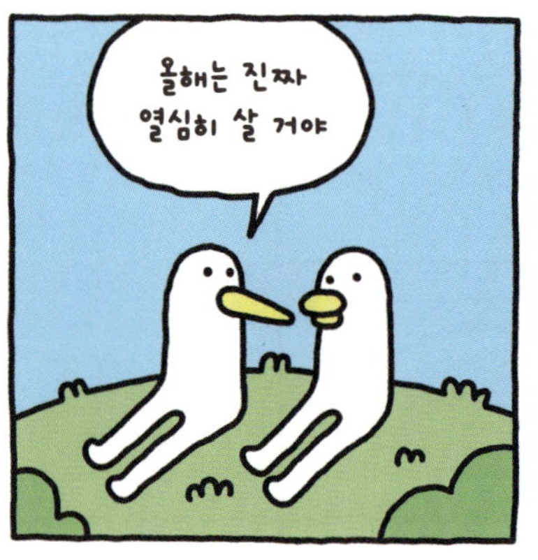

올해는 진짜
열심히 살 거야

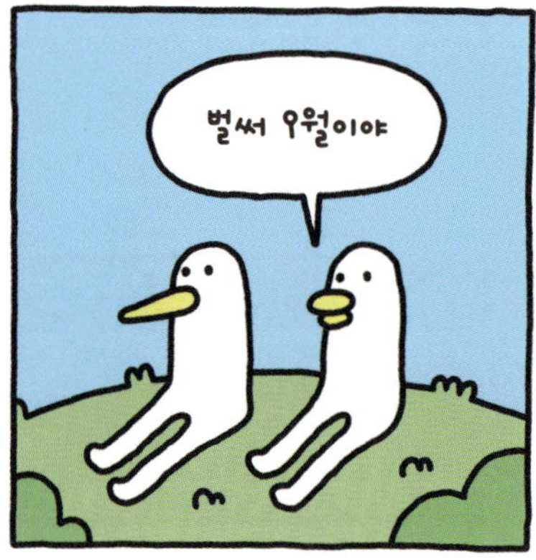

벌써 9월이야

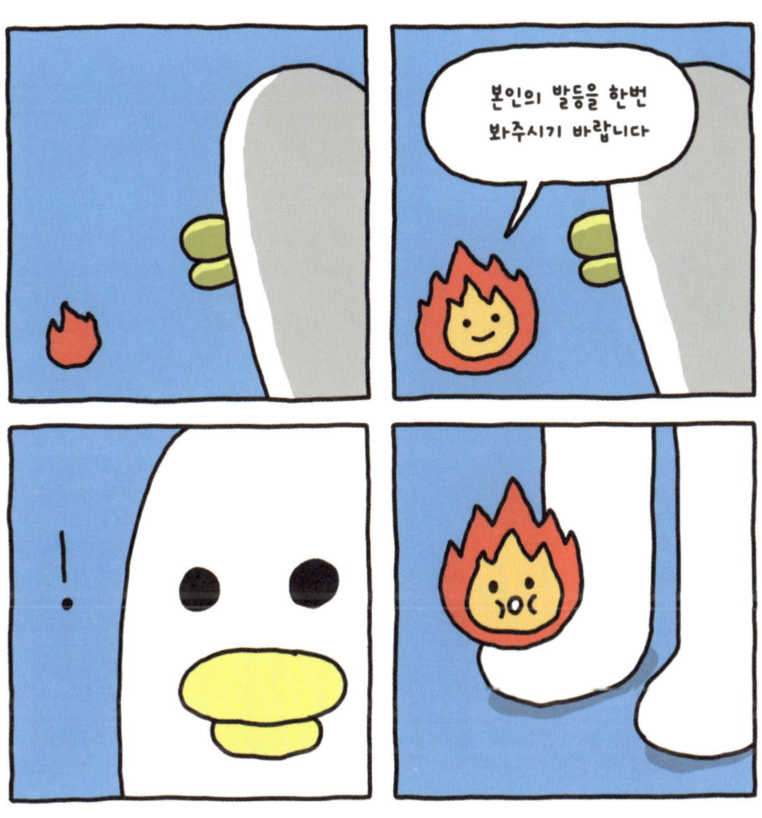

본인의 발등을 한번
봐주시기 바랍니다

#아니, 어느새 또!

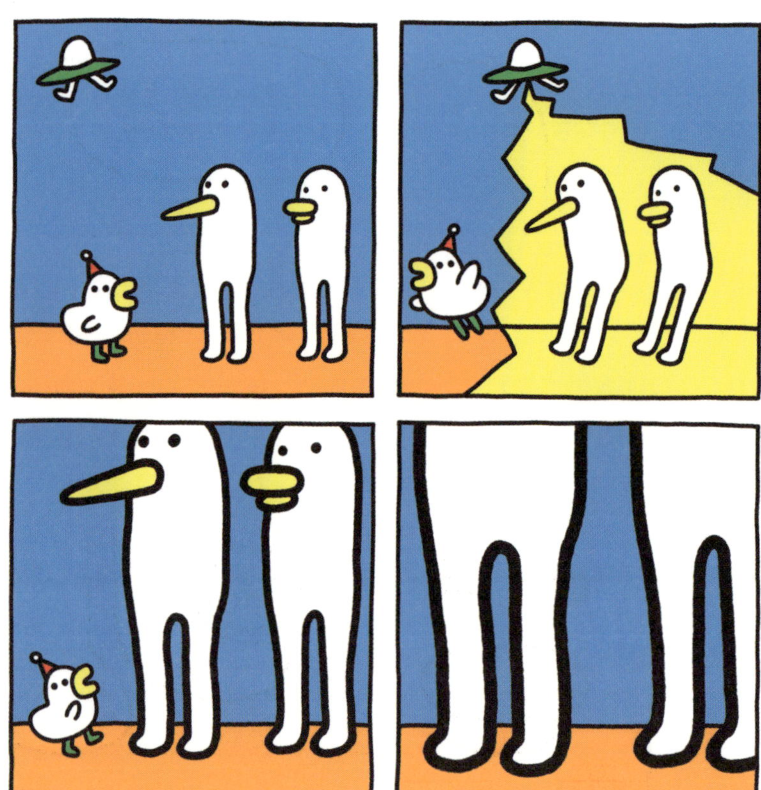

치즈 맛있게 먹는 법

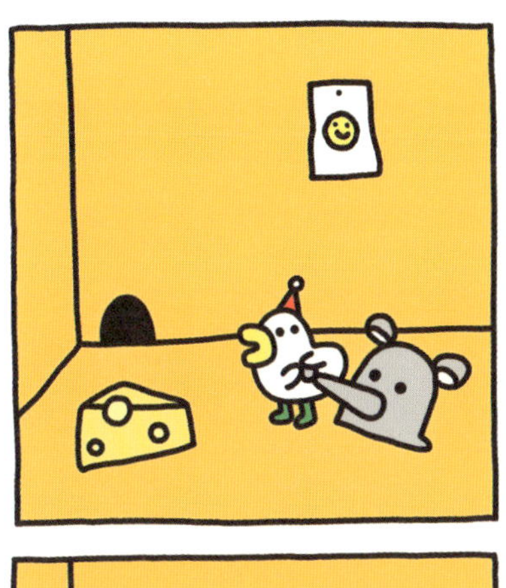

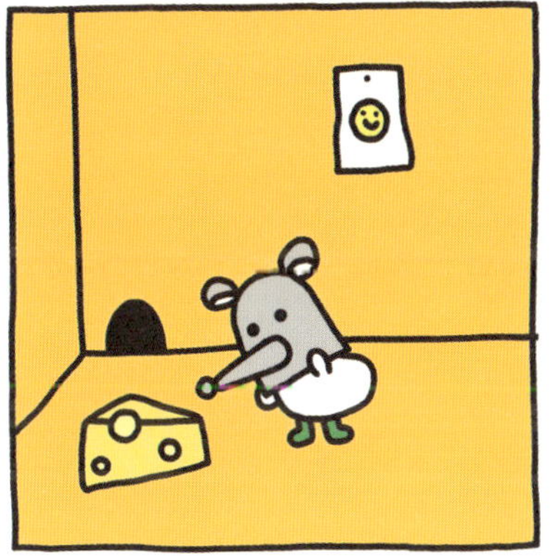

\#쥐구멍에서

찍찍찍

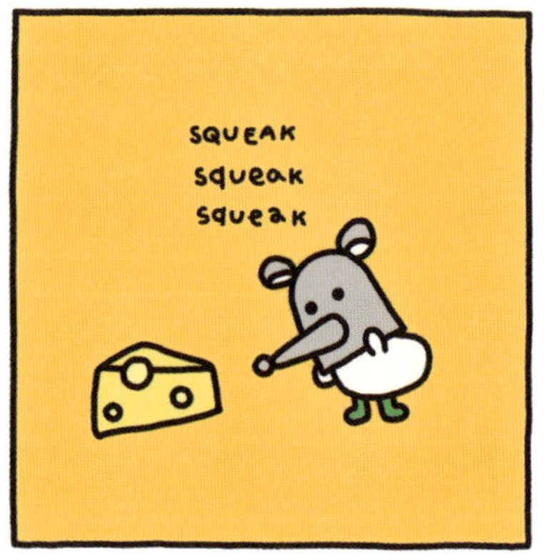

찍찍찍

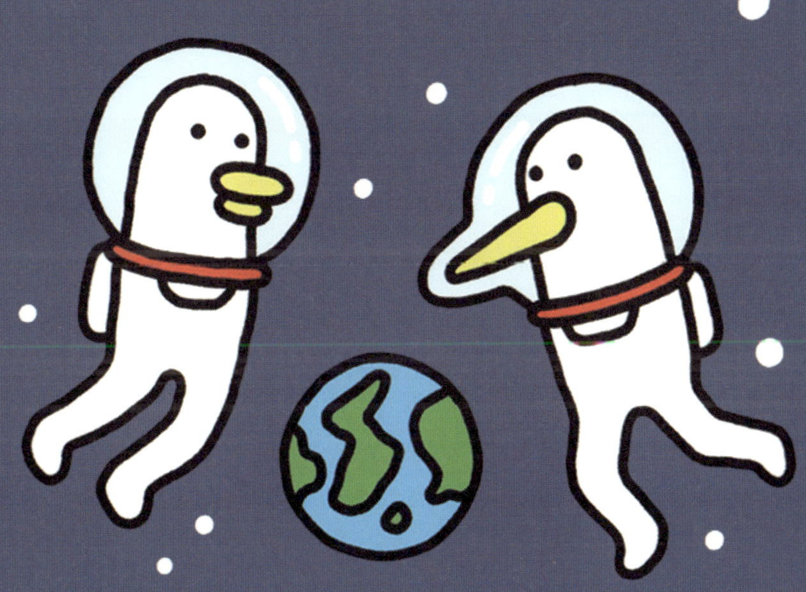

건조 자연 연감

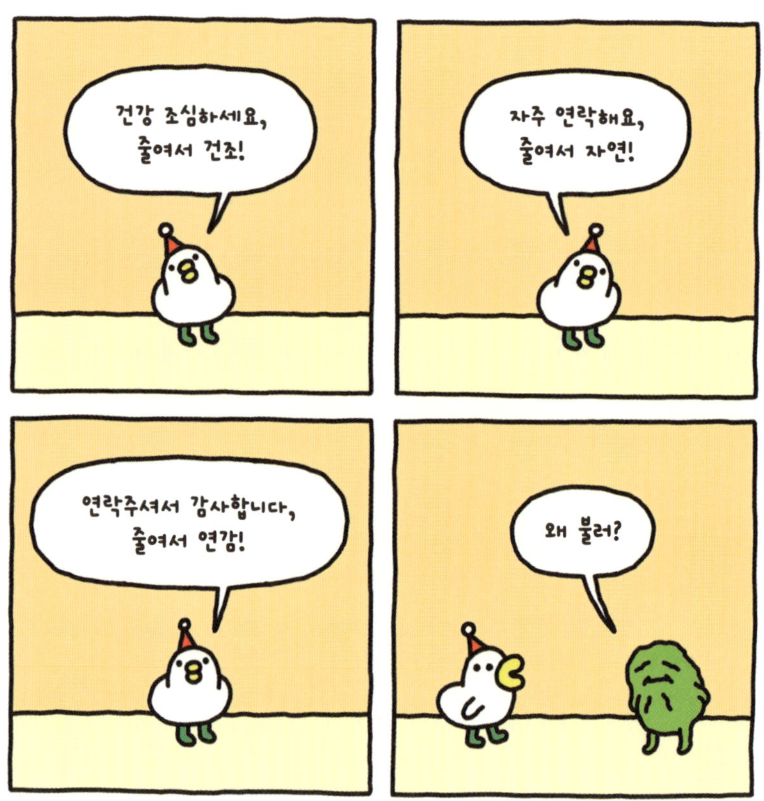

건강 조심하세요, 줄여서 건조!
자주 연락해요, 줄여서 자연!
연락주셔서 감사합니다, 줄여서 연감!
왜 불러?

#좋은 아침, 줄여서 좋아!

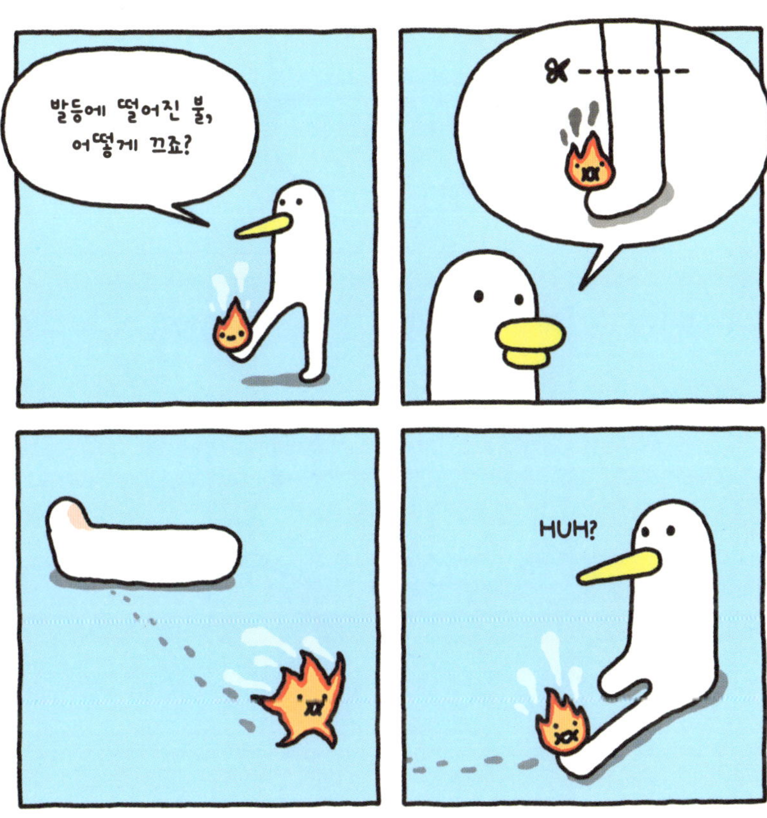
발등에 떨어진 불,
어떻게 끄죠?
HUH?

#발등에 떨어진 불 끄는 법? 그런 건 없어

숨쉬기 운동

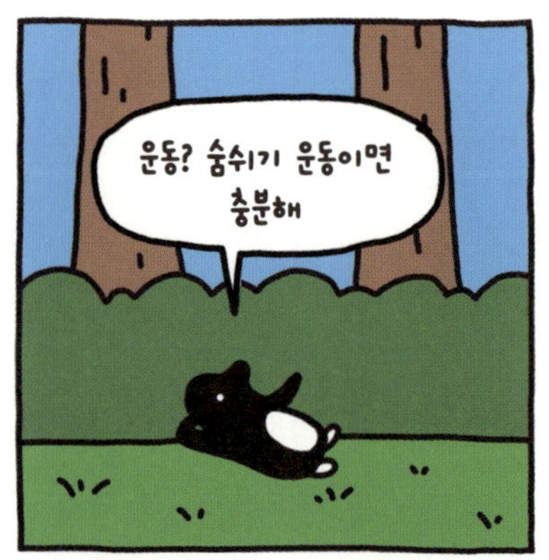
운동? 숨쉬기 운동이면
충분해

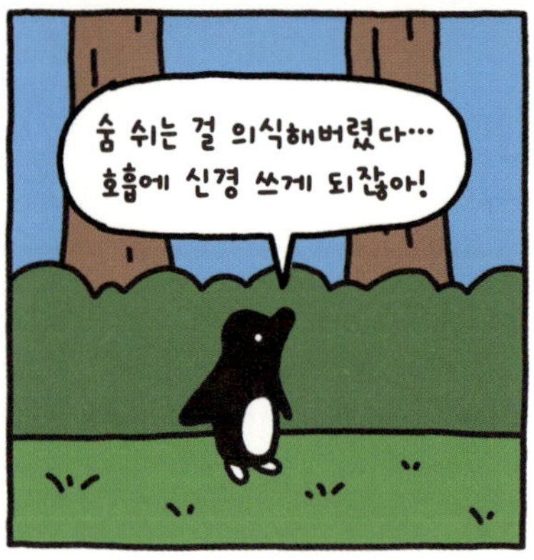
숨 쉬는 걸 의식해버렸다···
호흡에 신경 쓰게 되잖아!

숨쉬기 운동

#스읍— 하—

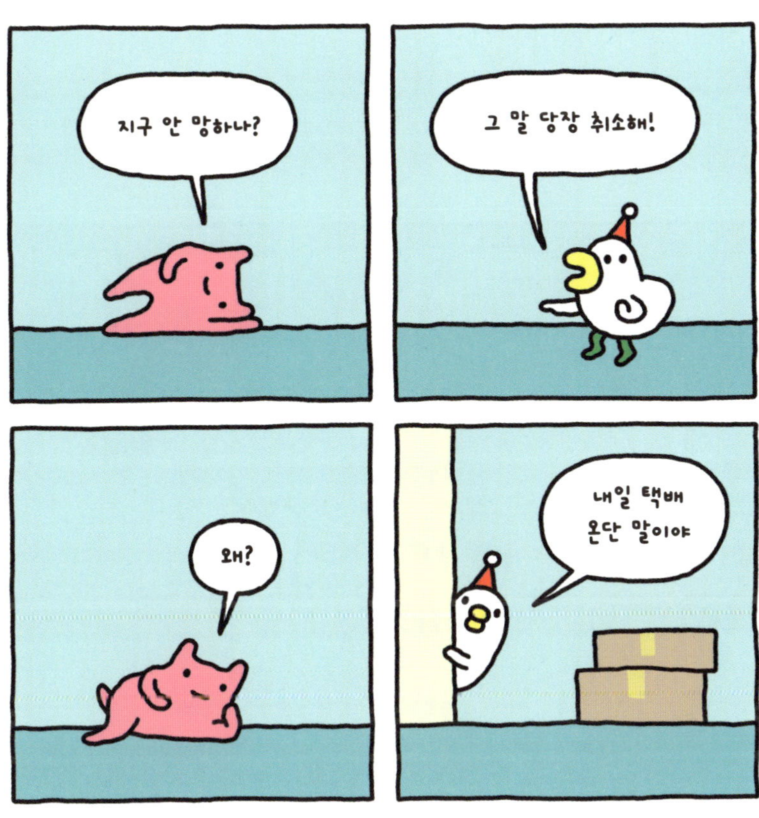
지구 안 망하나?
그 말 당장 취소해!
왜?
내일 택배
온단 말이야

#내일이 기다려지는 마법

영감이 떠올랐어

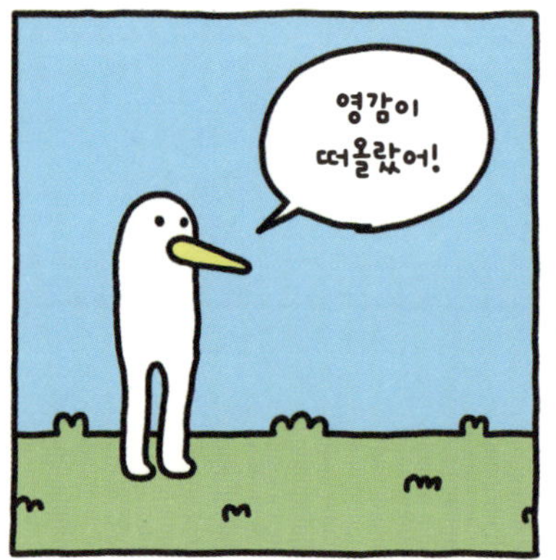

영감이
떠올랐어!

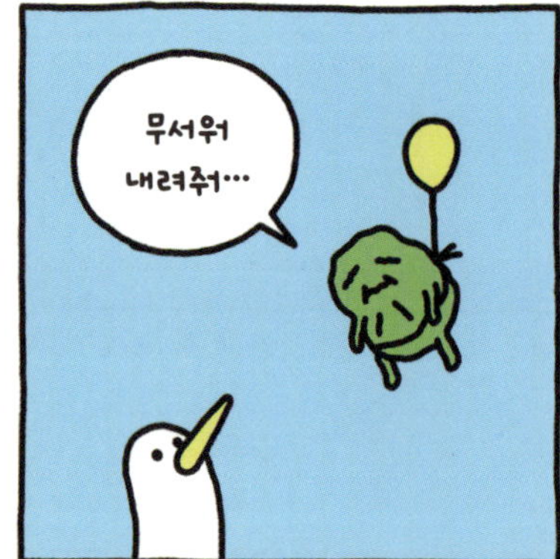

무서워
내려줘…

영감이 떠올랐어

#그만 괴롭혀…

266

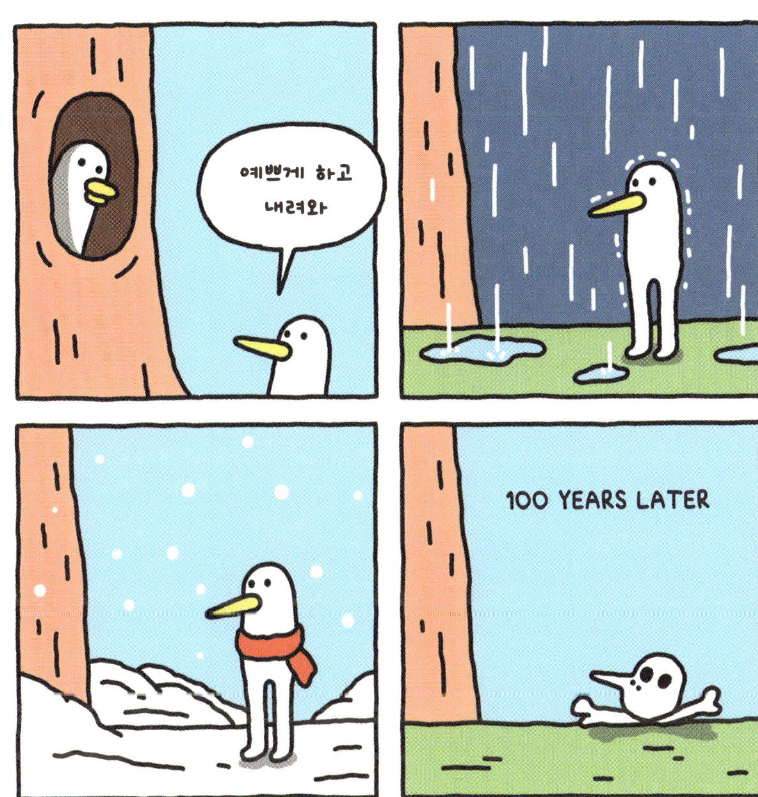
예쁘게 하고
내려와
100 YEARS LATER

어디 가

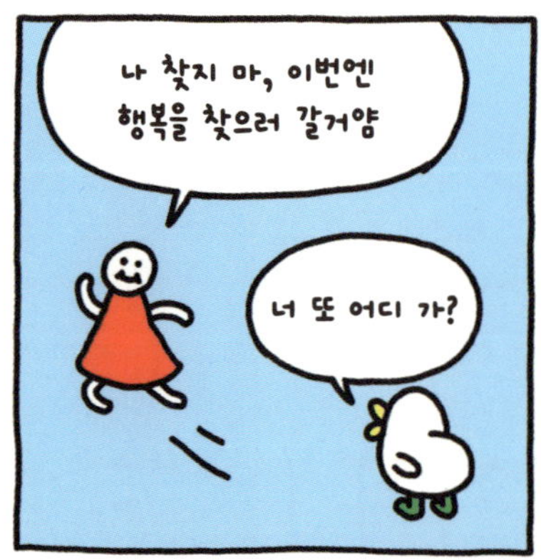

나 찾지 마, 이번엔
행복을 찾으러 갈거얌
너 또 어디 가?

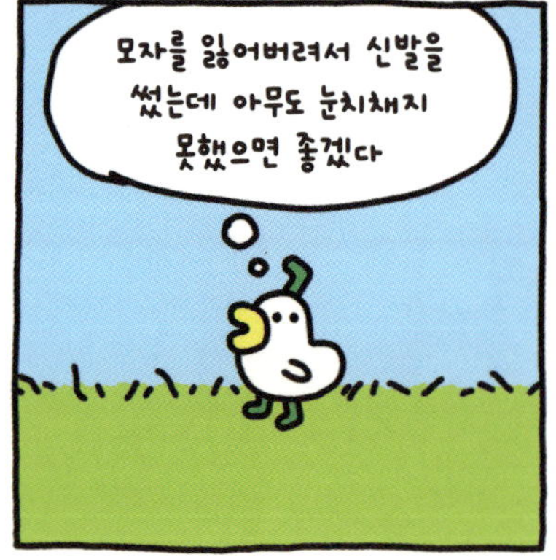

모자를 잃어버려서 신발을
썼는데 아무도 눈치채지
못했으면 좋겠다

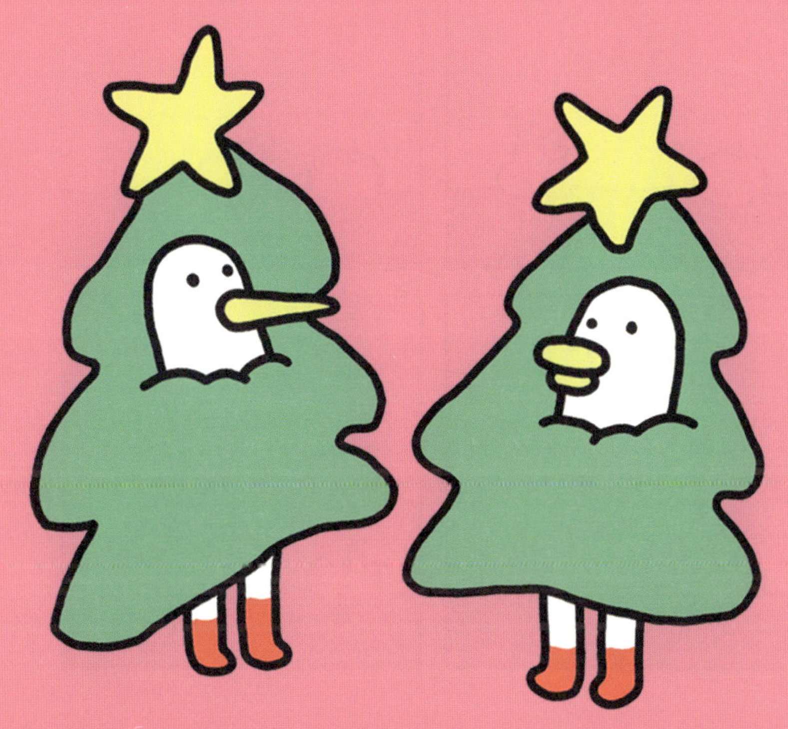

사과 기념일

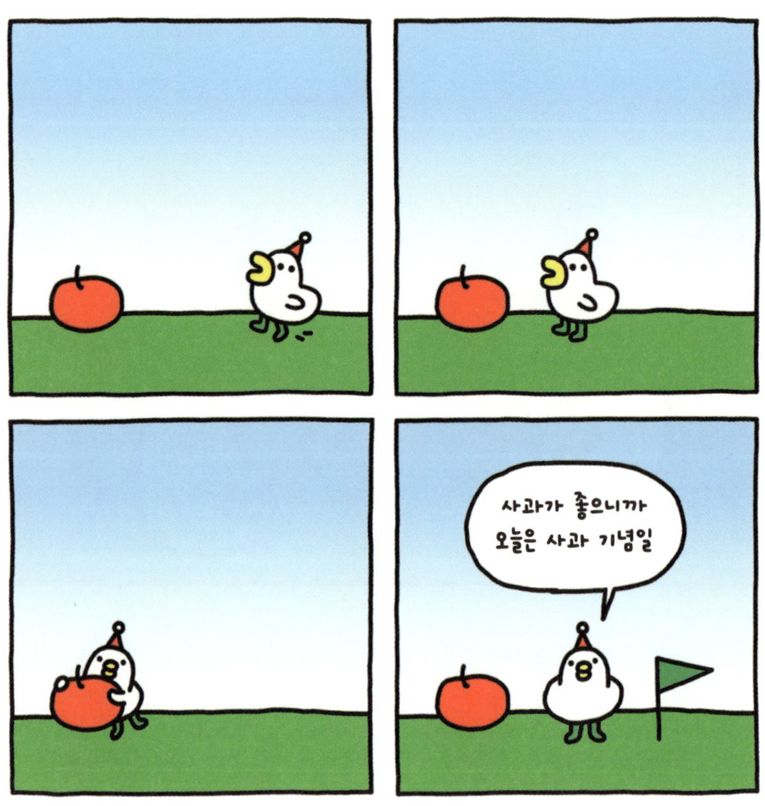

사과가 좋으니까
오늘은 사과 기념일

#오늘은 바나나가 좋으니까 바나나 기념일

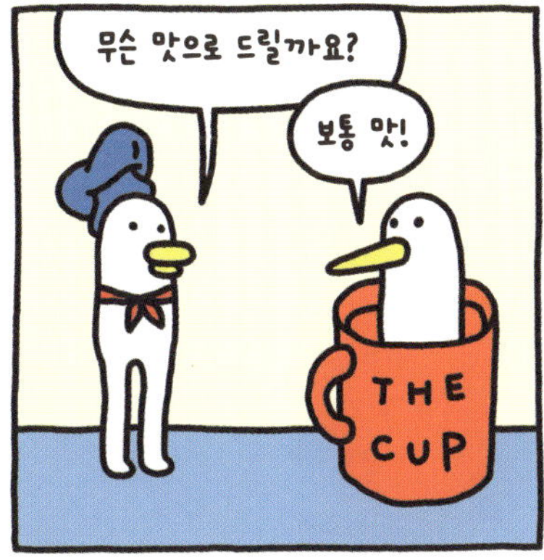

무슨 맛으로 드릴까요?
보통 맛!
THE CUP

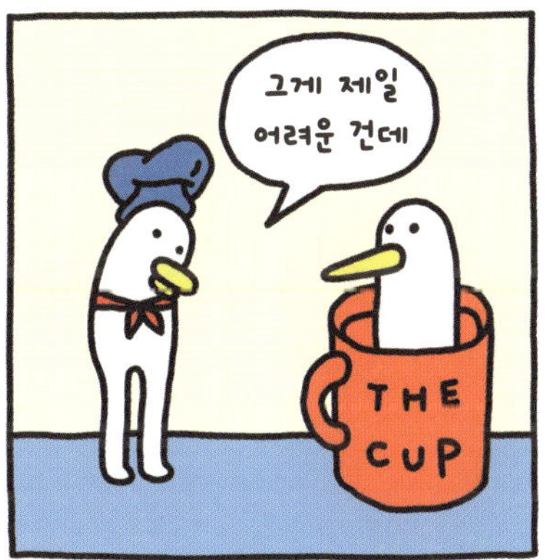

그게 제일
어려운 건데
THE CUP

#세상에서 제일 어려운 주문 아무거나, 보통 맛으로

좁아진 세상

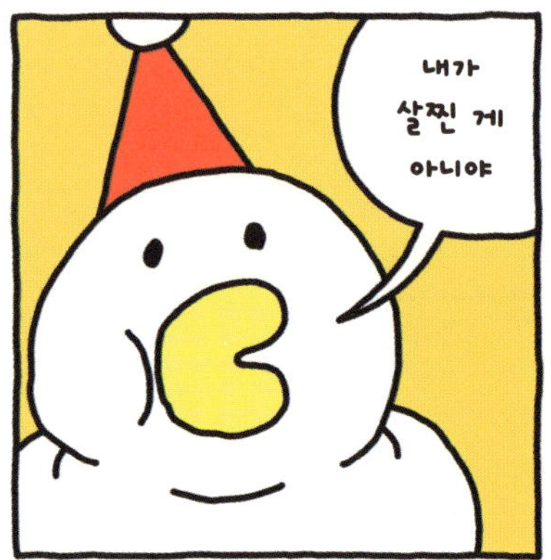

내가
살찐 게
아니야

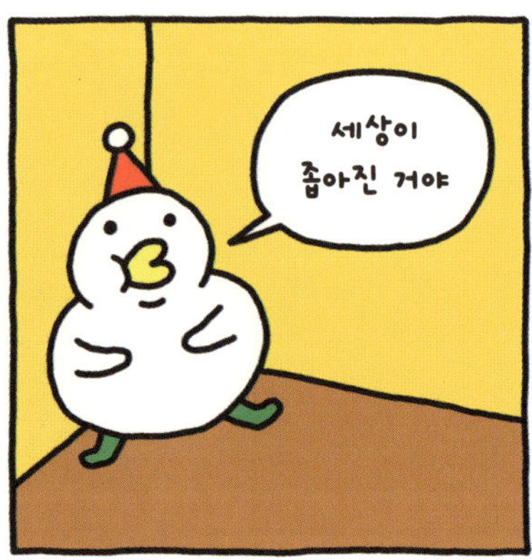

세상이
좁아진 거야

#날 담기엔 세상은 너무 좁아

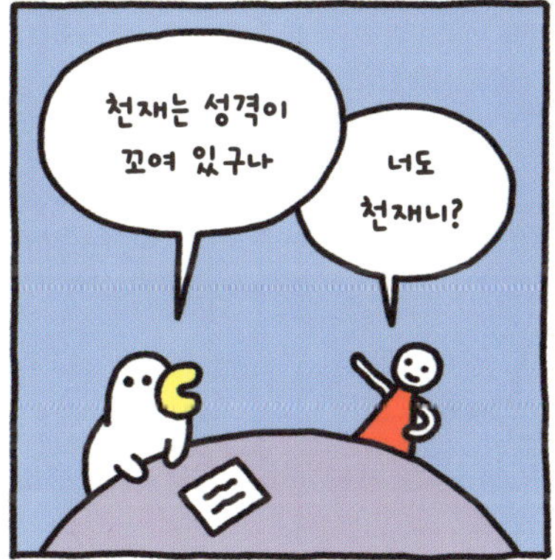
나에게 '안 된다'라고 말해준
모든 이들에게 감사합니다.
그런 사람들 덕에 내가 직접
해낼 수 있었습니다.
-알버트 아인슈타인-
천재는 성격이
꼬여 있구나
너도
천재니?

\#잠깐, 너 그 말 무슨 뜻이야?!

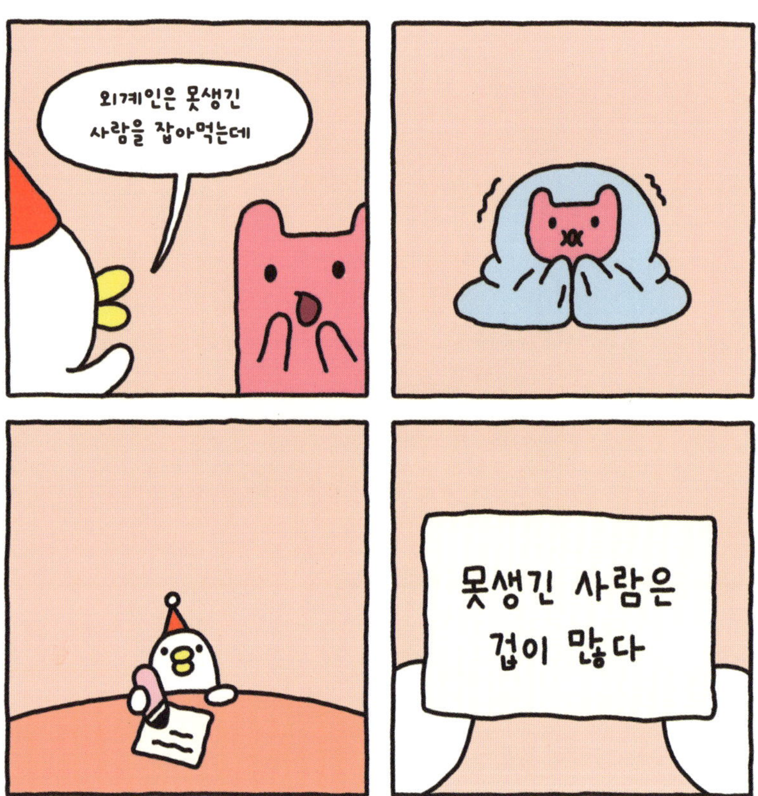
외계인은 못생긴
사람을 잡아먹는데
못생긴 사람은
겁이 많다

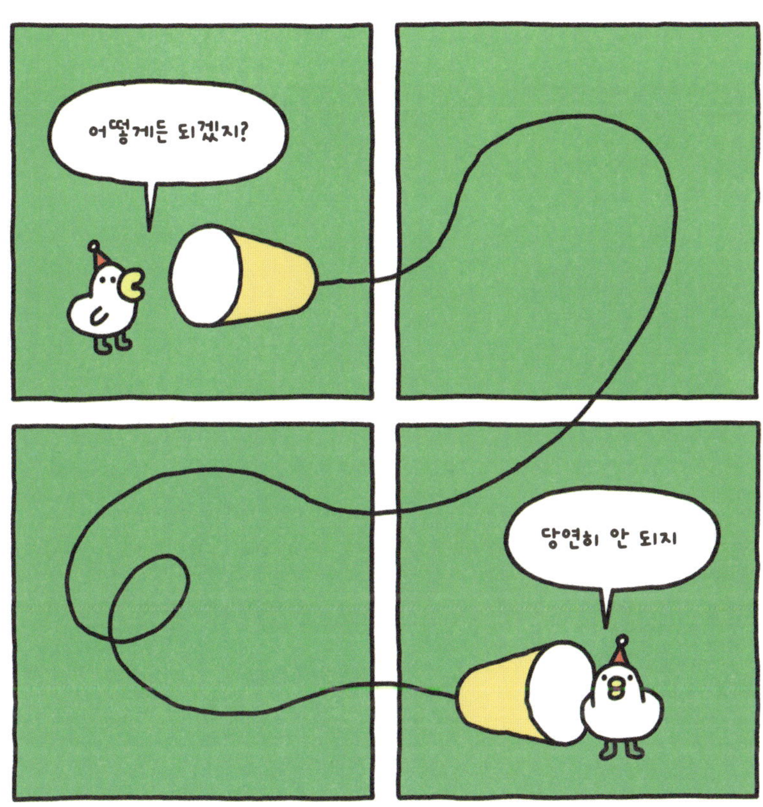
어떻게든 되겠지?
당연히 안 되지

오늘두 잘 살았습니두

초판 1쇄 발행 2025년 6월 30일
초판 2쇄 발행 2025년 8월 20일

글·그림 아일랜두

대표 장선희   **총괄** 이영철
책임편집 오향림   **기획편집** 정시아, 안미성
디자인 이승은
마케팅 김성현, 유효주, 이은진
경영관리 전선애

펴낸곳 서사원   **출판등록** 제2023-000199호
주소 서울시 마포구 성암로 330 DMC첨단산업센터 713호
전화 02-898-8778   **팩스** 02-6008-1673   **이메일** cr@seosawon.com

홈페이지

인스타그램

ISBN 979-11-6822-441-4 03810

서사원은 독자 여러분의 책에 관한 아이디어와 원고 투고를 설레는 마음으로 기다리고 있습니다.
책으로 엮기를 원하는 아이디어가 있는 분은 서사원 홈페이지의 '출간 문의'로
원고와 출간 기획서를 보내주세요. 고민을 멈추고 실행해보세요. 꿈이 이루어집니다.